「적 주포를 조종하여 내가 넘겨준 화기를 사용한다.

그러면 파괴할 수 있을 터이다.」

용용 후반이 주포를 향해 가속한다.

시점 쓰지 말고

「...절대로 멈추지 마라.」

절대로 함께할 수 없을 거라 여겼던 너

규리에디스트디에스
관리자

아리엘
태고의 신수

곳의 세력이 한자리에 모이다──

포티머스
엘프의 족장

더스틴
신언교 교황

거미입니다만, 문제라도?

7

저자 **바바 오키나**

일러스트 키류 츠카사

contents

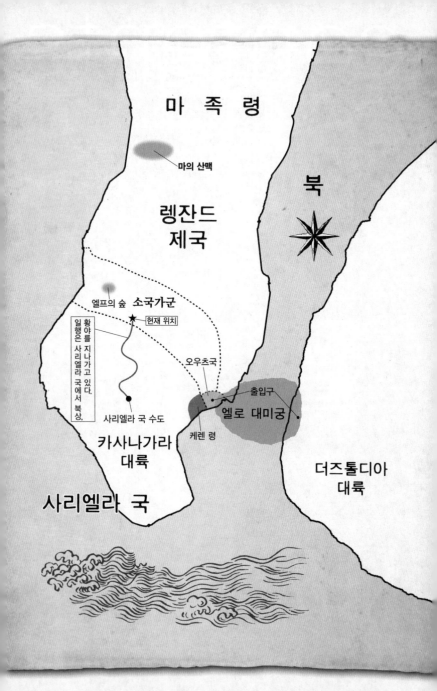

1 대륙 횡단 여행 도중의 경과보고

"하나, 둘. 아~."

""""""아~.""""""

"이~."

""""""이~.""""""

끝없이 저 멀리 아무것도 없이 뻗어 나가는 황야에서 소녀들의 합창이 울려 퍼진다.

아니, 노래를 부르는 건 아니지만, 이렇게 다수의 인간이 소리를 한데 모으면 어쨌든 간에 노래하는 느낌이 살짝 들잖아?

소리 내는 녀석들 중에 인간은 한 명도 없지 않느냐고 분위기 깨는 지적은 하면 안 된다.

지금 우리가 있는 곳은 사리엘라 국의 북쪽에 위치한 소국가군, 그 안쪽에 있는 광대한 황야의 복판.

어쩌다 보니 소동에 휘말린 끝에 시작하게 된 이 여행의 첫 번째 목적지였던 사리엘라 국 수도에서 흡혈 양과 메라는 고국을 버리고 마족령으로 따라가겠다는 선택을 했다.

신언교와 치른 전쟁, 포티머스의 암약으로 인해 고향 도시에서 쫓겨나야 했던 흡혈 양과 메라.

거기에서 한 걸음 내디뎌 고국을 버리고 마족령에 몸을 맡기겠다고 선택한 배경에는 두 사람이 인간이 아닌 흡혈귀라는 사실이 큰 영향을 끼쳤다.

흡혈 양은 날 때부터 흡혈귀로 태어난 진조이고, 메라는 흡혈 양에게 피를 빨려서 권속이 된 흡혈귀.

인간 세계에서 뒷배도 없이 살아가려면 그 사실을 필히 숨겨야 한다.

바로 그 때문에 둘에게 뒷배가 되어줄 수 있는 마왕을 따라 마족령으로 가는 선택을 한 셈인데, 막상 결정을 내릴 때까지 상당한 갈등이 있기는 했다.

두 사람이 결단을 내린 지 대략 1년.

우리는 사리엘라 국의 수도에서 곧장 북상하여 국경을 넘고 있었다.

사리엘라 국 수도로부터 여기까지 오는 도중은 이렇다 할 트러블도 없이 지극히 평온했다.

음, 이 여행을 시작하고 겪은 가장 큰 트러블을 군이 꼽자면 내 병렬 의사의 폭주였지만 말이야.

나타난다, 나타난다고 내내 주의를 기울였던 포티머스의 습격도 없었던 터라 김이 샐 만큼 순조롭게 진행 중이다.

그렇다 해도 방심은 금물.

경계의 의미를 담아 사람들의 눈에 띄지 않도록 가능한 한 정규 경로를 나아가는 대신 길 없는 지대를 골라 이동했다.

지금 이동하는 황야는 모종의 이유로 사람이 접근하지 않아서 이렇듯 사연이 있는 우리에게 제격이기에 이곳을 지나가는 중이다.

사람이 접근하지 않는 이유란 뭘까. 하늘을 보면 알 수 있다.

상공을 어지럽게 날아다니는 무수히 많은 검은 그림자.

새? 그럴 리가.

새와 비슷하게 생긴 녀석이 있기는 해도 제대로 헤아려 보면 파충

류에 가까운 모습의 녀석들이 상당수거든.

전체적으로 새와 파충류의 중간, 공룡에 깃털이 난 생김새의 개체가 많다.

하늘을 날아다니는 그 녀석들의 정체는 용(竜), 혹은 용(龍).

이 황야의 지배자들이다.

응. 그야 용(竜)이랑 용(龍)이랑 저렇게 잔뜩 날아다니면 인간이 감히 발을 못 들이밀지.

상위 용(竜)이나 용(龍)쯤 되면 한 마리만 나타나도 인간의 군대를 괴멸시키는 힘을 발휘한다.

그런 녀석들이 우글우글 진을 치고 있는 마경에 발을 들여놓는 사람은 자살 지원자 아니겠어? 혹은 영웅이 되고 싶은 무모한 녀석이라든가.

우리는 둘 중 무엇도 아니었다.

마왕, 용(龍)마저 훌쩍 뛰어넘는 힘의 소유자가 같이 있으니까.

마왕이 마음먹기만 하면 상공에서 날아다니는 용들을 전멸시킬 수도 있었다.

인간 군대를 싹 쓸어버릴 수 있는 용 군단을 또 냅다 쓸어버릴 수 있는 실력자가 마왕.

뭘 어떡하라는 거야.

인플레가 너무 심하지 않아?

뭐, 그렇다 해도 이쪽에는 흡혈 양과 메라가 있다.

마왕과 용의 인플레 배틀에 휘말렸다가는 저 두 사람이 살아남지 못할 가능성이 있었다.

어디까지나 가능성일 뿐 마왕이라면 두 사람을 지키면서도 용들을 싹 다 해치울 것 같지만.

그럼에도 굳이 벌집을 쑤실 필요는 없다.

황야에 들어서기 전 마왕이 큰 목소리로 「그냥 조용히 지나갈게~!」라고 용들에게 뜻을 밝혔다.

그 말을 받아들였는지 잘은 모르겠지만, 용들은 저렇게 상공을 날아다닐 뿐 손을 쓰려고 하지 않았다.

간섭은 하지 않더라도 경계와 감시는 철저히 하겠다는 느낌이랄까?

이쪽은 쓸데없는 전투를 피할 수 있고 흡혈 양과 메라가 죽을 가능성을 배제할 수 있다.

저쪽은 전멸당하지 않아도 된다.

충돌해 봤자 서로 간에 불행한 결과밖에 얻을 게 없으니까 용들의 판단은 잘못되지 않았어, 응.

그런고로 우리도 엉뚱한 짓은 안 하고 평범하게 이동 중이었다.

합창하면서 이동하는 게 과연 평범하냐고 고민해선 안 된다.

응, 괜한 합창이 아니라 제대로 된 이유가 있거든.

뭐랄까, 의미도 없이 뭐하러 이런 짓을 하겠어.

이 합창을 무슨 이유로 하느냐면 바로 발성 연습이다.

흡혈 양은 이미 젖먹이라고 못 부를 만큼 부쩍 자랐다.

젖먹이에서 유녀로 클래스 체인지.

그런데 여기서 잠깐.

젖먹이 시절부터 줄곧 염화에 의지하고 입 벌려 소리 낸 적이 없었던 반동으로 혀짤배기가 되고 말았다.

혀짤배기 유녀 흡혈귀.

일부 오라버님들에게 열광적인 인기를 누리겠는걸.

뭐, 실제 나이를 감안하면 혀짤배기소리 좀 한다고 이상할 것은 없겠지만, 흡혈 양의 경우는 이대로 두면 살짝 문제가 있기도 해서 말이야.

왜냐하면 젖먹이 시절부터 줄곧 목 놓아 운 적도 없는 데다가 오직 염화에 의존할 뿐 소리를 내서 말한 적이 없는 탓에 성대가 미발달 상태라는 거.

그런 까닭에 혀짤배기소리가 언제까지고 고쳐지질 않아 부끄러워서 염화에 의존하고 점점 더 성대를 안 쓰게 된다는 악순환.

따라서 나이를 먹음에 따라 혀짤배기소리가 자연스럽게 나을 가망은 별로 없었다.

그래서는 좋지 않다는 판단에 급히 발성 연습을 개최했다는 사연인데…….

황야에서 유녀가 소리 지르며 걸어가는 모습은 진짜 초현실적이다.

그래도 뭐, 이게 의외로 효과 직방이더라고~.

성대 훈련으로도, 스테이터스 훈련으로도.

스테이터스는 단련하면 단련할수록 성장한다지만, 물론 무제한은 아니거든.

본인이 괴롭고 힘들다고 느낄 수준의 훈련을 거듭해야 한다.

그런 점에서 흡혈 양은 젖먹이라는 육체적으로 최하급 상태에서 시작했었다.

그러니까 단지 걷기만 해도 상당한 부담을 받았고 결과적으로 능력치가 쭉쭉 성장했던 거지.

응, 보통 젖먹이가 하루 종일 걸어 다니는 짓을 하지는 않는걸.

그야 능력치가 단련될 수밖에 없지, 뭐.

잘 단련된 탓에 이제 마냥 걷기만 해서는 모자라게 돼버렸지만 말이야.

요즘 흡혈 양은 하루 종일 걸어 다녀도 쌩쌩하니까 걷기 플러스알파로 뭔가 하면 딱 좋다는 거야.

그런 점으로 보면 소리 지르면서 걷는 발성 연습은 몹시 적절하다.

소리 지르는 행동은 공기를 내뱉는 행동이고, 그런 짓을 하면서 운동하면 당연하게도 산소 결핍 때문에 꽤 힘들거든.

운동선수가 가끔 한다는 고지대 트레이닝이랑 비슷할 수도 있겠네.

여기에 더해 걸어가면서 할 수 있는 마법 훈련을 틈틈이 끼워 넣었으니까 멀티태스킹 능력이 단련되고 병렬 의사 스킬도 올라간다.

그 결과 대합창을 하면서 행진하는 별난 집단이 완성.

자, 여러분은 눈치채셨는가?

흡혈 양 한 사람의 발성 연습을 갖고 대합창이라는 표현을 쓰지는 않는다는 것을…….

그래, 발성 연습을 하고 있는 게 흡혈 양 하나는 아니야.

흡혈 양과 같이 소리 지르고 있는 네 명의 소녀들.

정확하게 말하면 네 마리의 마물.

마왕의 부하, 인형 거미 네 마리다.

인형 거미란 이름 그대로 인형을 조종하는 거미 마물이었다.

본체는 작은 거미이고, 실로 만들어 낸 인형을 조종해서 싸우는 꽤나 특수한 생태를 갖고 있다.

그래서 그 인형 말인데. 원래는 어떤 모습이었는지 기억해? 척 봐도 마네킹이었죠! 근데 내가 마개조를 해서 언뜻 봐 갖고는 진짜 인간으로 보일 만큼 정교하게 다시 만들어 냈잖아.

그리고 그 연장선으로 성대 개발에 착수했었거든. 이쪽은 되게 어려워서 여러 시도가 자꾸 틀어졌더랬지.

후후후. 그러나! 나는 마침내 인형 거미에게 모조 성대를 달아주는 데 성공했소이다!

힘들었다.

엄청 힘들었다.

그래도 내가 해냈도다~!

요 1년간 시행착오를 마구 거듭하면서 간신히 모양새가 잡힌 모조 성대.

그럼에도 기능을 뜯어보면 썩 대단한 완성도는 아니었다.

실을 진동시켜서 인간의 목소리와 비슷한 소리를 내는 구조이기는 한데 조작법이 엄청 어렵거든.

소리 한 번 내자고 온 신경을 쏟아부어야 뭐가 좀 들리니까.

그런고로 흡혈 양의 발성 연습에 맞춰서 인형 거미들도 발성 연습을 하고 있는 거야.

아직은 말소리 하나 내려고 해도 꽤나 고생스러운 눈치이고 매끄럽게 말할 수 있는 날은 아주 나중에나 오겠지만, 본인들은 의욕이 잔뜩이니까 머지않아 달성해주리라고 믿는다.

나도 모조 성대를 더 좋게 개량하기 위해서 연구를 계속할 생각이다.

참고로 이전까지는 마왕이 나 빼고 도시에 들를 때만 잠깐잠깐 인형 거미를 소환했었는데, 요즘은 그냥 쭉 소환해 놓고 같이 다녔다.

마왕도 매번 일일이 소환했다가 돌려보냈다가 반복하려니까 좀 귀찮아진 걸까?

이유는 잘 모르겠지만 그 덕분에 여자 비율이 쭉 올라갔다.

좋겠다, 메라 군! 하렘이야!

다만 제대로 된 인간은 한 사람도 없답니다.

나는 반인반거미 아라크네고, 마왕은 마왕이고, 인형 거미는 귀엽게 보이는 것은 껍데기뿐 본체가 거미고, 흡혈 양은 유녀고.

응. 이런 하렘은 싫겠다.

게다가 주인님으로 모시고 있는 흡혈 양이 눈을 번뜩거리니까 이상한 짓은 아마 못하지 않으려나.

흡혈 양이 메라한테 집착하는 정도가 이제는 슬슬 정식으로 얀데레 인증? 응, 그런 걸 해줘도 되겠다는 수준에 도달했거든.

메라가 다른 애랑 화기애애 이야기하면 눈이 살벌해지는걸.

그러다가 투심 스킬의 레벨이 올라갈 만큼.

선망 스킬이 진화해서 투심이 됐는데 이미 스킬 레벨이 2야.

"소피아, 질투하면 안 된다? 그 스킬은 올리면 안 된단 말이야. 7대 죄악 스킬은 올릴수록 정신에 영향을 끼치니까 좋지 않거든. 그러니까 마음 잘 가라앉히자? 아니, 그나저나 왜 이렇게 스킬 레벨이 빨리 올라가? 7대 죄악 계열은 스킬 레벨 올리는 게 무지 힘들어야 되는데."

이상, 마왕의 발언.

흡혈 양이 갖고 있는 투심 스킬은 7대 죄악 스킬인 질투의 하위 스킬이라고 한다.

마왕의 설명에 따르면 7대 죄악 계열의 스킬은 스킬 레벨을 올리기가 무척 힘들다는데, 흡혈 양은 쭉쭉 스킬 레벨이 올라가고 있다는 것이 현재 상황.

어쩐담요~.

얀데레 주인님에게 너무 사랑받아서 잠 못 이루는 종자.

응. 힘내!

다행히도 메라는 성실한 성격이라서 여성 관계도 지금은 아직 깨끗하니까 흡혈 양이 폭주할 일은 없었다.

만약 메라가 여자한테 헤픈 성격이었다면 즉시 대참사로 이어졌겠지.

흡혈 양이 추파를 활활 보내도 동요 안 하면서 건전한 주종의 거리감을 유지하고 있고.

뭐, 애초에 흡혈 양은 유녀니까 그쪽 취향이 아니라면 안 흔들리겠지만.

메라가 로리콤 취향이 아니라서 다행이었다.

아무튼 메라는 지금 말없이 내 앞을 걸어가고 있다.

쿠웅, 쿠웅. 이렇게 효과음을 달고.

암반으로 된 단단한 지면에다가 비유도 뭣도 아니라 진짜 발자국을 남기면서.

메라에게는 내가 인척의 사안을 걸어 중압을 가중시켰다.

그 때문에 한 걸음 내디딜 때마다 다리가 지면에 함몰돼서 발자국을 새겨 넣는 꼴이었다.

짐작했겠지만 역시 메라의 훈련을 위한 조치다.

메라의 능력치는 흡혈 양보다 뛰어났다.

성인 남성이 흡혈귀화됐으니까 물론 유녀 흡혈 양보다는 더 강해야지.

거기에 더해 이 여행 중에도 단련을 게을리하지 않은 덕택에 나날이 성장하고 있다.

바로 그 때문에 이런 짓이라도 하지 않으면 이제 능력치가 올라가질 않는다.

흡혈 양처럼 발성 연습을 하면서 걸어가 봤자 스테이터스의 성장을 기대할 수 없을 지경에 다다랐다.

아니, 메라는 군이 발성 연습을 할 필요도 없고.

그런고로 내가 인척의 사안을 걸어 가중 훈련을 겸하고 있다.

발성 연습과 비교도 안 되게 고단할 거야.

덕분에 메라의 능력치는 순조롭게 성장 중.

근처의 흔한 마물에게 낭패를 보지 않을 수준은 된다.

다만 능력치의 성장에 비해 스킬 레벨의 성장 속도는 시원찮단 말이지~.

아니, 충분히 성장하고는 있지만, 나는 오만 치트에 따른 초고속 성장을 경험해서인지 아무래도 성에 안 찬다.

사실은 나도 요즘 들어서 살짝 정체됐고.

여행 중에는 마물을 해치울 기회가 별로 없어서 레벨이 안 오르는데다가 애초에 능력치도 스킬 레벨도 이미 너무 높아진 탓에 어지간하면 성장이 되지 않는다.

정 레벨을 올리려고 들자면 한 지역의 생태계를 파괴할 기세로 대학살을 감행해야 된다는 거지~.

이래서야 안 올라간다고.

마왕과 정전 협정을 맺은 지금은 아주 다급한 상황은 아니지만 성장이 정체된 현재 상황에 은근히 초조감이 느껴지는 것도 사실.

최종 목표는 마왕한테도 포티머스한테도 이길 만큼 강해지는 건데, 그게 한없이 멀게 느껴진다.

포티머스와 부닥친다면 일단 대책을 마련해 뒀으니까 그럭저럭 맞상대가 되지 싶은데 마왕은 아직껏 승산이란 것이 까마득하다.

"오~."

"""""오~.""""""

나의 목표 되시는 마왕은 흡혈 양과 인형 거미들을 지휘하시면서 만족, 기쁨.

싱글벙글 웃는다.

마왕은 남 뒤치다꺼리를 제법 잘했다.

좀만 더 마왕의 겉모습이 어른스러웠다면 교육 방송의 이쁜 언니로 보일 수도 있었을 텐데.

유감스럽게도 마왕의 겉모습은 언니라고 말하기는 어렵, 헉! 지금 갑자기 오싹했어!

안 되겠다, 이 문제는 더 이상 떠올리지 말자.

마왕이 부아를 터뜨리는 안건이다.

마왕이 이쪽 방향을 보면서 방금 전과 달리 불길한 종류의 미소를 보내고 있다.

넵, 나는 아무 생각도 안 했어요.

절대 마왕이 꼬맹이 체형이라는 생각은 안 했답니다.

마왕의 미소가 그윽해지는 기분이 들기는 한데 분명히 착각일 거야.

그렇다 치고 넘어가자.

저기 봐, 흡혈 양은 물론이고 인형 거미들도 겁내고 있잖아.

어린애를 겁주면 안 되지?

나 따위는 그냥 내버려 두고 마왕은 어린애들이랑 놀아주세요, 부탁드려요.

내 무언의 호소가 통했는지 안 통했는지는 잘 모르겠지만, 마왕은 아무 일도 없었던 것처럼 다시 흡혈 양이랑 인형 거미들을 지휘하고 있었다.

후유. 땀난다, 땀나.

보는 바대로 나와 마왕의 관계는 별로 달라지지 않았다.

대놓고 적대는 안 하더라도 때때로 견제를 주고받는다.

어정쩡한 상태.

뭐, 견제라고 해 봤자 진심은 아니었다.

왜냐하면 마왕의 태도 여기저기에서 내 기분을 살피는 느낌이 은근슬쩍 나타나니까.

아마 짐작하건대 마왕은 나를 해치우기보다는 포섭하는 것이 더 좋다고 판단하지 않았으려나.

그래서 한 발짝 한 발짝 거리를 좁히려는 시도를 하고 있었다.

과연 성공적인 시도가 맞나, 살짝 미묘하지만 말이야.

나 또한 마왕과 쓸데없이 안 싸워도 된다면 더할 나위 없겠지만 완전히 신용하기는 아무래도 어려우니까.

서로 간에 다가들고 싶은 마음은 있는데도 역시 거리를 좁히는 데 망설임을 느끼게 되는 관계.

그런 느낌이었다.

흡혈 양, 메라, 마왕, 인형 거미.

저마다 요런 느낌으로 여행을 계속하고 있다.

대체로 여행은 순조롭네.

걱정했었던 엘프의 습격도 없고.

다만 그 못된 포티머스라는 남자가 이대로 쭉 아무 짓을 안 하리라는 생각은 안 들었다.

『포티머스는 어떤 사람인가요?』

언제였더라, 흡혈 양이 마왕에게 질문한 적이 있었다.

"쓰레기 자식."

마왕은 흡혈 양의 질문에 짧게 즉답했다.

이보쇼, 그 대답 들으려고 묻는 게 아니잖아. 아마 그 자리에 있던 전원이 같은 생각이었을 거야.

마왕도 뻔히 알면서 쓰레기 소리를 했을 테지만 말이야.

아, 그래도 마왕의 살짝 뜬금없는 즉답은 별 의도 없이 머릿속의 생각이 휙 튀어나온 말일 수도 있겠다.

『그런 대답을 듣고 싶었던 게 아니라고요…….』

흡혈 양이 곧장 하소연을 늘어놓는다.

그때 흡혈 양의 어이없어하는 표정은 꽤나 인상적이었다.

큼지막하게 「다 알아요」라고 얼굴에 쓰여 있었으니까 말이야.

응. 흡혈 양의 눈으로 봐도 포티머스는 쓰레기 자식이 틀림없나 봐.

그야 자기 부모님을 죽인 데다가 흡혈 양 본인도 죽이려고 했던 놈이니까 당연한 반응이기는 하네.

그리고 놈의 정보를 알고 싶어 하는 태도는 이상할 것이 없었다.

흡혈 양에게 포티머스는 부모님의 원수이자 본인의 목숨을 노리는 명확한 적이니까.

흡혈 양에게는 포티머스의 정보를 물을 자격이 있다.

다만 마왕은 흡혈 양의 물음에 곧장 대답해주지는 않았다.

찌뿌둥한 표정 그대로 한동안 상념에 잠겼다.

어디까지 이야기해야 하는가.

그때 마왕은 분명히 그런 고민을 하지 않았을까?

나도 포티머스에 대해서는 알고 싶은 마음이었으니까 마왕이 입을 열 때까지 기다렸다.

금기 스킬을 최고 레벨로 올린 나는 어느 정도 포티머스의 정체를 추측할 수는 있었다.

여신의 사도, 신수로서 여신교의 숭앙을 받았던 마왕.

마왕과 안면이 있고 게다가 마왕을 어린 여자애로 취급하는 포티머스.

이 세계에는 나타날 리가 없는 기계 몸을 보유한 존재.

이상의 단편적인 정보를 하나하나 연결하면 놈의 정체는 대략 짐작이 된다.

짐작은 되더라도 더 확실하게 진실을 알고 있을 마왕의 발언으로 직접 증거를 확보하고 싶었다.

"그래. 시로도 그 부분은 신경 쓰이는 눈치고, 전부 얘기해줄게."

　마왕은 힐끗 나를 봤다가 그다음은 한숨을 쉬고 말을 꺼냈다.

"다만 내 이야기를 들으면 돌이킬 수 없어. 그놈은 절대 단순한 악당이 아니야. 마왕인 내가 말하기도 뭐하지만, 세계의 적이나 다름없는 놈이니까. 포티머스의 정체를 전부 알면 더 이상 이 세계에서 평온한 삶을 누리기는 불가능해질걸. 아니, 아주 불가능하다는 말은 아니지만, 분명히 언제 어느 때에도 마음속 밑바닥에 응어리 같은 게 남아서 사라지지 않을 거야. 대충 무난한 범위에서 포티머스의 정보를 가르쳐줘도 되겠지만, 이런 대답을 듣고 싶어서 하는 질문이 아니잖아? 전부 다 알고 싶다면 먼저 각오를 다지도록 해."

　먼저 다짐을 놓는 마왕.

　마왕의 단호한 태도에 흡혈 양은 압도됐었다.

　흡혈 양 역시 가벼운 기분으로 포티머스의 정체를 묻지는 않았을 거야.

　그럼에도 더한 각오를 요구받는 사태는 예상 밖이었을 테니까.

　흡혈 양은 잠시 눈빛이 흔들리는 기색이었지만, 아마도 시야에 비친 메라를 보고 각오를 다질 수 있었던 모양이다.

『가르쳐주세요.』

　흡혈 양의 단단한 각오를 알아본 마왕은 한 차례 고개를 끄덕거리고 포티머스에 대한 이야기를 시작했다.

"포티머스 하이페너스. 그놈의 이름이야. 그리고 놈은 엘프의 족장이지. 즉 엘프 중 제일 높은 녀석이라는 뜻. 음, 엘프는 이 세계에 살고 있는 아인의 일종이고. 뭐, 이 세계에서 인류로 간주되는 건 인족이랑 마족이랑 엘프 정도니까 아인이라는 표현은 별로 적절하지 않을 수도 있겠네. 아무튼 엘프의 특징은 수명이 쓸데없이 길다는 거. 마족의 수명이 인족의 두세 배인 데 반해서 엘프는 인족의 열 배 이상이야. 그만큼 성장 속도가 느리기는 한데, 대체로 인족의 절반 수준일까? 몸이 전성기를 맞이하면 거기에서 육체의 성장이 멈추고 그다음은 천~천히 노화되는 거야. 다만 노화의 유형에는 개인차가 있어서 나이를 먹음에 따라 차차 노화하는 경우가 있는가 하면 살아 있는 동안에는 거의 변화가 없고 수명이 거의 다됐을 때 급격하게 노화하는 경우도 있어. 뭐, 어느 쪽이든 엄청나게 오래 산다는 건 똑같지만 말이야."

마왕이 우선 말한 내용은 엘프에 대한 기초 지식이었다.

본래 이쪽 세계에서 살아온 마왕이나 메라에게는 상식이어도 나랑 흡혈 양은 모르는 이야기니까.

지구에서 엘프는 공상 속에만 있는걸.

"신체 성장이 인족에 비해 늦으니까 그 부분을 보완하기 위해 마법을 습득하는 녀석이 많은 것도 특징이랄까? 몸이 다 자라지 않은 탓에 어쩔 수 없이 물리 계열의 능력치는 성장이 부진하지만, 마법 계열의 능력치는 신체랑 관계없이 단련할 수 있으니까. 아, 소피아는 예외야. 젖먹이 시절부터 이렇게 상식 밖의 훈련을 쌓았으니까 물론 능력치가 오르지."

그 말을 들은 흡혈 양은 입을 삐죽거리면서 뭐라 말할 수 없는 표정을 지었다.

"어른이 되면 인족과 마찬가지로 물리 계열 능력치를 평범하게 성장시킬 수 있지만, 뒤늦게 낮은 물리 능력치를 굳이 처음부터 단련하기보다는 마법 능력치를 더 성장시키면 쉽게 강해질 수 있으니까 결국 마법에 우수한 엘프가 많아지게 돼. 그러니까 인족이랑 마족은 엘프가 마법을 특기로 하고 반대로 물리에는 서투르다는 인식이 퍼진 거지. 실제로는 물리도 딱히 서투르지는 않아."

서투른 분야를 보완하기보다는 특기 분야를 갈고닦는 방향으로 가는 엘프가 많으니까 그런 이미지가 붙었다는 거네.

"엘프 대부분은 가람 대삼림이라고 커다란 숲속에 있는 엘프의 마을에 틀어박혀서 살아. 가람 대삼림은 강한 마물이 잔뜩 눌러앉아 있는 마경인데, 평범한 인간은 일단 엘프의 마을까지 도달할 수도 없지. 설령 도달하더라도 엘프의 마을에는 강력한 결계가 펼쳐져 있으니까 안으로 들어가기는 불가능해. 그러니까 엘프와 만날 기회가 거의 없는 거야. 엘프의 마을 바깥에서 활동하는 엘프도 있기는 한데, 수가 적은 데다가 다른 사람이랑 접촉하는 걸 별로 좋아하지는 않거든. 어쩌다가 눈에 띄기는 해도 뭔가에 같이 얽이는 일은 일단 없다는 느낌이랄까? 그 녀석들은 인족도 마족도 무시하는 배타주의자니까."

정리. 엘프는 수명이 길고, 마법이 특기이고, 보통은 숲에 틀어박혀서 살고, 다른 종족에 배타적.

즉 지구에 퍼진 가공의 엘프가 갖고 있는 이미지와 거의 똑같다는 거네.

이게 단순한 우연일까? 아니면 뭘까?

"응, 여기까지는 일반적으로 알려져 있는 엘프에 대한 상식. 이제부터 할 얘기가 소피아가 알고 싶어 하는 내용. 다시 한 번 확인할게. 듣겠어?"

재차 확인하면서 다짐을 놓자 흡혈 양은 긍정의 뜻으로 말없이 고개를 끄덕거려서 답했다.

"알겠어. 그럼 먼저 기계에 대해 얘기해야겠네. 시로랑 소피아는 이미 잘 알고 있겠지만, 메라조피스는 못 알아들을 테니까. 기계라는 건 고도로 발전된 과학 기술의 결정이야. 음, 이렇게 말해 봤자 이해가 안 될 테니까 대강 설명하면 마법의 힘에 의존하지 않고 마법 같은 현상을 실현시키는 장치. 그게 바로 기계야."

마왕의 설명은 진짜 대강대강이었다.

저런 설명으로 알아듣겠어? 어쨌든 간에 메라는 똑똑하니까 아마도 분위기를 파악하고 더 캐묻지는 않았다.

뭐, 확실히 기계에 대해 아무것도 모르는 사람한테 기계란 무엇인가 설명하려면 꽤 어려울 거야.

본격적으로 설명을 벌이려고 들자면 그야말로 전문적인 지식이 필요하기도 하고, 설명에 필요로 하는 시간도 아주 방대해지겠지.

본래 주제에서 벗어나는 이야기이기도 하고 대강 기계란 마법이 아닌데도 마법 같은 현상을 일으킬 수 있는 신기한 장치라고 인식시키는 정도가 괜찮을지도⋯⋯.

"엘프는 지금 말한 기계를 이 세계에서 유일하게 보유하고 있어. 실물도, 지식도, 제작 가능한 기술마저도."

뭐, 그렇겠지~ 라는 느낌.

포티머스의 사이보그 보디를 보면 그쯤은 짐작하지.

"어느 정도 수준의 기술력이냐면, 지구보다는 훨씬 더 앞서 있을 거야."

마왕의 말에 흡혈 양이 눈을 동그랗게 떴다.

기분은 모르는 바가 아니다.

어디를 뜯어봐도 판타지 세계에 지나지 않는 이곳에 설마 지구보다 뛰어난 기계 기술이 있을 줄은 상상도 못 했을 테고.

다만 흡혈 양도 나와 마찬가지로 포티머스의 사이보그 보디를 목격했다.

현실에서 자기 눈으로 직접 본 사실이니까 혹시나 하는 마음은 있었을 거야.

그렇다 해도 직접 말을 듣고 놀란 눈치였지만.

나처럼 **나타나도 이상할 것이 없다**는 사전 지식을 미리 알지 않으면 역시 놀라울 테고 또 의문이 들겠지.

어떻게 그런 기술이 이 세계에 존재하느냐고.

"포티머스는 그 기계 기술을 뒷받침으로 세계의 뒷면에서 암약하고 있는 거야. 다만 솔직하게 말하면 소피아를 노리는 목적까지는 모르겠어. 내가 들은 바로는 소피아가 전생자라는 사실을 알고 습격했으니까 그쪽이랑 관련된 무슨 이유가 있을 것 같기는 하네. 전생자를 죽여서 얻을 메리트가 나는 안 떠오르니까 뭐라고 말을 못 하겠지만. 아니, 죽이는 게 진짜 목적이 맞는지도 모르는 거고. 뭐랄까~ 처음에는 죽이는 게 아니라 뭔가 다른 짓을 하려고 했다는 느낌이 들거든."

마왕이 말한 대로 포티머스의 목적에는 조금 걸리는 부분이 있었다.

단지 흡혈 양을 죽이려는 게 목적의 전부였다면 다른 방법이 얼마든지 더 많았을 테니까.

실제로 포티머스가 마음만 먹었다면 내가 무슨 수를 썼어도 흡혈 양은 살해당했을 거야.

그렇게 되지 않았다는 것은 포티머스에게 맨 처음에는 흡혈 양을 죽일 의도가 없었다는 뜻이다.

다만 그런 사정을 알아냈다고 해도 포티머스의 진짜 목적은 알 수 없었다.

포티머스가 흡혈 양을 노렸던 이유는 여전히 수수께끼.

『저기요, 엘프는 어떻게 그런 기술을 갖고 있는 건가요?』

그때 흡혈 양이 의문을 제기했다.

뭐, 당연한 의문이라고 할까.

이 판타지 같은 세계에서 엘프가 보유하고 있는 기계 기술은 명백하게 이질적이다.

어떻게 그런 기술이 존재하는지 궁금할 거야.

"신기하지~. 지구보다 문명 레벨이 낮은 이 세계에서 오직 엘프만 지구보다 뛰어난 기술을 갖고 있어. 소피아의 눈으로 보자면 엘프는 이 세계에서 현존하고 있는 오파츠 같은 종족이겠지?"

오파츠. 말이 되면서도 묘한 표현이었다.

"그게 아니야. 반대야."

어깨를 으쓱이면서 꺼내 놓은 마왕의 말이 의미하는 바를 흡혈 양도 메라도 이해할 수 없었던 듯 곤혹스러워했다.

"기술이 발전하려면 반드시 토대가 겹겹이 쌓여야 해. 지식을 갖고 찾아온 미래인이 아닌 한 기술이 느닷없이 발전한다는 건 말이 안 되는 거지. 사람은 나무를 잘라 도구로 가공하고, 그 도구를 발전시켜서 석기로 만들고, 보다 뛰어난 도구를 갖고자 청동기를 만들었어. 청동이 철이 되고, 구조가 복잡화되고, 톱니바퀴가 되고, 증기 기관이 되고, 또 회로가 되지. 그렇게 차례차례 발전하는 법이야. 그렇다면 엘프의 기술도 역시 그런 식으로 발전했겠지? 아니면 이상하잖아. 과연 엘프가 자기들끼리 혼자 발전을 이뤄 냈을까? 아주 불가능하지 않겠지만, 엘프는 종족 자체가 너무 적은 숫자인 데다가 토지도 자원도 변변찮아. 엘프만 모여 살아서는 문명을 유지하는 게 고작이라는 말이야."

문명의 발전은 층층이 쌓인 역사가 있기 때문에 가능하다는 말.

석기 시대에 느닷없이 반도체의 원리를 떠올릴 수 있는 천재는 나타나지 않는다.

뭐랄까, 그런 녀석이 진짜 있다면 소름 끼칠걸. 머릿속이 아예 어떻게 된 놈 아니겠어?

"요컨대 내가 무슨 말을 하고 싶냐면, 엘프끼리는 그런 기술을 가질 수 없다는 거야. 엘프 말고도 비슷한 기술을 보유한 집단이 또 있지 않으면 이상한 거지. 응, 원래는."

마왕의 말에 우선 메라가 깜짝 놀라는 표정을 지었다.

"그렇군요. 그래서 반대였군요."

메라가 중얼거리는데도 흡혈 양은 머리 위에 물음표를 떠올리고 있다.

……흡혈 양은 살짝 바보였구나.

"맞아. 반대야. 엘프가 발전된 기술을 갖고 있는 게 아니야. 엘프를 빼고 전부 쇠퇴한 거지. 그게 이 세계의 진실."

저 말까지 듣고 간신히 흡혈 양도 이해가 됐나 보다.

"이 세계는 아주 옛날에 지구보다 앞선 기술로 발전을 이뤘어. 그렇지만 과오를 범하고 멸망의 길을 걸었지. 그때의 기술은 실전됐고, 엘프를 뺀 전부가 쇠퇴 일로를 걷게 된 거야."

엘프가 발전한 것이 아니라 다른 모두가 쇠퇴했을 뿐.

그러니까 반대.

그렇게 마왕은 이 세계의 진실 한 자락을 말했다.

2 돌격 방문, 개미집

판타지 세계인 줄만 알았던 이곳은 사실 종말 후의 세계였다.

뜻밖의 진실을 듣게 된 흡혈 양의 반응은 드디어 이해하겠다는 느낌이었다.

뭐, 여러모로 위화감이 잔뜩이었으니까.

듣고 보니까 확실히 이해되는 요소가 수북이.

특히 포티머스의 사이보그 보디.

반면에 메라는 지금 듣게 된 사실을 제대로 소화하지 못하는 눈치였다.

메라는 나랑 흡혈 양과 달리 이쪽 세계의 현지인이니까 갑자기 기계가 어쩌고 기술이 어쩌고저쩌고하는 말을 들어도 상상이 잘 안되는 부분이 있을 거야.

백문이 불여일견이라고 흔히 말하잖아.

뭐, 메라는 느낌은 딱 안 온다 해도 마왕이 한 말의 의미를 이해하려고 노력 중이고, 이해를 못 한다고 해서 뭔가 문제가 생기는 것도 아니다.

어차피 아주 먼 옛날의 역사일 뿐 지금을 살아가는 우리에게는 별 관계가 없으니까 말이야.

……그렇게 생각했던 시기가 저한테도 있었습니다.

한밤중에 황야를 걷고 있는 마왕님 일행.

저 말만 들으면 마왕의 군세가 나타났냐는 상상을 할 법도 싶겠지만, 사실 겉모습만 보자면 나이도 얼마 안 된 소녀 집단 플러스 하나.

플러스 하나이자 유일한 남자인 메라가 이 중에서 가장 연장자 같은 외모를 갖고 있기는 한데, 실제 나이는 마왕이 훌쩍 앞질러 가서 1등이다.

겉모습으로 말하자면 내가 두 번째로 노안인가?

아냐, 마왕이랑 인형 거미랑 흡혈 양이 로리로리해서 그렇지 결코 내 얼굴이 늙은 건 아니라고!

전세랑 같은 얼굴이니까 고등학생이잖아!

꽃처럼 어여쁜 여고생한테 노안 소리를 해보세요. 살해당해도 불평을 못 한답니다~.

참고로 나는 이래 봬도 이쪽 세계에서 먹은 실제 나이는 흡혈 양이랑 별로 다른 게 없으니까 비합법입니다.

합법 로리 마왕하고는 다르단 말씀!

……내가 도대체 뭐랑 싸우는 거람?

왠지 갑자기 힘이 쭉 빠진다.

홀로 의기소침하고 있는 내 의식에 뭔가 걸려들었다.

탐지의 유효권 안쪽에 뭔가 들어왔다.

그쪽 방향으로 만리안을 발동.

탐지권 안에 들어온 뭔가를 눈으로 직접 확인한다.

얼핏 보기에는 평범한 새로 보였지만, 물론 탐지를 구사하는 내 눈을 속일 수는 없었다.

새 모양의 기계로 된 감시 장치.

저런 물건을 쓰는 놈은 하나밖에 없다.

포티머스가 풀어놓은 감시 장치였다.

나는 만리안 너머로 왜곡의 사안을 발동.

새 모양 감시 장치의 주위 공간이 비틀리면서 공간 안쪽에 위치한 모든 대상을 도려내고 파괴했다.

새 모양 감시 장치는 어쩔 도리도 없이 눈 깜짝할 사이에 파괴됐다.

마왕이 흡혈 양이랑 인형 거미들의 합창을 지휘하면서 힐끔 이쪽을 돌아본다.

그쪽 방향으로 말없이 고개를 끄덕거려서 답하자 마왕도 한 차례 고개를 끄덕여줬다.

내가 포티머스를 경계하면서 이대로 아무 짓도 안 할 리가 없다고 다짐하는 근거가, 이렇듯 시시때때로 날아오는 감시 장치였다.

감시 장치는 진짜 툭하면 날아온다.

그야말로 마왕이 포티머스를 때려눕히고 나서 이 여행을 시작한 당초부터 쭉.

그때마다 내가 이렇게 감시 장치를 접근하기 전에 박살 냈다.

안 그러면 이쪽의 정보가 죄다 새어 나갈 테니까.

바로바로 부숴버리면 우리가 대충 어느 위치에 있다는 정보를 주는 셈이지만, 그거야 안 부수고 방치해서 발견당해도 같은 결과였다.

그렇다면 차라리 새어 나가는 정보량을 되도록 줄이기 위해 부수는 게 낫다.

사실은 누출 정보량 제로가 가장 이상적이겠지만 말이야.

우리도 정보 누출을 막기 위해서 이래저래 노력은 했거든?

사람 안 다니는 장소를 굳이 골라서 이동하는 식으로 포티머스의 눈이 되어주는 감시 장치를 따돌리려고 시도한다든가.

그래도 메라의 식량 확보를 위해서는 정기적으로 도시나 마을에 들를 필요가 꼭 있었던 거야.

거기에서 꼬리를 잡히기도 했고 결국 감시를 완전히 뿌리치기란 불가능하다는 것이 현재 상황.

이쪽을 놓쳐버렸는지 오랫동안 감시 장치가 안 날아오는 기간도 가끔 있었는데, 그런 때는 우리가 나아갈 만한 루트에 미리 감시망을 펼쳐서 매복하고 기다리는 방법으로 나온다.

포티머스뿐 아니라 신언교 교황이라는 인물한테도 같은 수법으로 앞길을 선점당하고 있다고 마왕이 말했었다.

우리의 최종 목적지가 마족령이라고 이미 정해져 있는 시점에서 진행 경로도 어쩔 수 없이 한정돼버리잖아.

아무리 다른 사람들의 눈을 피하려고 해봐도 한계가 있다는 거지.

이번 감시 장치는 꽤 오랜만에 나타났다는 느낌.

아마도 이 황야를 눈여겨보고 있던 게 아닐까?

이제껏 우리가 취한 행동으로 사람들의 눈이 닿지 않는 곳을 지나가리라고 예측하고 이 황야에 감시망을 펼쳐 두지 않았으려나.

뭐, 그렇다 해도 들켰다고 당장에 뭐가 어떻게 되는 건 아니다.

이제껏 보인 행동과 그리고 실제로 흡혈 양의 저택에서 조우했을 때 보여준 언동으로 추측했을 때 포티머스라는 남자는 지독하게 신중하면서 교활하다. 그리고 구두쇠.

승리를 위해서는 수단을 가리지 않지만, 못 이길 승부는 하지 않는다.

그런 남자가 마왕이라는 초전력을 보유한 우리에게 무작정 덤벼들 리가 없잖아.

감시도 제대로 하지 못하는 상황이라면 더더욱.

뭔가 수작을 부린다 한들 이길 수 있다고 확신한 상태에서 나타나겠지.

포티머스가 충분한 전력을 갖췄거나, 혹은 우리에게 뭔 일이 나서 위기 상황에 빠진 상태라든가.

만약 포티머스가 이쪽을 압도하는 전력을 갖고 있다면 그때는 대책이 없다.

줄행랑이 이기는 길.

다만 아마도 그렇지는 않을 거야.

마왕을 감당할 전력이라니, 그런 게 쉽사리 갖추어질 리가 없는데다가 설령 있다면 벌써 옛날에 뭔가 수작을 부렸겠지.

이렇게 조용하다는 것은 그만한 전력이 애초부터 없었거나 혹은 아까워서 감춰 두고 있거나.

탄 소비를 신경 쓴다고 총 쏘기를 망설이는 자린고비인 만큼 아까워서 감춰 둔다는 패턴이 없다고는 말을 못 하겠다는 게 무섭다.

뭐, 있나 없나 모르는 전력을 경계해 봤자 머리만 아프지.

앞으로 이쪽에서 빈틈을 내보이지 않도록 조심조심 신경 쓸 수밖에.

포티머스에게 괜한 수작질은 큰 리스크를 져야 한다는 인상을 계속 줄 수 있다면 일단 습격당할 가능성이 확 줄어든다.

이렇게 감시 장치를 바로바로 때려 부수면 방심해서는 안 되겠다

35

고 경계심을 자극할 수 있을 거야.

내가 탐지를 쓰면 상대가 접근하기 전에 감지할 수도 있고, 감시 장치든 습격자든 먼저 분간하고 선수를 칠 수 있다.

탐지로 찾아내고, 만리안으로 확인하고, 사안으로 공격.

상대가 많이 위험하다 싶으면 공격 대신에 태세를 전환해서 전이로 도망치면 된다.

분명하게 말하겠는데 지금의 내게는 단순 접근조차 만만치 않다.

전이의 조짐마저도 탐지로 먼저 감지해 낼 수 있으니까.

내 탐지권 바깥에서 무지막지하게 빠른 속도로 치고 들어왔었던 어딘가의 마왕님은 예외 중의 예외니까 제외!

게다가 내 탐지의 유효 사정권은 그때보다 넓어졌다.

지금이라면 마왕급 속도로 누가 들이닥쳐도 대치하기 전에 감지할 자신이 있다!

그다음에 도망칠 수 있느냐는 다른 문제지만 말이야!

그때는 마왕을 미끼로 써서 도망쳐야지.

뭐, 탐지의 유효 사정거리가 꽤 많이 넓어졌고, 나 자신의 속도도 꽤 많이 빨라졌으니까 어지간한 상대가 나타나도 도망칠 수는 있겠지만.

참고로 예지라는 사기 스킬로 벌써 한참 전 이미 최고 레벨에 도달한 탐지의 유효 사정거리가 넓어지고 있는 이유는, 단순하게 내가 그동안 탐지를 제대로 잘 다루지 못한 까닭이었다.

음, 잘 못 다뤘었다고 다 지난 과거처럼 표현하자면 틀린 말이고, 지금도 완벽하게 잘 다룬다는 말은 하기 어렵다.

탐지는 감지 계열 스킬을 전부 몰아넣었으니까 은근히 치트 성능을 자랑한다.

다만 성능이 너무나도 좋은 탓에 들어오는 정보 전부를 다 감당하고 처리할 수가 없었다.

뭐라더라, 인간도 눈에 들어오는 대상 전부를 인식하지는 않는 것과 마찬가지라고 할까? 길가의 돌멩이처럼 필요 없다고 판단되는 정보는 머리가 무의식중에 휙휙 튕겨 내잖아.

맞아, 그렇게 안 하면 정보량이 너무 많아서 머리가 터져 나갈걸.

그리고 유효 사정거리란 내가 감당하고 처리할 수 있는 한계 거리라고 보면 되겠다.

요컨대 내 처리 능력이 올라가면 그만큼 사정거리도 늘어난다는 뜻.

그렇기는 한데 처리 능력이란 게 간단히 쑥쑥 올라가면 고생 안 하지.

이미 고속 연산 등등 관련된 스킬은 최고 레벨을 달성해버렸다.

여기서 더 성장하려면 스킬에 의존하지 않고 나 자신의 처리 능력을 올리는 방법뿐이었다.

스킬의 효과로 강화된 처리 능력을 더 올려야 된다고…….

주판의 달인에게 계산 능력을 더 많이 올리라고 말하는 격이잖아.

하루아침에 어떻게 되는 문제가 아니야.

그러니까 평소는 필요 없는 정보를 무의식중에 잘라 버리고 필요한 정보만 골라 집어내고 있다.

마음만 먹는다면 잘라 내버리는 정보도 다 수집할 수 있겠지만, 그런 짓을 했다가는 집중력을 엄청 써야 하니까 피곤하단 말이야.

보시게나, 지금도 내가 마음만 먹으면 땅속에 뚫려 있는 뭔가 커다란 굴도 날카롭게 간파해 내질 않는가.

응? 땅속에 커다란 굴?

뭐야? 웬 굴이야? 의문을 떠올린 순간에 메라가 마침 굴의 바로 위쪽으로 걸음을 내디뎠다.

내 인척의 사안 때문에 중력을 몇 배로 받고 있는 메라가.

앗, 뭐라고 말도 못해줬는데 메라가 순식간에 지면을 부수고 가라앉았다.

굴이 뚫린 까닭에 살짝 약해져 있던 지면이 메라의 무게를 못 견디고 허물어져버렸다.

무슨 일인가 싶어 합창을 멈추고 뒤돌아보는 마왕과 유녀, 소녀들.

허물어진 땅속을 들여다보니까 그곳에는 메라가 상처 하나 안 난 모습으로 서 있었다.

단련을 거듭한 메라의 현재 스테이터스는 제법 건실하다. 고작 구멍에 떨어졌다고 부상을 당하지는 않는다.

그래도 안심할 수는 없었다.

구멍 아래로 떨어진 메라에게 다가드는 기척이 있다.

개미다~!

사람 키만 한 거대 개미였다.

아무래도 이 굴의 정체는 개미형 마물의 집이었나 보다.

집을 붕괴시킨 범인, 즉 메라를 향해 잇따라 달려들고 있다.

그렇다 해도 이 개미가 말이야, 별로 안 강하거든.

능력치가 고작해야 100 언저리니까 지금의 메라는 여유롭게 이길 수 있는 상대였다.

숫자가 많다는 게 난관이지만, 그래 봤자 메라가 혼자 섬멸할 수 있을 거야.

흠흠. 지금은 메라의 레벨 업을 위해서라도 혼자 벌을 처리하도록 시킬까?

그렇게 딴생각하는 틈에 인형 거미 중 하나, 장녀 비슷한 위치에 있는 아엘이 몸을 날려서 구멍으로 쑥 뛰어들었다.

아엘은 인형 거미들 중 앞장서서 움직이는 행동파인데, 적극적인 성격 때문인지 인형 거미의 리더 비슷한 위치를 차지하고 있었다.

앞장서서 움직인 다음 깍쟁이처럼 맛있는 부분을 갖고 가는 구석도 있지만.

식사 때라든가 제일 맛있어 보이는 요리를 제일 먼저 확보한다든가!

즉 이 녀석이 식사 때는 내 라이벌이다.

그래도 뭐, 그 밖에 다른 부분에서는 야무지다.

지금도 궁지에 빠진 메라를 보고 제일 먼저 달려갔잖아.

……설마 경험치 올리겠다고 서둘러서 돌진한 것은 아니겠지?

아엘은 깍쟁이니까 혹시나 싶기는 하네.

뛰어내려 간 아엘이 떨어지는 기세 그대로 개미를 짓밟으면서 착지.

그다음은 검을 뽑아 들고 일섬.

근처에 있던 개미가 단칼에 두 동강 났다.

아엘의 공격에 이어서 다른 인형 거미들도 구멍으로 몸을 날렸다.

리엘과 피엘이 먼저 뛰어내리고, 둘을 지켜보다가 살짝 조마조마한 기색으로 사엘이 뛰어들었다.

사엘은 아엘과 정반대, 주뼛주뼛하는 성격으로 인형 거미 중 막둥이 취급을 받고 있다.

훨씬 격이 떨어지는 개미한테 돌격하는데도 망설일 만큼 소심해서야 장래가 걱정되는구나.

그렇게 시작되는 유린극.

그야 인형 거미는 저래 봬도 능력치 1만을 넘는 괴물인걸.

100분의 1보다 낮은 능력치를 겨우 갖고 있는 개미가 대항할 도리는 아예 없는 거지.

사엘은 그럼에도 흠칫흠칫하면서 싸우고 있지만, 딱히 고전하는 게 아니라 단지 당황해서 나오는 반응이니까 무시해도 되겠다.

인형 거미들이 휘두르는 무기에 베여 나가는 개미.

결국 메라는 검을 뽑기는 뽑았지만 자기 무기는 휘둘러보지도 못한 채 끝나버렸다.

산더미처럼 쌓인 개미 시체 위에서 넷이 하이파이브를 주고받는 인형 거미들.

기묘하구나~.

갈 길을 잃어버린 메라의 검이 살짝 가엾어라.

개미 주검을 회수하기 위해 나도 아래로 내려갔다.

주검을 공간 수납에 집어넣으며 다시 한 번 땅바닥 쪽으로 탐지를 집중시켜서 살펴봤다.

개미굴이 상상 이상으로 넓구나.

과장 안 하고 작은 던전이라고 불러도 될 만한 규모야.

주변에 있던 개미는 인형 거미들이 싹 섬멸했지만, 안쪽에는 아직도 잔뜩 돌아다니고 있다.

참고로 요 개미의 이름은 에페지고어트라고 한다.

어딘가에서 들은 적 있는 이름 같다고 갸웃거리다가 엘로 대미궁에 사는 벌과 비슷하다는 걸 떠올렸다. 확실히 녀석들의 이름은 핀지고어트였지?

개미와 벌. 뭐, 닮았다면 닮았기는 한데, 글쎄?

이렇게 아무래도 좋은 생각을 하면서 아래쪽, 더 아래쪽으로 탐지를 뻗어 나갔다.

그러다가 정체를 알 수 없는 뭔가를 발견해버렸다.

"웬 봉변이래. 다친 데 없어?"

"예. 괜찮습니다."

"다행이다, 다행이야. 그럼 위로 올라올래?"

메라는 마왕이 내려준 실을 붙잡고 지상으로 나가려고 한다.

그래도 나는 메라와 반대쪽으로, 땅속으로 이어지는 개미집의 안쪽으로 발을 옮겼다.

"응? 시로야? 어디 가려고~?"

마왕이 불러 세워도 무시하고 홀로 안쪽을 향해 전진했다.

마왕과 다른 일행들이 뒤쪽에서 서로 얼굴을 마주 바라보고 이상하다는 듯 고개를 갸웃거리는 모습이 탐지에 걸려 감지됐다.

그래도 내가 멈추지 않고 쭉쭉 가버렸다는 걸 알고 허둥지둥 뒤따라왔다.

"여보세요~? 시로야, 들리나요~? 왜 엉뚱한 데로 가는 걸까~?"

잠깐만, 지금 집중하고 있으니까 말 걸지 말아줄래?

으음. 역시 안 되겠다.

여기 위치는 아직 거리가 멀어서 잘 모르겠다.

더 아래로 내려가야겠어.

나는 흙 마법을 발동해서 아래쪽으로 이어지는 구멍을 만들어 냈다.

개미집의 다른 통로와 연결돼 있는 구멍이다.

구멍으로 뛰어들어서 착지.

착지한 곳에 개미가 열 몇 마리 있었다.

개미의 표정 따위야 알아볼 줄도 모르겠지만, 왠지 모르게 어안이 벙벙한 듯 보이기도 했다.

주원의 사안으로 모여 있는 개미를 샤샤삭 처리.

시체를 공간 수납에 쏙쏙 채워 놓고 또 흙 마법을 써서 아래쪽으로 이어지는 구멍을 파냈다.

이러기를 반복.

가장 아래쪽에서 퀸이랑 주변의 호위 정예 개미를 처리했지만 내가 보기에는 평범한 개미와 다른 구석이 안 느껴질 만큼 약했다.

"뭐하는 거니? 시로야, 쓸데없이 함부로 생태계를 파괴하는 짓은 좋지 않다고 생각하는데."

뒤를 따라온 마왕이 기막히다는 듯이 쓴소리를 늘어놓았다.

으음, 별로 개미를 해치우고 싶었던 건 아니란 말이지~.

좀 걸리적거려서 결과적으로 해치웠을 뿐이라고.

"얼른 돌아가자."

마왕이 위로 돌아가자고 재촉해도 나는 아직 목적을 달성하지 못했다.

내 목표는 이보다 더 아래쪽에 있으니까.

개미의 퀸이 있던 개미집 최심부에서 또 아래쪽에 흙 마법으로 구멍을 파냈다.

"엥?"

아직도 더 아래로 내려가려고 하는 내 행동을 보고 마왕이 지긋지긋하다는 듯이 소리를 낸다.

다른 일행들도 지긋지긋, 아니, 그보다는 내 기행이 이해되지 않아 의아스럽다는 표정을 짓고 있었다.

그런 주위의 반응을 무시하고 아래로 또 아래로 파고 내려갔다.

쫓아오던 중 마왕의 표정이 문득 험악해졌다.

이제야 마왕도 알아차렸나 보다.

"시로야, 이거 혹시?"

긴박감이 가득 찬 마왕의 속삭임.

방금 전 태도와 확 달라진 진지한 모습에 다른 일행도 심상치 않은 분위기라고 사태를 인식한 듯싶었다.

나는 그동안에도 묵묵히 흙을 파내면서 내려갔다.

마왕은 더 이상 아무 말 없이 잠자코 내 뒤를 따라왔고, 거기서 또 뒤쪽으로 흡혈 양과 메라와 인형 거미들이 뒤따랐다.

그렇게 얼마나 더 파고 내려갔을까. 역시 헛걸음이 아니었다.

개미집 최심부에서 또 꽤나 깊숙한 곳까지 파고 나아간 곳, 그곳에서 내가 감지했던 뭔가가 모습을 드러냈으니까.

"어?"

그것을 본 순간 흡혈 양이 천만뜻밖이라는 느낌으로 입을 열었다.

43

마음은 모르는 바가 아니다.

왜냐하면 저것은 이 세계에서는 볼 수가 없어야 하는 구조물이었으니까.

나는 흙 마법을 동원해서 걸리적거리는 흙을 저것으로부터 걷어냈다.

형체가 노출된 저것은 문이었다.

이 세계에서는 일단 목격할 일이 없는 금속제 문.

아니, 금속제 문이 아주 없지는 않겠지만, 이토록 커다란 규모의 문이 과연 있을까?

이만큼 큰 문을 제작할 가공 기술이 없는걸.

더군다나 이렇게 땅속 깊숙한 곳에 파묻어서 설치할 기술이 과연 있겠냐고.

마땅히 없어야 자연스러운 물건이 저곳에 있다.

지금 시대의 기술로는 있을 리 없는 물건이…….

그럼에도 이렇듯 눈앞에 있지 않은가. 즉 지금은 멸망해서 없는 옛 문명의 기술로 만들어졌다는 뜻.

우리가 발견한 것은 마왕이 이야기했던 문명 붕괴 이전의 유적이었다.

3 고대 유적 발견!

금속 문을 앞에 두고 굳어버린 우리들.

그게, 음.

뭔가 발견했다고 여기까지 별생각 없이 막 파고 내려와버리기는 했는데, 이다음은 어떡하지?

솔직히 말하자면 그냥 돌아가고 싶거든.

당연하잖아~. 이거 절대로 뭔가 불길한 플래그인걸~.

당연하다고, 잘 생각해보자?

잃어버린 줄 알았던 고대 문명의 유적, 어떻게 생각해도 트러블의 원인 아니야?

고대의 비보를 찾아 따따단 따단~ 따다단~ 요렇게 대모험을 시작한다?

No~! 나는 귀찮은 짓 하기 싫다고!

게다가 이 유적, 건방지게도 내 탐지를 튕겨 냈다.

내가 유적을 발견할 수 있었던 이유는 흙 속에서 탐지가 닿지 않는 기묘한 공간을 감지했기 때문이니까.

유적에 사용된 재질 때문인지 안쪽을 들여다볼 수가 없다.

들여다볼 수 없었던 탓에 도리어 발견하는 상황이 이어졌다는 거지.

수상해. 진짜 수상하다.

별 이유를 안 대도 이렇게 땅속에 묻혀 있다는 시점에서 이미 이상하잖아?

게다가 용(龍)이 근거지로 차지하고 있는 황야의 지하에!

이 세계에서 구문명의 산물은 일종의 터부와 다름없었다.

용들이 이런 문의 존재를 알고 있었다면 확실하게 파괴하든 뭘 하든 벌써 했겠지.

그런데도 이렇게 방치되어 있다면 이곳이 용들에게도 발견되지 않은 유적이라는 뜻이다.

용의 근거지에서 이제껏 자기 존재를 쭉 숨겨 왔다는 의미라고.

용들이 무능하든가, 아니면 이 유적의 은폐 능력이 대단하든가.

그나마 후자였으면 좋겠다.

앗, 아니지. 어느 쪽이든 안 좋은가.

전자라면 이 세계의 앞날이 걱정스럽고, 후자라면 지금 이 순간이 위태로우니까.

내가 뭔 생각을 하든 느닷없이 큰 소리가 터져 나왔다. 쩌적! 마왕이 문을 억지로 비틀어서 열어버렸는걸!

그렇겠죠~.

그야 마왕의 입장으로 보면 이렇게 대놓고 수상한 유적을 가만 방치한다는 게 말이 안 되지~.

아아, 도망칠 수 없어.

게다가 문을 파괴하니까 유적에서 경보가 울렸다!

삐~! 삐~!

요렇게 누가 들어도 경보랍니다, 하고 느낌 딱 오는 소리가 유적 안에서 시끄럽게 울려 퍼진다.

저 신경 거슬리는 소음을 신경 쓰지도 않고 마왕이 성큼성큼 유적

안으로 걸음을 들여놓았다.

아~ 역시 안으로 꼭 들어가야겠다는 거네~?

"다들 어떤 상황에도 대처할 수 있도록 마음 단단히 먹어."

"아리엘 씨, 여기는 혹시……."

"응. 고대 문명의 유적이야. 설마 이런 게 남아 있을 줄은 예상 못했지만, 반드시 조사해야 돼. 뭐가 튀어나올지 모르니까 정신 바짝 차리고."

마왕이 선두에 서서 전진한다.

흡혈 양이랑 메라, 인형 거미들이 뒤를 따랐다.

나도 하는 수 없이 졸졸 따라가서 파괴된 문을 지나 유적 내부로 발을 내디뎠다.

안쪽은 유적이라는 말이 어울리지 않을 만큼 청결감과 통일감이 느껴지는 복도였다.

차분한 분위기의 내부 장식, 음, 그래 봤자 지금은 귀청 떨어지는 경보 때문에 차분하기는커녕 기분 최악이지만.

어휴, 경보음이 내 신경을 마구 건드린다.

경보가 울렸다, 즉 이 유적은 아직 살아 있다.

아주 먼 옛날 지하 깊숙이 은폐시킨 유적이 아직껏 가동 중이라는 의미다.

도대체 어디에서 에너지를 가져오는 걸까요~?

어휴, 불길한 예감이 가시질 않네.

그걸 증명해주려는 듯이 벽이 소리를 울리며 벌어지더니 안쪽에서 가늘고 긴 통이 모습을 드러냈다.

어디를 봐도 총구로군요. 아이고, 고맙습니다!

벽 틈에서 불쑥 총구가 잔뜩 나타나더니 이쪽을 향해 조준을 맞추고 있다.

거의 곧바로 울려 퍼지는 굉음.

총구가 일제히 불을 뿜었다? 아니, 아니야. 마왕이 총구를 분쇄하는 소리였다.

마왕의 두 손 다섯 손가락에서 튀어나온 실.

채찍처럼 휘두른 실로 총구를 전부 때려 부수는 묘기를 보여줬다.

무시무시하도록 빠른 실 솜씨, 내가 아니었다면 보고도 못 봤을 거야.

인형 거미들마저도 실의 궤적을 미처 따라가지 못했을걸?

나는 준비 중이었던 마법을 가만히 취소시켰다.

나도 마왕이랑 마찬가지로 총구를 전부 부수는 정도야 할 수 있거든~.

이번에는 마왕이 연장자니까 활약할 기회를 양보했을 뿐이거든~.

절대로 마법을 선택해버린 탓에 발동까지 시간을 잡아먹어서 발사가 늦어진 건 아니거든~.

멋 부릴 기회를 빼앗겼어도 하나도 안 분하거든~.

거든~ 거든~ 거든~.

……별것도 아닌 일로 삐치지 말고 움직일까.

이렇게 열렬한 환영으로 맞아줬잖아, 이곳에는 역시 침입자가 들어오면 안 좋은 뭔가를 놓아뒀다는 뜻이다.

단순한 침입자 퇴치 목적으로는 과잉 방어인걸.

아아, 불길한 예감일수록 잘 맞아떨어진다니까.

그러나 유감스럽게도 내 불길한 예감을 확고한 확신으로 바꾸는 작업을 해야만 한다.

마왕이 파괴한 총 가운데 비교적 원형이 잘 남아 있는 녀석을 적당히 골라 손에 들었다.

묵직하게 중량감 있는 머신건 모양의 총.

사람이 들고 다루는 용도가 아니니까 방아쇠 종류는 안 보인다.

콰쾅! 문득 이마에 충격을 받아 고개가 젖혀졌다.

대충 막 만지작거렸더니 폭발했나 봐.

통각 무효를 갖고 있으니까 하나도 안 아프기는 한데 바보짓을 저질러버렸다는 수치심이 끓어올랐고, 거기에 원인이 된 총이 되게 짜증스럽기도 했다.

"뭐하는 거니?"

마왕이 나를 보면서 어이없어한다.

큭! 부끄러운 모습을 내보이고 말았군!

흡혈 양은 혹시 웃을 것 같아서 일순간 걱정했지만, 정작 흡혈 양은 총탄을 얻어맞고도 내가 태연하게 서 있으니까 입을 딱 벌린 채 경악하는 얼굴이었다.

아, 뭐, 응.

그러고 보니 흡혈 양은 포티머스와 싸울 때 벌집 신세로 몰렸던 나를 목격했었던가.

그때를 떠올리면 어째서 내가 무사한가 이해가 안 될 수도 있겠네.

뭐, 그때는 포티머스의 수수께끼 결계 때문에 방어력이 떨어진 상태였으니까 총이 먹혔다 뿐이지 평소 내 방어력이라면 총알 따위야 별반 대미지도 안 들어온다.

실제로 총탄이 명중된 이마를 문질러봐도 상처 하나 없었다.

맞은 부위가 살짝 빨개졌을지도 모르겠지만.

아니, 그런 건 아무래도 상관없고.

문제는 이것이 보이는 대로 총이었다는 사실이다.

총, 이 세계에서 이미 실전됐고 없어야 하는 고대 병기.

이 유적이 고대 문명의 산물이고, 게다가 침입자를 지체 없이 말살하려고 드는 위험한 장소라는 사실이 확정됐습니다!

해냈구나, 젠장! 벌써 짐작했지만! 다 짐작은 했지만!

게다가 총구에서 발사된 탄은 실탄이 아니었다.

포티머스가 사용했던 빛을 내뿜는 수수께끼 에너지 탄이었다.

위력은 포티머스의 총보다 꽤나 낮았지만, 같은 계열의 기술로 제작된 무기라는 생각밖에 안 들었다.

마왕의 낯빛을 살펴보니까 나와 같은 결론에 도달한 듯 복잡한 표정을 짓고 있었다.

"안쪽으로 더 들어가보자."

마왕의 제안을 나는 마지못해 받아들였다.

이 세계에서는 일단 볼 일이 없을 줄 알았던 근대적인 복도를 걸어 나아간다.

방금 전처럼 벽이 벌어지고 갑자기 총이 튀어나오는 상황도 경계하면서.

선두에 마왕, 그 뒤에 흡혈 양과 메라를 두고, 두 사람의 좌우에 인형 거미들, 제일 뒤쪽에 내가 자리를 잡는 포진.

전투력이 낮은 흡혈 양과 메라를 지키기 위한 포진이었다.

이렇게 하면 어지간한 사태가 일어나지 않는 한 흡혈 양과 메라를 못 지킬 일은 없다.

쓸데없이 긴 복도를 신중하게 나아가다가 막다른 곳에 도착했다.

다만 막다른 곳이기는 한데, 벽면이 천장과 좌우 벽, 심지어는 바닥까지도 미묘하게 빈틈이 나 있는 까닭에 짙은 위화감이 느껴졌다.

복도의 사각 쪽에만 접촉돼 있고, 잘 보니까 그곳은 레일 같은 구조로 만들어졌다.

비밀 문이라든가 뭔가 장치가 있을 것 같아서 막다른 곳의 벽을 쭉 살펴봤는데, 딱히 장치의 흔적은 발견하지 못했다.

다만 여기가 종점일 리 없으니까 이 이상한 벽의 너머에도 유적의 시설이 더 이어질 거다.

"으응? 이거, 혹시 그건가?"

마왕이 쭉 조사를 마치고 뭔가 깨달았다는 듯이 중얼댔다.

그리고 마왕은 주먹을 꽉 쥐더니 벽을 냅다 후려쳤다.

꿍음.

마왕의 주먹이 벽을 관통해서 구멍을 뚫어 놓았다.

팔을 뽑아낸 마왕이 구멍의 테두리를 붙잡고 완력으로 열어젖힌다.

와일드하시네요, 마왕님.

그야 게임이 아니니까 벽을 부수고 전진하면 안 될 이유도 없잖아. 응응.

마왕이 억지로 열어 놓은 구멍 안쪽을 들여다봤더니 그곳은 작은 방이었다.

앞이든 옆이든 문짝이 없다.

그런데 무슨 이유인지 천장에 문이 설치돼 있었다.

단순한 문이 아니라 엘리베이터에 달 법한 느낌의 문이랄까.

음, 뭐, 문 옆쪽에 위아래를 나타내는 단추가 있으니까 진짜 엘리베이터가 맞겠네.

응? 엘리베이터?

나는 뒤로 고개 돌려서 이제껏 걸어왔던 복도를 봤다.

저 길이, 이 유적이 파묻혀 있는 지하의 깊이를 머릿속으로 맞대 본다.

딱 비슷한 정도잖아?

횡으로 뻗은 복도를 위로 일으키면 딱 지상과 이어지는 엘리베이터가 완성된다.

그렇게 생각하면 천장에 달린 문도 납득이 되네.

땅속에 자리 잡고 있는 이 유적을 어떻게 출입하는 걸까 의문이 들었는데 평소에는 엘리베이터가 파묻혀 있다가 필요할 때 지상으로 올라갔던 거네.

응응. 납득이 된다, 되기는 뭐가 되겠냐~!

앗, 그래도 이거 진짜로 그런 장치였던 거야?

위쪽을 뒤덮고 있는 대량의 흙은 어쩌고?

고대의 수수께끼 기술로 흙을 치워 낸다든가?

출입할 때마다 매번?

대체 뭐냐고, 장대하게 쓸데없는 바보 멍청이 장치잖아.

그런 재주를 부릴 수 있으면 차라리 뭔가 더 효율 좋은 장치를 만들라고 타박을 놓고 싶다.

음, 꼭 그래야 했던 이유가 당시에는 있었을지도 모르겠지만 말이야.

"아리엘 씨, 이거 엘리베이터예요?"

"응, 뭐, 그렇겠네."

흡혈 양은 나와 같은 결론에 도달한 듯싶었다. 다만 아니나 다를까, 이해가 되지 않는다는 표정을 짓고 있었다.

메라는 엘리베이터가 뭔지 몰라서 곤란한 표정이고.

"고대 문명 시대에 좀 유행했던 비밀 엘리베이터야. 평소에는 이렇게 땅속 깊숙이 파묻혔다가 출입할 때 솟아올라서 지상이랑 연결되는 구조. 그렇게 지하에 있는 비밀 기지로 들어가는 거지."

"흙은 어떻게 하고요?"

"그게 이 엘리베이터의 쓸데없이 대단한 부분이거든? 일시적으로 흙을 흐물흐물하게 만드는 기능이 있어. 엄청나게 쓸데없이 에너지를 낭비하는 바보 멍청이 기능이지만 말이야. 이게 사실은 개발한 놈이 포티머스니까 더 말 안 해도 알겠지?"

그랬구나. 개발한 놈이 포티머스였구나…….

뭔가 이래저래 납득되는 동시에 이 유적이 위험한 곳이라는 사실이 굳게 확정됐다는 기분이다.

비밀 기지라니……. 게다가 포티머스라잖아?

마왕이 엘리베이터 안에 들어가서 방금 전과 똑같은 요령으로 반대쪽 벽을 때려 부쉈다.

벽을 파괴하니까 그곳에는 또 문이.

엘리베이터의 출구가 되는 문이었다.

그 문을 마왕이 또 완력으로 비틀어 연다.

동시에 울려 퍼지는 시끄러운 경보.

아아~ 방금 전이랑 같은 패턴인가.

마왕이 경보음 울려 퍼지는 문 너머로 걸음을 들여놓았다.

우리도 뒤를 따라간다.

그곳은 방금 전까지 걸어왔던 곳과 분위기가 별 차이 없는 복도 였다.

다만 방금 지나온 곳과 달리 짧았다.

길은 금방 끝났다.

길이 끝난 그곳은 벽이 아니라 한 면이 문으로 되어 있었다.

양 옆으로 열리는 슬라이드식 문.

마왕이 문을 향해서 가까이 다가갔다.

그러자 문이 저절로 미끄러져서 열렸다.

당연히 안 열릴 테니까 또 마왕이 우격다짐으로 확 비틀어 열겠구 나~ 생각하던 나는 의표를 찔렸다.

아마 마왕도 마찬가지인 듯 일순간이나마 움직임이 경직됐다.

아니야, 달라!

마왕이 경직된 이유는 문이 갑자기 열린 탓이 아니었다.

문 너머, 그곳에 무수히 많은 무기질적인 눈이 매복하고 있던 탓 이다!

무수히 많은 총구가 이쪽을 겨눈다.

총구를 들어 겨누고 있는 것은 로봇이었다.

포티머스 같은 인간형 사이보그가 아니라 투박한 디자인으로 병기라고 불러야 할 법한 로봇이 헤아릴 수 없을 만큼 잔뜩 있었다.

그 모습을 표현하면 괴이하다는 한마디로 충분하겠다.

입구에서 봤던 것보다 대구경의 총구가 부착된 암(arm)이 하나씩 달려 있고, 팔을 받치기 위한 몸체가 있고, 다리는 캐터필러.

사람이 탑승할 만한 공간은 없다.

애당초 본체의 크기 자체가 인간과 비슷하니까 저걸 꼭 타야겠다면 부둥켜안고 매달려야 하지 않을까.

자주 포대.

포대라고 말하려니까 표현이 좀 과장스럽네. 자주 총대라고 말하면 되려나?

장난 아니고요, 진짜 병기랍니다~ 라는 자기소개가 들릴 것 같은 로봇이 넓은 공간 안에 질서 정연하게 늘어선 채 게다가 이쪽을 향해 총구를 겨누고 있었다.

직후 조준된 무수히 많은 총구가 일제히 빛을 뿜었다!

무수히 많은 빛의 탄환이 우리를 향해 덮쳐든다.

마왕이 전면으로 들이닥치는 탄환들을 양손의 실로 쳐냈다.

그러자 대부분의 빛 탄환이 튕겨 나갔다.

……역시 이 마왕님은 스펙이 좀 파격적이다.

그렇지만 아무리 마왕이어도 수십 대의 로봇에서 단속적으로 발사되는 머신 건 광탄을 전부 막아 내기는 어림없었기에 몇 번은 이쪽으로 도비탄이 날아왔다.

뭐, 인형 거미들이 무기로 다 쳐냈지만.

……역시 이 마왕님의 부하들도 스펙이 좀 파격적이다.

로봇들의 공격을 마왕과 인형 거미들이 전부 막아준 덕에 할 일이 없었던 나는 유격에 나서기로 했다.

다만 먼저 격렬한 빛과 소리 때문에 반쯤 패닉에 빠져 있었던 흡혈 양의 머리에 가볍게 촙을 쳐서 제정신으로 돌려놓았다.

"얼음벽 세워."

이어서 자기 몸을 지키기 위한 최저한의 수단으로써 마법으로 얼음벽을 세워 바리케이드를 만들라고 지시.

흡혈 양은 물과 얼음 마법을 특기로 하니까 물리적인 방어력을 기대할 수 있는 얼음벽을 세워 놓으면 어느 정도 로봇의 공격에도 견딜 수 있을 것이다.

흡혈 양은 내가 말하려는 바를 이해했는지 울상을 지으면서도 얼음벽을 만들었다.

그리로 메라와 함께 피난한다.

이제 흡혈 양이랑 메라는 괜찮을 거야.

좋아~ 나도 치고 나간다!

그렇게 분발하는 순간 로봇들이 휙 날아갔다.

잘 보니까 마왕이 벌써 로봇들의 맨 앞줄로 돌격해 들어갔네.

어째서~?

아, 마왕도 흡혈 양이랑 메라의 안전이 확보된 걸 알고 돌진했구나.

마음만 먹는다면 언제든 공격에 나설 수 있었지만, 그랬다가는 흡혈 양이랑 메라가 위험해지니까 수세를 취했던 거네.

내가 분석하는 동안에도 마왕이 잇따라 로봇들을 고철로 바꿔 놓았다.

두 손 열 손가락에서 뻗어 나온 실이 종횡무진 휘달리면서 로봇을 붙들어 패고, 혹은 베어 가른다.

마왕의 전법은 정말 심플했다.

다만 심플하기에 비할 데 없이 강력하다.

마왕의 파격적인 능력치로 최고 레벨을 달성한 실 계열 스킬을 발휘하면 당연히 강할 수밖에 없잖아.

어디를 봐도 강철제로 된 로봇이 맥없이 부서지거나 혹은 잘려 나간다.

이렇게 근처에서 마왕이 제대로 싸우는 장면을 보는 게 사실은 처음이었던가?

대부분은 원 펀치로 끝내버리는구나.

마왕이 가장 제대로 싸웠던 걸 봤던 때는 내가 상대였을 때 아닐까?

사리엘라 국과 오우츠 국이 전쟁을 일으켰던 그때 말이야.

그때 내 공격이 전부 다 폭식에 막혀버려서 아~무것도 못했던 게 떠오른다.

그 기억을 돌이켜보면 폭식을 쓰지 않는 지금은 마왕도 아직 급하지 않다는 거네~.

마왕님이 완전 치트스러워서 살짝 무섭다.

정면에서 로봇들을 유린하는 마왕의 옆쪽으로 이따금 새어 나오는 로봇은 인형 거미들이 맡아 처리했다.

숨겨 갖고 다니던 팔을 다 꺼내고 여섯 팔로 전부 무기를 휘두르는 인형 거미들.

로봇이 쏘는 빛 탄환은 칼날로 받아넘기고 곧장 유려한 몸놀림으로 검을 휘두른다.

위아래로 싹둑 베여 나가는 로봇.

어째서 강철로 된 로봇이 두부처럼 잘려 나가는 걸까요~?

인형 거미들은 각자 사방으로 산개해서 로봇을 해치웠다.

정면에서 마왕이 대부분의 로봇을 상대하고 있다지만, 인형 거미들도 다수의 로봇을 무난하게 파괴하며 활약했다.

마왕의 강점이 단순 강력한 파워라면 인형 거미들의 강점은 잘 연마된 기술.

무기 계통의 스킬을 고레벨로 갖추고 있는 인형 거미들은 마물이면서도 달인이라고 불릴 만한 검 솜씨로 로봇을 베어 넘기고 있었다.

게다가 인간에게는 불가능한 육도류로.

이도류는 로망이라는 말을 하는데, 막상 진짜로 운용하려고 들면 굉장히 어렵다고 한다.

검도에서 실은 이도류가 정식으로 인정받기는 했거든?

근데 실제로 쓰는 사람은 거의 없다는 거.

이유가 뭐냐면 단순하게 그만큼 이도류가 어려우니까.

검은 금속으로 만들어졌으니까 무겁다.

그런 걸 한 손으로 휙휙 휘둘러야 하니까 당연히 어렵고말고.

검도의 경우는 죽도를 쓰니까 진짜 검처럼 금속 무기보다는 훨씬 가벼운데, 그렇다 해도 이도류를 선택하는 사람은 적다.

하지만 능력치가 1만을 넘는 인형 거미들에게 한 손으로 검을 휘두르는 정도야 별일도 아니었다.

예쁘장한 외모와 달리 묵직한 무기를 가볍게 다룰 수 있다.

게다가 육도류.

인간 검사는 아무리 수련을 쌓아도 당할 방법이 없겠네~.

아엘은 로봇을 담담히 처리하고 있었다.

이 녀석은 분명 효율주의네.

기운을 최대한 아끼려고 애쓰는 타입.

깍쟁이니까 그렇게 효율을 따져 가면서 편하게 해치우려고 하는 의도가 언뜻언뜻 드러난다.

그에 반해서 사엘은 옆에서 보면 불안해지는 느낌.

소심한 성격 때문에 한창 싸우는 중에도 무척 힘겨워한다는 게 아주 잘 보인다.

인형이니까 표정은 거의 변함이 없고 소리도 내지 않지만, 허둥지둥 깍깍거리는 모습이 눈에 어른거리는구나~.

뭐, 그래도 전투 능력은 다른 셋과 별 차이가 없으니까 걱정은 안 하지만.

리엘은 사엘과 다른 의미로 옆에서 보면 조마조마하다.

뭔 짓을 할지 모른다는 공포가 느껴지거든.

리엘은 예측 불가 푼수데기라서 평소에도 행동을 예측할 수가 없다.

그런 데다가 가끔씩 얼빠진 짓을 하고.

아무것도 없는 데서 넘어질 뻔한다든가.

그때마다 내가 실로 잡아주고는 했다.

그러니까 언뜻 무난하게 잘 싸우는 듯 보여도 제일 조마조마해서 눈을 뗄 수가 없다.

게다가 피엘도 또 다른 의미로 조마조마하거든.

피엘은 대놓고 말하자면 저돌 맹진의 촐싹데기다.

툭하면 우쭐거리면서 앞뒤 가리지 않고 돌격하는 버릇이 있고, 지금도 혼자 툭 튀어 나가서 로봇을 베어 넘기고 직진하는 중.

상대가 약한 놈들이니까 당장 문제는 안 생기지만, 전장에서 주위를 돌아볼 줄 모른다는 것은 좀 위험하지 않을까?

어라? 차근차근 돌이켜봤더니 아엘 말고는 전부 되게 불안하다?

……뭐, 괜찮을 거야. 아마, 분명히, 그럴 거야.

음. 그리고 보니 여행 중에도 늘 아이를 돌보는 기분이었구나.

쟤네들, 특히 피엘은 자꾸 내 몸에 올라타거든.

내 거미 몸뚱이는 분명 커다라니까 어린애 한 명쯤 태울 순 있기는 하지. 그래도 쟤네, 외모가 로리일 뿐 실제 나이는 되게 많잖아?

그런데도 왜 애 보는 기분이 드는 걸까?

아엘은 올라타려고 들지 않지만, 피엘은 거리낌 없이 올라타려고 들고, 리엘은 뜬금없이 아무 때나 올라오려고 하고, 사엘은 힐끔힐끔 나를 쳐다보면서 은근슬쩍 태워 달라고 졸라 대기나 하고!

응? 잠깐만?

그리고 보니 아엘도 딱 한 번 올라탄 적이 있었는데.

아니, 애당초 아엘이 맨 처음 내 몸에 올라타지 않았던가?

엥?! 설마?!

아엘 녀석, 손 많이 가는 여동생들을 떠넘기기 위해서 내 몸에 올라타는 놀이를 여봐란듯이 보여준 거야?!

가능성 있어! 깍쟁이 아엘이라면 하고도 남아!

계획대로! 음흉하게 미소 짓는 아엘의 얼굴을 쉽게 상상할 수 있군!

아엘, 무서운 아이!

그렇게 내가 무시무시한 진상에 다다르던 동안에도 마왕을 중심으로 한 로봇 퇴치는 계속 진행 중이었다.

내가 나설 필요는 없겠네.

응, 굳이 내가 나설 상황도 아니었거든~.

이번에는 마왕이랑 인형 거미들이 연장자니까 활약할 기회를 양보했을 뿐이거든~.

절대로 딴생각하다가 끼어들 타이밍을 놓친 게 아니거든~.

멋 부릴 기회를 빼앗겼어도 하나도 안 분하거든~.

거든~ 거든~ 거든~.

그나저나 뭐, 이곳은 병기 공장이 틀림없나 본데.

저렇게 위험한 로봇이 보관되어 있는 시점에서 더 생각할 필요도 없었지만.

나는 새삼 로봇이 북적거리고 있는 공간을 둘러봤다.

살짝 큰 체육관 정도 넓이의 공간에 로봇이 빼곡하게 들어차 있던 이 장소.

지금은 마왕과 인형 거미들을 요격하기 위해 로봇이 기동하고 있지만, 이곳은 원래 로봇을 잘 간수하기 위한 보관 창고가 아니었을까?

맨 처음 로봇들은 가지런하게 놓여 있었다.

지금은 마왕이랑 인형 거미들한테 엉망진창으로 당한 탓에 대열이 다 흐트러졌지만, 아마 원래는 기동하지 않은 상태로 나란히 자리를 차지하고 있었을 거야.

그 증거로 바닥에 딱 로봇을 보관하기 편리하도록 기계 장치가 달린 야트막한 받침대가 일정 간격을 두고 늘어서 있었다.

로봇이 기동할 때는 아마 떨어지도록 돼 있는 케이블도 그 받침대에서 뻗어 나왔고.

저 케이블로 원동력을 보급받는 걸까?

원동력이라는 게 MA 에너지는 아니기를 기원할 따름이었다.

헛된 희망이라는 건 뻔히 알지만.

고대 유적, 포티머스의 관여, 그리고 전투 로봇이 보관돼 있던 로봇 공장.

이렇게까지 불온한 정보가 다 갖춰져 있는 지금 저기에 사용된 원동력이 MA 에너지가 아니라고 한다면 그게 더 무리가 있다.

일단 받침대를 좀 더 자세히 조사해볼까?

그렇게 앞으로 나아갔던 순간에 돌발 사태가.

내가 복도에서 보관실 안에 걸음을 들여놓은 순간, 등 뒤에서 철컥하는 소리가 들렸다.

뒤돌아보니 복도의 좌우 벽이 벌어져서 안쪽으로부터 각각 한 대씩 로봇이 튀어나온다.

비밀 문이냐!

로봇의 바로 근처에는 흡혈 양이랑 메라가 있다.

둘 모두 얼음벽을 전면에 전개했어도 뒤쪽에는 아무것도 없었다.

즉 뒤쪽으로부터 나타나 기습을 펼치는 로봇에게는 무력하다.

내가 나설 때가 왔도다~!

복도에서 보관실로 잠깐 움직인 탓에 거리가 좀 멀어져버렸지만, 내가 마음먹고 속도를 발휘하면 없는 것이나 마찬가지인 거리인걸.

로봇과 흡혈 양, 메라의 사이로 끼어들어서 날렵하게 로봇을 퇴치하자.

나한테는 별일도 아니란 말씀!

"아아아아아앗!"

행동은 안 하고 기분부터 내던 나, 늦어버렸다.

날카로운 기합과 함께 메라가 달려 나가서 로봇을 향해 순식간에 육박.

로봇의 총구가 불을 뿜기 전 검을 휘둘러서 총구를 쳐올리고 조준을 비트는 데 성공했다.

다른 한 대가 메라에게 총구를 겨눴지만, 그 총신이 얼어붙는다.

흡혈 양의 얼음 마법이었다.

총구를 봉쇄당하고 발사해야 할 에너지가 내부에서 폭발한 탓인지 얼어붙었던 로봇이 폭발로 자폭했다.

그 광경을 본 메라가 흡혈 양을 따라 다른 한 대의 로봇도 총신을 꽁꽁 얼렸다.

흡혈 양의 권속이 된 까닭인지 메라도 얼음과 물 마법의 적성이 높다.

스킬 레벨은 흡혈 양보다 뒤떨어져도 높은 능력치로 그 부분을 커버.

처음 한 대와 마찬가지로 얼어붙은 로봇이 억지로 탄을 발사하려다가 폭발했다.

음, 훌륭하군.

즉각 총구를 비튼 메라의 임기응변과 거기에 보조를 맞춰 또 다른 로봇을 얼리는 흡혈 양의 판단력.

더더군다나 자신의 역량으로 로봇을 파괴할 수 없음을 헤아리고 자멸시키는 전법을 선택했던 메라의 응용력.

마왕과 인형 거미들이 신나게 두드려 패고 부서뜨리니까 착각할 수도 있겠지만, 이 로봇들이 아주 약하지는 않았다.

뭐랄까, 이 세계의 인간이 보기에는 평범하게 강하지.

한 발이라도 빛 탄환을 얻어맞으면 몸에 바람구멍이 뚫릴걸.

그런 위력의 탄환을 연사까지 하니까 약하다는 말은 절대로 못 한다고.

그만큼 만만하지 않은 적을 우연히 자폭으로 유도하는 최적의 답을 찾아냈다는 운은 따라줬다지만, 주위의 도움 없이 흡혈 양과 메라 단둘이 두 대를 격파했다.

흡혈 양과 메라의 성장이 느껴지는구나.

응응.

나는 믿고 있었다고!

분명 저 둘에게 맡기면 로봇을 물리칠 수 있을 거라고.

그러니까 손을 안 쓴 것뿐이거든~.

이번에는 흡혈 양이랑 메라한테 활약할 기회를 양보했을 뿐이거든~.

절대로 나의 화려한 활약을 망상하다가 늦어버린 게 아니거든~.

멋 부릴 기회를 빼앗겼어도 하나도 안 분하거든~.

거든~ 거든~ 거든~.

……나 말이야, 이 유적에 들어오고 나서 아무것도 안 했네?

굳이 말하자면 이마로 광탄을 쓸데없이 얻어맞았던 거?

큰일 났다.

이대로 아무것도 안 하고 가만있다가는 내 체면이 바닥을 친다?!

으아앗, 그래도 벌써 마왕이랑 인형 거미들이 로봇을 거의 다 정리했는걸.

뒤늦게 설쳐 봤자 웬 뒷북이냐고 핀잔이나 들을 것 같고.

지금도 벌써 그런 느낌인데 쓸데없는 짓 하지 말라는 면박이 또 추가돼버린다.

그럼 안 되지.

맞아, 이런 때에는 아무것도 하지 말고 듬직하게 지켜봐주면 되는 거야!

나는 최후의 요새.

거물은 자잘한 말썽 때문에 일일이 움직이지 않는 법!

애당초 활약할 기회를 몇 번 **빼앗겼다**고 허둥지둥 구는 것은 삼류의 증거.

지금은 관대한 마음으로 다른 일행에게 기회를 양보해드리리다.

홋, 내가 움직이는 때는 좀 더 극적인 순간이오.

제일 멋있는 장면을 홱 낚아채는 게 주인공의 역할 아니겠어?

그러니까 저런 잔챙이 집단한테 열을 올릴 수는 없다는 거야.

후후후, 나는 다음으로 활약할 기회가 올 때까지 힘을 온존하도록 하겠네.

그렇게 마음속으로 억지 변명을 하는 사이에 마왕과 인형 거미들이 모든 로봇을 고철로 다 바꿔놓은 듯싶었다.

다음 순간, 굉음을 울려 퍼뜨리면서 인형 거미 중 하나, 성격 소심한 사엘이 날아갔다.

엥?

앗! 뭔 일이야!

휙 날아간 사엘, 그리고 사엘을 휙 날려버린 존재. 그 둘에게 시선을 보낸다.

이런 때는 눈이 잔뜩 있어서 편리하네.

나가떨어진 사엘은 왼팔 셋 전부와 몸체 일부를 잃어버렸다.

평범한 인간이었다면 치명상이겠지만, 인형 거미는 겉껍데기로 쓰는 인형이 얼마나 망가지든 간에 본체인 거미가 무사하다면 죽지 않는다.

인형의 손상은 심각하더라도 본체는 다치지 않았으니까 괜찮았다.

조금만 더 착탄점이 몸 중심부에 치우쳤더라면 본체도 아마 중상을 피할 수 없었겠지만.

사엘이 반사적으로 피했던 걸까, 아니면 상대의 조준이 어설펐던 걸까.

어느 쪽인지는 모르겠지만 사엘이 표적이 된 것은 그 녀석에게서 가장 가까웠다는 단순한 이유 때문이었다.

상대, 보관실 안쪽 문에서 모습을 나타낸 그 녀석은 한마디로 말

하자면 전차였다.

언뜻 봐도 튼튼한 장갑을 두른 채 로봇에게 달린 총신과 비교도 되지 않게 거대한 포탑을 싣고, 바닥에 흩어져 있는 로봇의 잔해를 캐터필러로 밟아 뭉개면서 천천히 전진한다.

강해 보인다.

그야 능력치 1만을 넘는 인형 거미도 가볍게 날려버렸다는 시점에서 강하다는 것은 확정.

활약할 기회가 와 달라는 생각은 했어도 강적이 나와 달라는 생각은 안 했는데요.

마물 도감
file.20 전차

HP

error / error

MP

error / error

SP

error / error

error / error

status 【능력치】

평균 공격 능력 : error
평균 방어 능력 : error
평균 마법 능력 : error
평균 저항 능력 : error
평균 속도 능력 : error

skill
【기술】

error
error error error error error error error error error error
error error error error error error error error error error
error error error error error error error error error error

고대 유적에 보관되어 있던 병기의 일종. 정식 명칭은 G테트라. 주포로 고출력 광포 5형을 탑재했고, 부무장으로 고출력 광포 3형을 네 문 갖추고 있다. 또한 항마술 결계를 장갑에 상시 전개하고 있기 때문에 마술 공격에 강한 내성을 지닌다. 원동력의 거의 전부를 MA 에너지로 충당할뿐더러 독자적으로 추출도 실행하기에 파괴되지 않는 한 반영구적인 활동이 가능. 주포는 견고한 성채도 파괴하고 전진만 해도 캐터필러로 가옥을 찌부러뜨릴 수 있는 움직이는 요새.

4 대전차 전투 준비!

전차의 포탑이 쓰러져 있는 사엘에게로 향한다.

포탑에서 섬광이 뿜어져 나왔다.

로봇의 총이 빛 탄환을 쏘았다면 이쪽은 빛 포탄.

로봇의 총탄도 위력이며 속도는 딱히 더할 나위가 없었지만, 이쪽은 훨씬 강한 성능을 자랑했다.

사엘이 기습을 받았다 해도 첫 번째 사격을 피하지 못한 채 손상을 입었다는 게 좋은 증거였다.

그리고 손상 때문에 못 움직이는 상태에 놓인 사엘에게 한 발 더 포탄이 적중되면 어떻게 될까?

다행스럽게도 그 결과를 내 눈으로 직접 보게 되지는 않았다.

포탄의 착탄점에 사엘은 이미 없었고, 조금 떨어진 데서 사엘을 안아 든 마왕이 착지한다.

포탄보다 빨리 사엘의 곁으로 달려가서 공주님 안기로 구출해 냈다.

게다가 반동으로 사엘이 다치지 않도록 충격을 억제하면서.

포탄보다 빠른 속도로 홱 낚아챈다면 반동 때문에 사엘의 몸이 산산조각 날 테니까.

대체 뭔 수로 충격을 억제한 거야.

능력치가 전부가 아니라 몸을 움직이는 기술인 걸까?

그냥 오래 살아온 게 아니라는 뜻이겠구나.

나처럼 실전을 팍팍 거쳐서 단기간에 강해진 녀석이랑 달리 마왕은 오랜 시간을 들여서 내실 있게 실력을 쌓았다.

그만큼 기술이랑 경험이 충실하다는 거네.

능력치와 스킬에는 반영되지 않는 노하우.

그 부분마저도 나는 마왕에게 뒤떨어진다는 의미였다.

흐음~. 헹~. 으아~.

뭐, 실력 차이는 있었지. 이제 와서 왜 새삼스럽게.

지금 중요한 건 마왕이 사엘을 구출하려고 움직였다는 것이다.

방금 전 마왕에게는 몇 가지 선택지가 있었다.

하나는 사엘을 미끼로 써서 전차에 공격을 펼치는 것.

사엘에게 조준을 맞추고 있던 전차는 다른 대상에 대해서는 빈틈 투성이였다.

사엘을 내버린다는 전제를 두고 움직였다면 고생하지 않고 선제 공격을 딱 들이맞힐 수 있었을 거다.

그래도 마왕은 사엘을 내버리지 않았다.

자칫하면 본인도 포격에 얻어맞을 수 있는 위험을 굳이 무릅쓰면 서 사엘을 구출하기 위해 움직였다.

마왕의 인품이 드러나는 장면.

그리고 사엘을 내버린 채 전차에 공격을 펼치는 선택지를 고른 내 성격도······.

전차에 육박해서 검은 창을 날린다.

내가 발사한 암흑 창 마법이 전차에게 들이닥쳤다.

마왕이 사엘을 구출하려고 움직였듯 나는 전차를 파괴하기 위해 움직였다.

사엘을 미끼로 써서.

나와 마왕의 차이.

타인을 먼저 걱정했던 마왕, 자신을 우선시할 뿐 사엘을 구출하기 위해 굳이 위험을 무릅쓰면서 나서기를 단념했던 나.

그래도 이번에는 역할 분담이 딱 이루어졌으니까 잘된 걸까.

포탄을 발사한 직후 무방비해진 전차의 측면에다가 암흑 창을 꽂아 넣었다.

아니, 그렇지 않다.

암흑 창은 전차의 장갑 표면에서 사라졌다.

마치 처음부터 아무 공격도 없었다는 듯이 암흑 창이 사라져버렸다.

너무나도 저항감 없이 자연스럽게 사라져버린 탓에 일순간 암흑 창이 장갑을 관통해서 꿰뚫고 지나간 듯 보일 정도였다.

혹시 포티머스가 썼던 수수께끼 결계인가?

확인을 위해 두 번째 창을 날리려고 했을 때 포탑이 빙글 돌아서 이쪽으로 향했다.

즉시 이탈하자 방금 전까지 내가 있던 장소를 포탄이 통과해서 지나간다.

위험해라.

전차의 움직임을 읽지 못해서 하마터면 포탄의 먹이가 될 뻔했다.

응. 전차의 움직임을 예측할 수가 없다.

내 미래시가 전차를 대상으로는 효과가 발휘되지 않는다.

미래시 스킬로 항상 상대의 다음 움직임을 파악하는 나는 예측이 안 되는 상대를 적으로 두면 그만큼 한 발 느려지게 된다.

이제껏 그런 상대는 포티머스를 빼고 없었다.

즉 저 전차가 포티머스와 마찬가지로 수수께끼 결계를 쓰고 있다는 게 확정됐다는 뜻.

난처한걸.

상상 이상으로 귀찮은 놈이 튀어나왔다.

로봇이 한가득 진을 치고 있던 시점에서 벌써 꽤나 넌더리가 났었는데, 거기에다가 또 이런 병기가 튀어나올 줄은.

역시나 유적 탐사는 해 봤자 좋은 꼴을 못 본다니까!

혹시 활약할 기회를 달라는 등 무사태평한 소리를 했던 대가인가?

그렇다면 때마침 대가를 휙 던져놓은 하느님은 아마도 성격이 되게 고약하지 않으려나.

아, 그러고 보니 이렇게 애매한 느낌이 아니라 확정적으로 성격 고약한 사신(邪神)이 있었네.

네 녀석, D! 이거 다 네 짓이지!

괜히 이 자리에는 없는 사신을 마음속으로 원망하는 한편 암흑 창을 전차 쪽으로 발사.

전차에 도달한 암흑 창은 아니나 다를까, 장갑에 닿은 순간 자취를 감췄다.

마법 발동은 제대로 이루어졌다.

즉 여기 공간 자체가 결계에 뒤덮여 있지는 않아.

포티머스가 썼던 수수께끼 결계는 결계의 범위 안에서 능력치랑 스킬을 묻지도 따지지도 않고 못 쓰게 만드는 터무니없는 성능을 발휘했다.

만약 전차가 쓰는 게 같은 종류의 결계라면 범위 또한 장갑 부근의 상당히 한정된 공간뿐이라는 의미 되겠다.

그게 아니라면 나는 마법을 발동조차 못 했을 테니까.

그렇다 해도 암흑 창이 완전히 막혀버린 단계에서 내 원거리 공격 마법은 거의 전부가 안 먹힌다고 봐야 했다.

암흑 창은 내가 자주 사용하는 어둠 계열의 마법 중 범용성과 위력이 특히 뛰어나서 편리한 마법.

이 녀석보다 위력 높은 마법은 심연 마법이라든가 아무튼 좀 거창해진다.

마도의 극의를 갖고 있는 나마저 발동에 애를 먹어야 하는 마법이다.

심연 마법도 과연 먹힐까 고민해보면 미묘하고.

안 먹힌다고 가정하고 마법 공격은 포기하는 게 좋으려나?

그렇다면 사용 가능한 수단은 딱 하나.

물리로 두드려 팬다.

결국 포티머스의 수수께끼 결계든 뭐든 이 부류의 결계를 쓰는 녀석에게는 단순하게 물리로 두드려 패는 게 가장 좋은 방법이겠지.

날아드는 세 번째 포탄을 회피하고 공간 마법의 공간 수납에 넣어뒀던 무기를 손에 들었다.

불길하고 꺼림칙한 오라를 내뿜는 하얀 대낫을…….

이 대낫, 뭔가 근접전 때 물리 공격 수단을 갖고 싶다는 생각에, 그렇다면 무기를 갖고 다니는 게 좋겠다는 생각에 만들었다.

소재는 놀랍게도 나 자신의 몸 일부를 잘라서 썼고.

거미 몸의 앞다리에 달린 낫을 기초로 다른 다리랑 실을 이어 묶어서 쓱쓱 만들어 낸 무기가 이 대낫이다.

내 몸으로 만들어서인지 그야말로 손에 착착 달라붙을 뿐 아니라 기초가 된 내 능력치가 높은 덕분에 튼튼하면서도 발군의 절삭력을 발휘하는 훌륭한 무기였다.

그렇기는 한데 언제부터인가 갑자기 불길하고 꺼림칙한 오라를 내뿜더라니까.

착각해서 잘못 봤을 수도 있겠지만, 거무칙칙한 이펙트가 낫에 휘감겨 있는 듯 보이기도 했다.

참고로 내 대낫의 감정 결과는 대충 이렇다.

『시로의 대낫

공격력: 14099

내구력: 99999

특성: 「자동 성장」「자동 수복」「부식 속성」「어둠 속성」』

응. 뭔가 여러모로 이상하지 않아?

공격력은 무기의 공격력이거든.

즉 이 대낫은 대충 휘둘러도 인형 거미의 방어력을 돌파 가능한 공격력을 발휘한다는 거야.

내구력은 해당 무기가 얼마나 강한 공격을 받아 손상되느냐를 나타내는 기준.

수치 이하의 공격에는 전혀 안 망가진다는 뜻이다.

즉 내 대낫을 부수려면 최대한도의 대미지를 때려 박아야 한다는 거야.

뭐, 요컨대 거의 안 부서진다는 뜻이네.

다만 이 수치는 대미지를 받는 만큼 서서히 줄어드니까 과신은 금물.

음, 평범한 무기였다면 그럴 텐데 내 대낫에는 「자동 수복」이라는 특성이 붙어 있었다.

줄어든 내구력이 시간 경과에 따라 알아서 천천히 회복되는 편리한 특성이다.

자동 수복 특성이 있는 한 내구력이 줄어들 걱정은 안 해도 된다.

그런데 대낫은 최대한도의 대미지를 때려 박지 않는 한 망가뜨릴 방법이 안 떠오를 만큼 기막힌 내구력을 보유한 대낫이잖아?

이래서는 사실상 파괴 불가네요.

이상하네. 진짜 이상하네.

아무리 내 몸을 토대로 썼다지만 내가 그렇게 파격적인 방어력을 갖고 있지는 않잖아?

이상한 점은 이게 전부가 아니었다.

도대체 왜 나도 모르는 틈에 「부식 속성」이랑 「어둠 속성」이 붙는 거야?

만든 직후에는 분명 무속성이었는데요?

거뭇거뭇한 오라의 원인도 틀림없이 두 속성 때문일 텐데.

이상하다. 진짜 이상하다.

게다가 「자동 성장」처럼 당최 영문을 모를 특성까지 달라붙었다고.

뭐랄까, 아마도 대낫을 이상하게 만든 최대의 요인이겠지?

공격력도 내구력도 만든 당초에는 이토록 높지 않았고 다른 특성도 없었는걸.

그랬는데도 어느 틈인가 나도 모르는 사이에 「자동 성장」이 추가됐었고, 그다음에도 저절로 수치가 늘어난다거나 특성이 붙어난다거나.

강한 마물의 소재를 쓰면 해당 마물이 지니는 힘의 일부가 발현되는 경우는 있다.

그렇지만 어디까지나 일부일 뿐, 달리 말하자면 마물이 지닌 힘의 잔재가 남는 현상.

무기가 혼자 성장하는 특성이 붙는다? 절대로 어림도 없다.

짐작되는 요인을 꼽자면 오만이 영향을 줬기 때문이려나.

오만은 성장 치트니까 말이야.

그 녀석이 내 무기에 계승됐다고 가정하면, 뭐, 앞뒤가 아예 안 맞지는 않겠네.

다만 나는 더 그럴듯한 의혹을 떠올렸다.

제작자 겸 소재를 맡은 내 힘이 담겨 있기 때문에 이리되었다고 말하면 듣기는 좋겠지만, 역시 너무나 작위적이라는 느낌이 들고 누구누구 씨의 간섭을 의심할 수밖에 없단 말이지.

내게 예지라는 치트 스킬을 내려줬던 누구누구 씨를…….

응. 하고도 남아.

그 자칭 사신의 성격을 감안하면 재미있을 것 같다는 이유로 강한 무기를 휙 던져주는 짓은 하고도 남지 않을까?

그렇게 생각하면 이 대낫의 말도 안 되게 뛰어난 성능도 납득이 된다.

뭐, 딱히 확증도 없는 형편이고 지금으로서는 내게 안 좋은 영향이 있지도 않으니까 상관없지만 말이야.

꺼무칙칙하고 불길한 오라를 자꾸 뿜어내니까 엄청나게 저주받은 무기 같다는 느낌이 들기는 해도!

으음.

그나저나 멋 부리면서 꺼내기는 했거든. 근데 이 대낮이 전차한테 먹힐까?

부식 속성은 죽음을 관장하는 속성이고 전차는 무생물인데 과연 먹히려나?

그렇게 내가 고민하는 동안 전차에 공격을 펼치고자 달려 나가는 인형 거미들.

부상당한 사엘을 빼고 셋이 세 방향에서 전차로 달려들었다.

포탑은 아직껏 이쪽을 향하고 있고.

나를 미끼로 썼다?!

뭐, 상관없지. 방금 나도 사엘을 미끼로 썼으니까.

고속으로 접근하는 인형 거미들을 맞아서 전차는 넷 달린 암을 뻗었다.

방금 전 대청소한 로봇에 달려 있었던 그 총구가 딸린 암이다.

총구가 광탄을 발사했다.

넷 달린 암 가운데 둘이 아엘에게, 나머지 둘은 리엘과 피엘에게 사격을 감행했다.

설마 분석이라도 하고 저리 쏘지는 않았겠지만, 인형 거미 중 장녀 역할을 맡고 있는 아엘에게 집중포화를 날리는 선택은 정답이었다.

역시 아엘도 두 자루의 총이 난사되는 상황에서는 다리를 멈출 수밖에 없었고, 광탄을 검으로 튕겨 내면서 방어전을 펼쳤다.

아니, 그럼에도 상처 하나 입지 않고 방어해 내는 아엘은 대단하다.

그리고 넷 가운데 두 자루의 암을 아엘이 감당하고 있는 틈에 리엘과 피엘이 광탄을 피하면서 전차로 접근했다.

달랑 암 하나 갖고는 둘의 전진을 막을 수 없었다.

이어서 둘이 휘두르는 검이 전차의 장갑에 충돌했다.

귀에 거슬리는 쇳소리를 울려 퍼뜨리면서 리엘과 피엘의 검이 전차의 장갑에 맞부딪쳐 불꽃을 흩날린다.

단지 그뿐.

로봇을 가볍게 두 동강 냈던 검이 전차의 장갑에는 거의 통하지 않았다.

기껏해야 작게 흠집을 만들었을 뿐 전차의 장갑을 잘라 내기는 불가능했다.

돌격해서 체중을 실어 날린 일격이 막힌 까닭에 리엘과 피엘의 움직임이 일순간 멈췄다.

짧은 한 순간을 놓치지 않고 전차가 움직였다.

끼릭끼릭, 격렬한 마찰음과 함께 전차가 회전한다.

전차는 팽이처럼 회전하면서 제 거체에 달라붙어 있던 리엘과 피엘을 휙 날려 보냈다.

다행히도 리엘과 피엘은 전차가 회전하기 직전에 먼저 뒤쪽으로 몸을 날려서, 대미지를 받지 않고 공중에서 자세를 가다듬은 뒤 화려하게 착지했다.

그러나 전차의 움직임은 멈추지 않았다.

회전한 다음은 움직임을 멈추고 있던 아엘에게 곧장 돌격했다.

게다가 회전을 멈추지 않고 암을 뻗어다가 마구잡이로 광탄을 흩뿌리면서!

뭐 저리 기운 넘치는 전차가 다 있담!

리엘과 피엘은 전차의 무차별 탄막에 압박당하면서 뒤쪽으로 물러났다.

아엘도 계속 후퇴하고 있지만 전차가 끈질기게 쫓아 따라붙는 터라 거리가 벌어지지 않는다.

집착하는 꼴이 꼭 스토커 같다.

무차별 탄막을 흩뿌리는 동시에 고속 회전을 하면서 들이닥치는 스토커.

진짜 징그러운 스토커잖아!

아차, 농담이나 할 상황이 아니었지.

인형 거미 셋이 전차의 주의를 끌고 있는 사이에, 부상당하고 전력에서 빠진 사엘을 마왕이 안전지대로 데리고 갔다.

즉 흡혈 양과 메라가 있는 복도 안쪽으로.

마왕의 전선 복귀는 머지않았어.

마왕이라면 저 전차도 틀림없이 단박에 때려 부술걸.

이대로 인형 거미들이 시간만 벌어준다면 내가 괜히 설치지 않아도 마왕이 전차를 부숴줄 거다.

그렇지만 전차의 주포가 인형 거미의 방어력을 관통한다는 것은 사엘이 벌써 증명했고—.

혹시 사고가 터져서 인형 거미 중 누가 나가떨어지는 사태가 벌어질 가능성도 없지는 않았다.

……이번에는 마왕에게 빚을 지울 겸 인형 거미들을 도와주도록 할까.

이제껏 본 결과 주포만 살짝 조심한다면 내가 패배할 요소는 없는 셈이고.

대낫을 손에 들고 달려 나간다.

벽을.

거미로 태어난 내게 걸리면 벽 달리기 쯤이야 식은 죽 먹기라고.

그대로 벽을 타고 쭉 올라가서 천장에 도착.

거꾸로 매달린 상태로 천장을 따라 달려서 전차의 바로 위에 다다른다.

거기에서 다리를 떼고 자유 낙하로 전차에 접근했다.

이대로 바로 위에서 대낫을 내리찍어주겠다고 열을 올리는 내 방향으로 전차의 포탑이 빙글 돌아섰다.

오오, 대공 포화로 납셨나.

포탑에서 빛 포탄이 날아온다.

즉시 대낫으로 포탄을 요격.

소리로 표현하자면 싹둑, 하고 들리는 느낌으로 포탄이 깔끔하게 두 동강이 나서 잘려 나갔다.

와앗, 내가 한 짓인데도 깜짝 놀랐어.

솔직히 이게 될 줄은 예상을 못 했다.

게다가 잘린 포탄은 그대로 기세를 잃어버리고 소멸돼버렸네.

포탄이 막혀서 무방비 상태에 놓인 포탑에다가 대낫을 꽂아 넣었다.

대낫은 아무런 저항감도 없이 포탑을 베어 갈랐을 뿐 아니라, 거기에 그치지 않고 낙하하는 기세 그대로 전차의 동체를 깊숙이 관통했다.

게다가 또 회전하던 전차가 자기 회전 에너지를 주체 못 하고 대낫에 찢겨 나가면서 차마 못 봐줄 무참한 상태의 고철 덩어리로 바뀐다.

마치 믹서에 넣고 돌린 것처럼 전차가 잘 다져졌다.

그뿐 아니라 다져진 데서 그치지 않고, 마구 갈라져 나간 잔해가 소리도 내지 않고 먼지로 화했다.

부식 공격으로 격파했을 때 특유의 현상.

어라라~? 부식 공격은 죽음을 관장하는 속성 아니야?

어째서 죽음이랑 연이 없는 무생물한테 이렇게 잘 먹혀?

아니, 애당초 장갑 부근에 펼쳐 놓았을 수수께끼 결계는 어떻게 된 거야?

왜 아무렇지도 않게 관통해버린 건데!

뭐가 도대체 어떻게 된 거야, 정말…….

아, 응, 뭐. 일단 마왕이 전선으로 복귀하기 전에 전차를 잘 정리할 수 있었고, 나도 멋진 모습을 보여줬으니까 잘됐다고 치고 넘어가야겠다.

맞아, 깊이 생각하지 않는 게 좋은 일도 있다고.

"이게 무슨…….″

마왕이 먼지로 화한 전차의 잔해를 보고 얼굴을 실룩거린다.

인형 거미들의 표정도 왠지 모르게 실룩거리는 듯 보이는데.

내가 자네들을 도와주었으니까 그런 표정은 짓지 말아주게나.

아니, 애초에 인형 표정이 저절로 바뀔 리 없으니까 의도적으로 조작해서 저 표정을 만드는 거네?

맙소사~.

마왕의 등 뒤, 복도 쪽에서 흡혈 양이 얼굴을 쏙 내민다.

두리번두리번 주변을 둘러보다가 위험이 없음을 확인하고 나서 보관실로 슬쩍 걸음을 들여놓았다.

더 뒤쪽에서 사엘을 등에 업은 메라가 따라 들어왔다.

사엘은 왼팔 세 개와 복부 주변의 몸체가 몽땅 날아갔다.

아무래도 복부를 당한 탓에 왼쪽 다리의 조작도 못 하게 됐던 듯 싶다.

인형 거미는 실로 인형을 조종하는 구조상 해당 부위의 실이 끊어져버리면 몸동작 또한 불가능해진다.

인간으로 말하자면 운동 신경 비슷한 역할을 맡는 게 실이고, 이번에 사엘은 왼쪽 다리의 실이 끊어졌으니까 제대로 걸을 수도 없게 된 거지.

안 그랬다면 흡혈 양은 메라가 다른 여자애를 등에 업도록 절대 허락하지 않았을 테고.

아무러면 흡혈 양도 긴급 사태가 벌어진 만큼 질투를 폭발시키는 일은 없을 테지만, 그렇다 해도 역시 메라한테 불필요하게 여자애를 접근시키는 상황은 달갑지 않을 테니까 말이야~.

"으응~. 여기는 예상 이상으로 많이 위험하네~. 사엘이 부상당하기도 했고 소피아랑 메라조피스는 이만 지상으로 돌려보내는 게

나으려나?"

마왕의 혼잣말에 반론하는 사람은 없었다.

아, 애당초 우리 멤버 중 사람은 없었던가.

애고, 허튼소리는 이만 하자고. 저런 병기가 튀어나온 이상 전투 때 걸리적거리는 흡혈 양과 메라를 이대로 함께 데려가는 것은 하책이다.

흡혈 양이든 메라든 이 세계의 기준으로 말하자면 약한 축은 아니라 해도 결국은 로봇 한 대를 상대하는 것이 고작.

복수의 로봇을 상대하려고 들면 승산이 없는 데다가 전차는 더 말할 필요도 없다.

인형 거미들마저도 전차 상대로는 되게 애먹었잖아.

보관실 너머로 공간이 더 있다.

전차가 나온 문을 지나서 통로가 또 이어진다.

이곳이 최심부가 아니라면 탐색을 재개해야 한다.

흡혈 양과 메라는 이대로 사엘이랑 같이 안전지대로 돌려보내는 게 낫겠다.

그렇게 판단을 내린 셈인데, 거기에 이견을 표시하겠다는 듯이 지면이 흔들렸다.

크게 흔들렸다.

나랑 마왕은 물론 제자리에서 아무 일도 없다는 듯이 버티고 서 있지만, 흡혈 양이나 메라는 제대로 서 있지도 못해서 바닥에 손을 짚고 주저앉았다.

인형 거미들도 균형이 무너져서 비틀비틀한다.

그리고 경보가 요란하게 울려 퍼졌다.

아까 전부터 내내~ 경보가 울리긴 울렸지만, 음량이 한 단계 올라가서 이제는 아예 소음이 됐다.

게다가 조명이 붉게 점멸을 거듭하며 더한 위기감을 불러일으켰다.

"왠지 위험한 느낌?"

응, 동감.

위기 감지가 위험하니까 조심하라고 종을 치는걸.

"방금 말 취소. 당장 도망치자!"

급히 소리친 마왕이 진동 때문에 못 움직이는 흡혈 양과 메라를 들어서 옆구리에 껴안고 복도 방향으로 달려 나갔다.

인형 거미들이 비틀거리면서 뒤를 쫓아간다.

나도 뒤를 따랐다.

복도를 달려 빠져나가서 구멍 뚫린 엘리베이터를 지나 또다시 긴 복도로 뛰어든다.

직후에 한층 큰 진동과 함께 굉음이 울려 퍼졌다.

소리를 울린 원인이 뒤쪽에 있음을 감지하고 고개 돌렸다가 말을 잃었다.

그곳에서 무시무시한 기세로 이쪽을 향해 들이닥치는 화염이 보였으니까.

아, 비상이다.

내 판단은 신속했다.

앞쪽에서 달려 나가고 있는 인형 거미들에게 돌격을 감행, 기세를 늦추지 않고 곧장 끌어안는다.

그러다가 인형 거미들의 HP가 살짝 줄어들기도 했지만, 지금은 신경 쓸 틈이 없었다.

전속력으로 긴 복도를 달려 탈출한다.

들이닥치는 화염보다 빨리!

긴 일직선의 복도를 고속으로 달려 빠져나가고, 처음 때려 부쉈던 문을 지나 빠져나가고, 지상으로 뚫린 구멍을 쭉 타고 올라갔다.

먼저 달리던 마왕도 전속력을 내고 있는지 나보다 쭉쭉 앞서 나간다.

구멍이 좁아 몸 이곳저곳을 부딪쳐야 했지만 전혀 개의치 않았다.

이럴 줄 알았다면 구멍을 더 넓게 뚫었을 텐데!

긴 구멍을 타고 올라가서 개미집 구멍에 도착, 지상을 목표로 달음박질쳤다.

등 뒤에서 들이닥치는 열량을 될 수 있는 한 의식하지 않도록 애쓰면서 무작정 앞으로 앞으로 나아가는 데만 집중한다.

뒤쪽으로 개미집 붕괴되는 소리를 들으면서도 드디어 지상의 빛이 보였다!

탈~출~한~다~!

뺑, 하는 효과음과 비슷한 기세로 나는 구멍으로부터 뛰쳐나왔다.

그대로 공중을 날아간다.

후유, 탈출 성공.

그렇게 한숨을 돌린 순간, 지면이 폭발했다.

솟구친 불기둥이 내 코끝 몇 센티미터 앞을 스쳐 지나간다.

위험해라!

좀만 더 탈출이 늦었다면 저 불기둥에 휩쓸려서 통구이가 될 뻔했구나~.

그러나 탈출에 성공했다는 안도감은 금세 사라지고 말았다.

말도 안 나온다.

나에게 안겨 있던 인형 거미들도 나와 마찬가지로 단지 멍하니 시선만 보내는 꼴이었다.

인형의 표정을 움직이는 조작도 못할 만큼 놀란 눈치였다.

그야 그렇겠지.

내 시선의 저편, 그곳에서 방금 전 눈앞으로 솟구쳤던 불기둥이 귀엽게 보일 만큼 특대 사이즈의 불기둥이 치솟았으니까.

고작 불기둥이라는 말 갖고는 표현할 수 없다. 차라리 태양의 플레어 같은 현상.

마치 세계의 종말 같은 광경이었다.

밀려닥치는 열기마저도 신경 쓰이지 않을 만큼 정말이지 살짝 말이 안 되는 광경이다.

그리고 플레어 안쪽에서 천천히, 그러나 실제로는 엄청난 속도로 하늘을 향해 날아오르는 무언가.

그 무언가가 상승하는 광경을 지켜보는 사이에 플레어는 차츰 가라앉았다.

다만 절대로 끝은 아니었다.

오히려 이제부터가 진짜 시작이라는 듯이 플레어가 솟은 자리에서 천천히 그것이 모습을 드러냈다.

그것을 한마디로 말하자면 초거대 UFO였다.

전체 길이가 킬로미터 단위는 될 법한 초거대 원반형 비행 물체.

유유히 하늘을 날아간다.

"말도 안 돼."

바로 옆쪽에 있던 마왕의 혼잣말은 어리벙벙하게 바라만 보던 우리 모두의 공통된 마음이었다.

5 미확인 비행 물체는 언제나
느닷없이 나타난다

아니, 이게 뭐야?

응, 진짜 이게 뭐야?

잠깐, 잠깐만.

일단 진정하자.

어쩌다가 이렇게 됐담?

우연히 고대의 유적을 발견했다.

조사하던 중 로봇 군단이 덮쳐들었고.

뭔가 대단한 전차도 덮쳐들었고.

분위기가 좀 심상치 않아서 유적을 탈출했더니 불기둥 번쩍.

그리고 지금 눈앞에 초거대 UFO가 날아다니네?

아니, 뭐야, 뭐냐고!

영문을 모르겠네!

진짜 이게 뭐냐고?!

어째서, 어쩌다가, 어쩌라고?!

헬프 미~!

눈이 핑핑 돌아가고 혼란에 빠져 정신이 없는 내 귓가에 문득 퍼덕퍼덕 날갯소리가 섞여 들렸다.

『어이구, 신이시여! 이게 당최 웬 법석이오? 이보쇼, 거미댁!』

커다란 프테라노돈처럼 생긴 풍룡(風龍)이 마왕에게 바짝 다가들었다.

이 황야의 패자 용(龍), 그중에서도 아마 가장 강한 개체였다.

『암 짓도 안 한다길래 지나가는 걸 허락했더니 얘기가 다르잖소, 엉! 뭐가 어찌 됐는가 설명 좀 해보쇼!』

……뭘까? 이 경박한 녀석.

염화로 들리는 말버릇이 완전히 동네 껄렁이잖아.

아니지. 명색이 용이니까 겉으로 껄렁이 행세를 할 뿐이고 실은 제대로 된 녀석일 거야, 분명히.

『변변찮은 이유였다간 아주 경을 치를 줄 아쇼!』

"흐음? 풍룡 따위가 나한테 뭘 어쩌겠다고?"

『바보 같은 말이거들랑 관두쇼! 내가 거미댁을 뭔 수로 당해 내라고! 그래도 이 몸에게 손을 댔다가는 그분이 잠자코 계시지 않을 거요!』

아, 응.

이 녀석 단순히 흔한 껄렁이였어.

마왕이 살짝 겁주니까 완전히 설설 기잖아.

게다가 그분이 어쩌고저쩌고하면서 남의 위광에 기대려고나 하고.

이래도 되는 거냐? 용종이잖아.

뭘까, 아라바가 장렬한 최후를 맞이해서인지 내 마음속에서 용종이란 굉장히 긍지 높은 생물이라는 이미지로 자리 잡았었는데.

이미지가 와르르 허물어진다.

뭘까, 응, 왠지 싫다.

"경을 친다? 그러게. 마침 잘됐다. 이번 사태는 우리 손만 갖고는 감당이 좀 안 될 것 같아. 그니까 규리에를 불러다줄래?"

『엉? 괜찮겠소? 그분한테 걸리면 잘난 거미댁도 원 펀치로 케이오당할 텐데?』

"상관없으니까 불러. 네 눈에는 저게 안 보여?"

마왕이 초거대 UFO를 가리키면서 풍룡을 채근했다.

아, 그분이 누구인가 했더니 규리규리였구나.

그야 용이 불러올 상위 존재를 꼽아보자면 당연히 규리규리가 나와야지.

『그럼 눈 박혀 있는데 안 보이겠나? 아니, 애당초 저걸 봐 갖고 내가 날아왔지! 저게 도대체 뭐요?!』

"내가 더 궁금하다고! 저거 이 황야 땅속에 파묻혀 있었거든?! 왜 여태껏 저런 게 땅속에 있는 줄도 몰랐던 건데?!"

『엥?』

풍룡이 입을 쩍 벌리고 얼빠진 표정을 짓는다.

어떡하지.

이 용한테 뭔가 굉장한 무능하다는 느낌이 풍겨 나오는걸.

지하 유적의 은폐 능력이 뛰어났던 게 아니라 단순하게 이 녀석이 무능했기 때문에 이제껏 발각되지 않았다는 의혹이 피어오른다?

"잘 들어. 네 녀석의 쪼그만 뇌로도 이해할 수 있도록 간단하게 설명해줄게. 시스템 가동 전 시대의 유적이 황야 지하에 잠들어 있었던 걸 우리가 우연히 발견해서 조사를 개시했어. 그랬더니 튀어나온 게 저거야. 알아들었어?"

굉장히 간결한 설명, 끝.

『못 알아먹겠네~!』

그러나 이해가 안 되는 건지 무슨 이유인지 풍룡은 공중에서 막 발버둥질을 치면서 온몸으로 혼란스럽습니다, 라는 뜻을 표현했다.

저러는 꼴을 보니까 무작정 떼쓰고 고집부터 부리고 보는 꼬맹이가 떠오르는구나.

이거 안 되겠다.

"못 알아먹어도 상관없으니까 빨리 규리에나 불러와!"

마음씨 넓은 마왕도 짜증이 나는가 보다. 버둥버둥하는 풍룡을 가볍게 찔렀다.

옆에서 보면 그냥 분위기상 살짝 콕 찌른 느낌이었는데, 마왕의 능력치로 콕 찔린 풍룡은 매가리 없이 확 추락해버렸다.

"……."

마왕이 추락해서 떨어지는 풍룡에게 잠깐 시선을 보내다가 야무진 표정으로 다시 UFO를 돌아봤다.

없었던 일로 치고 넘기려는가 보다.

맙소사~.

이것도 저것도 다 맙소사~.

응. 마음을 다잡고 다시 기운을 내자.

추락한 풍룡은 무시하고.

HP가 남아 있으니까 죽진 않았어.

지금은 눈앞에 떠올라 있는 엄청 큰 UFO를 어떻게 할까 고민하는 게 먼저다.

말은 눈앞이라고 했지만, 우리와 UFO의 거리는 상당히 떨어져 있었다.

다만 상대가 너무 거대하기에 원근감이 어그러진 결과로 마치 눈앞에 있는 듯 느껴지는 상황이었다.

그만큼 엄청나게 컸다.

저렇게 큼지막한 물체가 용케 지하에 묻혀 있었네. 저절로 감탄이 나오는구나.

저것이야말로 지하 유적의 실체.

로봇과 전차는 어디까지나 유적의 방어 전력이었고 저 UFO가 바로 결전 병기였다.

전차 단계에서도 이미 심하다 싶었는데 전차 따위는 기억도 안 날 만큼 초거물이 등장해버렸다.

살짝 현실 도피를 하고 싶어지는걸.

판타지 세계에 안 어울리는 녀석은 내보내지 말란 말이야!

뭐냐고, 초거대 UFO라니!

누가 봐도 세계관이 잘못됐잖아!

뭐, 불평을 늘어놓은들 눈앞의 현실은 바뀌지 않는다.

저거 어떡해야 돼?

너무 커서 어떻게 손쓸 방법이 있기는 할까 감이 안 오는데 어쩐담.

"저기요, 아리엘 씨. 어떻게 하시려고요?"

내 속마음을 대변해서 흡혈 양이 입을 열었다.

마왕의 품에 안겨 있는 상태 그대로.

"어떡할까? 너무 커서 저걸 끌어내리는 건 나도 많이 버거울 텐데. 규리가 도착할 때까지 얌전하게 기다리는 게 나을 수도 있겠네."

웬일로 약한 소리를 하는 마왕.

그야 저런 물건이 상대여서는 마왕이 아무리 세도 감당이 안 되지.

품속에서 뭔가 바스락바스락 움직인다.

시선을 내려뜨리자 내 품속에서 빠져나오려고 버둥거리고 있는 아엘의 모습이 보였다.

그러고 보니 아직껏 계속 끌어안고 있었네.

리엘과 피엘은 멍하니 UFO를 바라본 채 정지돼 있다.

너무나도 놀라운 사태였기에 사고가 완전히 정지돼버렸나 봐.

한발 먼저 제정신을 차린 아엘은 역시 장녀 맞구나.

그래도 지금 손을 놓아줄 수는 없는 노릇이었다.

아엘에게 얌전히 있으라는 의미를 담아 팔에 더 힘을 주고 끌어안 았다.

아엘이 항의한다고 귀엽게 눈동자를 위로 굴려서 쳐다봐도 무시 다, 무시.

그럴 여유가 없거든.

왜냐하면 UFO에서 이쪽을 향해 뭔가 휙휙 날아들고 있으니까.

처음에는 마치 벌레 무더기처럼 보이기도 했다.

모기떼라든가 그런 느낌으로.

아니었다. 거리가 멀리 떨어진 탓에 벌레로 보였을 뿐 저것들의 실제 사이즈는 훨씬 컸다.

아까 본 전차와 별 차이 없는 크기의 전투기가 이쪽을 향해 날아 들고 있었다.

멀리 있는 사람에게는 벌레 무더기로 보일 만큼 잔뜩.

"철수!"

마왕이 소리 질렀다.

흡혈 양과 메라, 그리고 메라의 등에 업혀 있는 사엘을 끌어안으면서 마왕은 들이닥치는 전투기 무리로부터 멀어지기 위해 공중을 박차고 뛰어 나갔다.

물론 나도 마왕을 따라서 같이 달렸다.

저 떼거지를 어떻게 상대하라고!

게다가 전차랑 비슷한 크기인 만큼 전투력도 비슷한 수준 아니겠어?

승산이 없네!

아무리 마왕이 세든 아무리 내가 거의 불사신이든 질을 동반한 다수의 폭력과 마주하게 되면 개인의 무력 따위야 결국 한계가 뻔하잖아.

지금은 뒤도 돌아보지 말고 철수하는 게 정답.

풍룡?

몰라!

용이라면 자기 힘으로 살아남겠지!

뭔가 등 뒤에서 비통한 울음소리가 난 다음에 퍼덕퍼덕하고 허둥거리는 느낌으로 날갯소리도 들렸으니까 아마 괜찮을 거야.

"와~ 깜짝 놀랐네."

『으허. 위험하오. 저거 위험하오. 아주 위험하오.』

전투기 무리의 추격을 뿌리치고 달아난 우리는 황야 한쪽에 착지해서 간신히 한숨 돌렸다.

풍룡도 어찌어찌 무사히 따라왔다.

뭔가 어휘력이 사멸해서 방금 전부터 위험하다는 말밖에 안 하고 있지만.

"알았고, 규리에는 불렀어?"

『아.』

아무래도 도망치느라고 정신이 없어서 안 불렀나 보다.

풍룡이 겸연쩍은 표정으로 시선을 쓱 피했다.

"빨리 좀 불러! 이런 때 안 움직일 거면 뭐하러 관리자가 있는 건데! 빨리 불러! 지금 불러! 당장 불러!"

『알겠다고! 알겠으니까 목 조르지 말아주십쇼. 어이쿠, 살려줍쇼!』

마왕이 풍룡의 목을 잡고 휙휙 흔든다.

만담하지 말고 진짜 빨리 좀 불러줘라.

내가 가자미눈으로 장난치는 마왕과 풍룡을 보고 있는데 누가 옷소매를 꼭 잡아당겼다.

"저기, 아까부터 이름이 나오던데 규리에가 누구야?"

흡혈 양이 내 소매를 잡아당기면서 살짝 혀짤배기소리로 물었다.

평소였다면 마왕에게 직접 물어봤을 테지만, 지금은 풍룡이랑 만담하느라 바쁘니까 나한테 물어보려고 왔나 봐.

으음.

뭐라고 설명해야 할까.

규리에, 내가 규리규리라고 부르고 있는 검은 남자.

규리규리를 제대로 설명하려면 부득이하게 엄청 긴 문장을 말해야 한다.

어쨌든 이 세계의 중요 인물에 대한 이야기니까.

규리규리의 정체는 이 세계의 관리자.

즉 하느님이다.

시스템의 관리를 맡아서 이 세계가 정상적으로 운행되도록 감시하는 존재.

이번에 나타난 저 UFO는 누가 봐도 이 세계에서는 이질적인 존재였다.

즉 지금의 세계를 정상적으로 운행하는 데 방해가 되는 존재라는 뜻이고 관리자의 힘을 써서 배제할 수 있는 안건이 되겠다.

규리규리는 하느님이니까 저 UFO도 어떻게든 처리할 수 있을 거야.

그러니까 마왕도 규리규리를 불러내라고 풍룡을 다그치는 거지.

용이란 전부 규리규리의 부하니까 말이야.

각지에서 규리규리의 서포트를 맡고 있는 현지 스태프.

그것이 용이다.

그러니까 풍룡도 자기 상사에 해당하는 규리규리에게 연락을 취할 수단은 물론 가지고 있을 테고.

이제 풍룡이 규리규리를 불러다주고 저 UFO를 어떻게든 해결해 달라고 부탁하면 무사히 해결.

이러이러한 사정을 설명하라는 건데, 할 수 있을까? 내가?

커뮤니케이션 능력 밑바닥 수준의 내가 저토록 긴 장문으로 설명할 수 있을까?

단어 하나만 말하는 데도 고통스러워하는 내가?

가능할 리가 없잖냐~!

어떡하지~? 어떡하라는 거지~?

위기다.

아까 전이랑 또 다른 의미로 위기다.

UFO는 도망치는 걸로 대처할 수 있었지만, 이번에는 도망칠 데가 없다.

순진무구한 눈동자로 나를 바라보는 흡혈 양의 기대를 배반하다니 불가, 불가능, 불가능하다?

아니, 애당초 대체 왜 내가 구구절절 설명을 해줘야 되는 건데?

마왕한테 다 떠넘기면 되지 않을까?

내가 설명하지 않아도 마왕이 곧 설명해줄 텐데, 뭐.

지금은 풍룡이랑 만담 중이라서 바쁠 뿐이고 본래 설명 역할은 마왕이 담당했잖아.

응. 그러자.

내가 굳이 고난의 길을 나아갈 필요는 없지.

그런고로 흡혈 양에게 들려줄 대답은 마왕에게 물어보도록! 이상!

"혹시 단 한 번 방문하셨던 그 검은 빛깔의 분이십니까?"

내가 마음을 다잡고 입을 열려고 했던 순간에 메라가 인터셉트를 감행했다.

끄응! 왜 이 타이밍에 쓸데없는 소리를 하는 거야!

"응? 언제 얘기야?"

"분명 신언교의 교황과 만났던 직후였다고 기억합니다."

메라의 말에 기억을 더듬는 몸짓을 하는 흡혈 양.

확실히 흡혈 양도 메라도 딱 한 번 규리규리를 만난 적이 있었다.

내 병렬 의사가 폭주했을 때 개네를 저지하고 오라고 지시하러 왔던 다음이었지.

"아, 맞아. 기억나네. 뭔가 아무렇지도 않게 끼어들었다가 다음 날에는 쓱 사라졌던 사람이 있었어."

흡혈 양도 기억이 나나 보다.

뭐, 규리규리는 차림새부터 되게 눈에 띄니까 한 번 만나면 인상에 남지.

게다가 그때는 흡혈 양의 말대로 뭔가 아무렇지도 않게 술잔치에 끼어들었다가 다음 날에는 쓱 자취를 감췄으니까 더 기억에 남을 테고~.

"시로 님과 아리엘 님께서는 이전부터 잘 알고 계시는 분 같았습니다만. 어떠한 분이신지 여쭤봐도 되겠습니까?"

끄헉! 설마 메라가 추가타를 날릴 줄이야!

흡혈 양도 모자라서 너까지 나한테 물어보는 거냐!

아니, 확실히 이런 상황에서 마왕이 의지할 상대라면 당연히 신경 쓰이겠지만 말이야.

그래도 나한테 물지 말라고!

"하느님."

뭔가 이것저것 다 귀찮아져서 요약에 요약을 거듭한 끝에 가장 적당한 대답을 말해줬다.

물론 이런 대답을 알아들을 리가 없었고, 흡혈 양도 메라도 더욱 의문만 늘어난 눈치였다.

그래도 더 이상은 나도 대답 안 해줄 거다.

"그거 한마디로는 못 알아, 뭐니?"

흡혈 양이 더 캐물으려고 했지만, 내 언짢음 온도기를 민감하게 알아차린 아엘이 말렸다.

내 감정 상태는 흡혈 양이나 메라보다 인형 거미들이 더 민감하게 감지한다.

같은 거미이기 때문일까, 아니면 야생의 위기 감지 능력이 작동한 결과일까. 내 기분이 하강하면 재빨리 알아차리고 더 이상은 간섭을 하지 않는다.

내가 혼자 있기를 좋아한다는 것을 알아준달까?

그러니까 지금도 내가 기분 안 좋은 걸 알아차리고 말려준 건데, 그게 흡혈 양의 입장에서는 달갑지 않았나 보다.

뾰로통한 얼굴을 하고 아엘을 흘깃 쏘아본다.

그래도 아엘은 흡혈 양이 쏘아보든 말든 천연덕스럽게 받아넘겼다.

그야 유녀가 쏘아본다고 뭐가 얼마나 무섭겠어.

인형 거미의 장녀는 야무지군요.

기특하니까 가끔 깍쟁이처럼 맛있는 부분을 쏙 가져가도 용서해 줘야겠다.

흡혈 양의 상대는 아엘에게 맡기기로 하고 나는 사엘의 상태를 보러 갔다.

사엘은 리엘과 피엘의 보살핌을 받으면서 황야에 누워 있었다.

왼팔 셋이 통째로 사라졌고 몸체 일부가 푹 파여 나간 애처로운 모습이었다.

복부 부근이 깊숙이 소실된 탓에 왼쪽 다리까지 움직일 수가 없는 듯했다.

다만 애처로운 모습이기는 해도 본체 거미에는 상처 하나 나지 않았다.

인형 거미가 겉껍데기로 쓰는 인형은 결국 인형일 뿐.

인형이 얼마나 망가지든 간에 본체가 무사하다면 인형을 수리해서 원상 복구가 된다.

다만 이 인형은 내가 정성을 담아 만들어 낸 걸작.

사람과 한없이 비슷해야 한다는 과제를 달성해서 만든 자신작이니까 하루아침에 고칠 수는 없었다.

그렇다 해도 지금 상황에서 사엘이라는 전력을 빠뜨리는 것도 바람직하지 않아.

무슨 일이 벌어질지 모르는 만큼 자기 몸을 스스로 지키기 위한 기본적인 몸놀림도 못 하는 처지여서는 곤란했다.

실제로 대전차 전투 때 사엘이 부상당해서 제 몸도 가누지 못했던 탓에 마왕이 구출에 나선다는, 우리 편의 최대 전력이 일시적으로 이탈하는 사태로 이어졌었다.

상대가 상대니까 작은 빈틈이 목숨을 잃어버리는 길로 이어지게 된다.

발목을 붙들리는 상황은 사절하고 싶거든.

인형 거미들도 물론 약하지는 않아.

어쨌든 능력치 1만을 넘기는 녀석들이고, 어지간한 상황에서는 괴물 수준의 마물이 맞아.

그렇지만 평소에 괴물이면 뭐해. 이번만큼은 상대가 안 좋았다.

인형 거미들뿐이었다면 전차도 당해 내지 못했을 거야.

검은 튕겨 나갔고 마법도 수수께끼 결계 때문에 전혀 안 먹혔으니까.

그럼에도 전차가 날린 주포는 인형 거미의 방어력을 거뜬히 관통해버리는 상황.

이래서는 당할 도리가 없지.

인형 거미들마저도 족쇄 취급을 못 면하는 상대.

그런 적이랑 만에 하나의 사태를 각오하고 싸워야 한다면 적어도 나와 마왕의 발목을 잡지 않도록 제대로 움직여줘야 한다.

그러려면 사엘의 파괴된 인형을 기능만이라도 수복할 필요가 있다는 거지.

이때 겉모습은 다음 문제고.

내 미의식을 발휘하자면 날림 공사를 하는 것 같아 싫은 기분이지만, 지금은 일단 응급 처치부터 하는 수밖에.

파괴된 사엘의 인형에 신직사를 접속해서 결손당한 부분을 보수했다.

겉모습에 구애되지 않는다면 손상 전과 같은 기능의 몸으로 몇 분 만에 수복할 수 있었다.

사엘의 인형을 수복하다가 중간에 탐지가 공간의 흔들림을 감지했다.

전이의 조짐.

누군가가 이곳으로 전이해서 나타나려고 한다.

그나저나 누구람?

응, 규리규리는 아닌데.

규리규리였다면 훨씬 깔끔하게 전이했을 거야.

넋을 놓을 만큼 군더더기가 없는 술식을 구사한다.

그러나 지금 감지된 공간의 흔들림은 별로 깔끔하지 않았다.

분명하게 말해서 나보다도 꽤나 조잡한 술식이었다.

규리규리는 절대 아니었다.

그럼 누구일까?

머릿속에 기계 장치의 몸을 지닌 엘프의 모습이 떠올랐다.

사엘의 수복 작업을 일단 중지하고 언제든 전투 상태로 돌입할 수 있도록 준비했다.

그리고 공간을 건너서 두 사람의 남자가 전이로 나타났다.

……누구야?

한 사람은 전이를 실행했다고 짐작되는 남자. 얼굴을 천으로 가려서 척 봐도 되게 수상쩍다.

또 한 사람은 호화로운 법의 비슷한 옷을 입은 노인이었다.

수상하네.

첫 번째 사람의 꼴만 봐도 엄청 수상쩍거든. 그런데 다른 한 사람, 할아버지도 이 자리에 안 어울린다는 의미에서 수상쩍잖아.

곧바로 두 사람을 감정했다.

그랬더니 놀라운 사실을 알 수 있었다.

"실례. 비상사태라 판단하여 전이를 눈앞으로 느닷없이 실행하였기에 먼저 무례를 사죄하겠습니다."

할아버지가 분위기를 누그러뜨리는 인자한 미소를 머금고 사과했다.

마음씨 좋은 할아버지 같은 미소를 보고 나도 모르게 힘이 확 빠질 뻔했지만 방심은 할 수 없었다.

왜냐하면 이 할아버지는 『감정이 방해되었습니다.』라면서 감정이 되지 않았으니까.

이 결과로 알아낸 것은 이 할아버지가 7대 죄악 스킬이든 7대 미덕 스킬이든 뭔가를 갖고 있는 지배자라는 사실.

그리고 내게는 짚이는 데가 있었다.

"더스틴. 신언교 교황이 이 바쁜 시기에 무슨 용건이야?"

마왕이 내 짐작을 긍정해주면서 할아버지, 인족 최대 종교의 꼭대기에 있는 교황에게 질문했다.

천으로 얼굴을 가린 다른 남자는 공간 마법을 구사해서 교황을 이동시켜주는 다리 역할 겸 호위 같았다.

마왕이 할아버지, 신언교 교황을 위압적으로 힘껏 노려보고 있었다.

"바쁜 시기이기에 더더욱 급히 찾아뵈어야 했습니다. 언짢은 마음이 적이 있으실 테지만, 지금은 저것을 어떻게든 처리하기 위해서 잠시나마 휴전을 하지 않겠습니까?"

교황이 그렇게 마왕을 향해 제안했다.

그때 힐끗 흡혈 양이랑 메라에게 눈길 보내는 모습을 나는 놓치지 않았다.

그러고 보니 이야기는 한 번 들은 적이 있었구나.

내가 폭주한 병렬 의사들을 처리하는 동안 신언교 교황과 만났다고 했지.

이 할아버지가 그 사람인가?

신언교, 흡혈 양과 메라의 고향인 사리엘라 국이 신봉하는 여신교와 대립 관계에 있는 세계 최대의 종교.

눈앞에 있는 할아버지가 그 단체의 수장이고, 흡혈 양의 고향을 멸하도록 지시를 내린 장본인.

흡혈 양과 메라에게는 가족과 주인의 원수가 된다.

그런 인물의 등장에 흡혈 양과 메라는 평온하다고는 말 못할 표정을 짓고 있었지만 대화에 끼어들지는 않았다.

말은 안 해도 이 자리를 마왕에게 맡기겠다는 의사가 느껴진다.

마왕도 힐끗 두 사람에게 시선을 보냈다가 둘의 의사를 알아차린 듯했다.

한 차례 고개를 끄덕이고는 다시 교황을 마주 바라봤다.

"그래서? 확실히 지금 보는 바대로 위험한 상황이기는 한데. 이제 와서 네가 뻔뻔하게 나서 봤자 도대체 뭘 할 수 있을까? 저런 걸 상대로 말이야."

마왕이 멀리 하늘에 떠 있는 UFO를 가리키면서 빈정댔다.

"제가 할 수 있는 일이라면 무엇이든지. 저것을 방치할 수는 없지 않겠습니까?"

"응? 분명히 뭐든 다 한다고 말했겠다?"

"그렇습니다."

마왕의 푼수 발언에도 교황은 몹시 성실하게 대답했다.

다행히도 마왕의 뜬금없는 우스갯소리는 이 자리에서 나랑 흡혈 양밖에 못 알아들었을 거야. 아마도.

언제 개그 욕심을 부렸냐는 듯이 시치미 떼고 마왕이 자연스럽게 대화를 이어 나갔다.

"그래 봤자 저걸 상대로 진짜 뭘 하겠다는 거야? 사실은 나도 저

건 좀 답이 없어서 한숨 나오는 판국이거든?"

마왕이 밉살스럽다는 듯이 UFO를 노려봤다.

개인으로서는 최강을 자부할 수 있는 마왕도 결국은 개인일 뿐.

살육을 목적으로 개발된 병기를 앞에 두면 결국은 개인의 한계를 벗어날 수 없다는 거네.

"일부러 달려와줬는데 미안하지만, 규리에가 처리해주는 방법 말고는 아마 대책이 없을 거야."

마왕의 의견에 동의.

저 UFO는 개인의 힘으로 어떻게 감당할 만한 놈이 아니었다.

정말 하느님이라도 안 나서면 대책이 없달까.

저걸 이 세계의 인간끼리 수습하겠다? 정말 무모한 거다.

"옳은 말이다. 저것은 내가 대처해야 할 문제이지 너희가 걱정할 만한 사안이 아니다."

목소리가 울려 퍼졌다.

목소리가 들리고 나서야 나는 공간의 흔들림을 감지했다.

요컨대 나도 감지가 불가능한 방법으로 목소리만 먼저 보냈다는 의미이고, 역시 굉장한 술식 솜씨라고 절감하게 된다.

한 사람의 남자가 전이로 나타났다.

검은 갑옷을 껴입었고 피부 색깔도 검은 데다가 온몸이 검은 남자.

관리자 규리에디스트디에스.

이 세계의 정점이 모습을 드러냈다.

『오래 기다렸습니다요!』

풍룡이 규리규리의 등장에 머리를 수그린다.

역시 꼴이 왠지 모르게 말단 양아치를 연상시켰다.

겉만 보면 번듯한 용인데 대체 왜?

"보고 고맙다. 아리엘, 내가 먼저 알아보지 못한 까닭에 폐를 끼쳤구나. 뒷일은 내게 맡기도록."

오오~.

엄청나게 의지가 되는 말이다.

날렵하게 나타나서 위기를 해결해주는 거야? 이 녀석은 어디에 사는 히어로인가요?

어쨌든 덕분에 일단 안심.

규리규리가 뒷일은 맡기라고 말해줬으니까 저 UFO도 알아서 떨궈준다고 믿어도 되는 거지?

나랑 마왕은 멀리서 구경만 하면 끝나는 간단한 일거리군요?

와아~ 잘됐다, 잘됐다.

그렇게 안심하던 때에 공간의 흔들림을 감지했다.

오늘만 세 번째 반응.

불길한 예감이 든다.

게다가 끝내주게 불길한 예감이.

전이로 나타난 두 명의 남자.

"광대가 다 모였나 보군."

나타난 남자에게 이 자리에 있는 전원이 살기를 드러냈다.

"그리 흥분하지 말도록. 이번에는 조력을 위해 왔으니까."

보통 사람이라면 정신을 놓았을 농밀한 살기를 뒤집어쓰고도 그 남자는 태연자약하게 받아넘겼다.

"안타깝게도 저것은 규리에디스트디에스가 홀로 감당할 수 없다. 우리 모두가 힘을 모을 필요가 있지. 대단히 유감스럽기는 하다만."

이 자리에 있는 전원이 아마도 같은 생각을 하지 않았을까?

이쪽이 더 유감스럽다고.

전이해서 나타난 남자, 엘프의 족장 포티머스 하이페너스는 우리를 향해 우아하게 한 걸음을 내디뎠다.

전투기

HP

error ／ error

MP

error ／ error

SP

error ／ error

error ／ error

status 【능력치】

평균 공격 능력 : error
평균 방어 능력 : error
평균 마법 능력 : error
평균 저항 능력 : error
평균 속도 능력 : error

skill
【기술】

error
error error error error error error error error error error
error error error error error error error error error error
error error error error error error error error error error

고대 유적에 보관되어 있던 병기의 일종. 정식 명칭은 G트라이. 주 무장으로 고출력 광포 4형을 두 문 탑재했고, 부무장으로 고출력 광포 3형을 두 문 갖추고 있다. 또한 항마술 결계를 장갑에 상시 전개하고 있기 때문에 마술 공격에 강한 내성을 지닌다. 원동력의 거의 전부를 MA 에너지로 충당할뿐더러 독자적으로 추출도 실행하기에 파괴되지 않는 한 반영구적인 활동이 가능. 고속 비행은 물론 탄막 전개에 따른 섬멸을 특기로 삼는다.

6 거물 회담 생중계

내가 알고 있는 한 최강의 마물, 태초의 거미이자 마왕.

인족 최대 종교의 수장이자 지배자 권한을 갖고 있는 신언교 교황.

세계의 관리자이자 신의 위치에 있는 규리규리.

그리고 실전된 줄 알았던 고대 기계 기술을 아직껏 계승하고 있는 엘프의 족장 포티머스.

쟁쟁한 면면이었다.

다만 분위기는 최악.

찌릿찌릿한 기운이 감돌았다.

이런 분위기를 견딜 수 없었는지 흡혈 양이랑 인형 거미들은 일찌감치 떨어진 데로 피난했다.

거기에 이 황야에서 대장 행세를 하는 풍룡도 포함되어 있었다는 게 진짜 좀~.

야, 풍룡. 도망치지 마.

불쌍한 사람은 교황의 호위와 포티머스의 수행원이다.

양쪽 다 공간 마법을 보유한 이동 담당 겸 호위였다.

그렇기는 한데 공간 마법을 습득하기 위해서인지 다른 스킬은 몹시 적었다.

내가 본 공간 마법 보유자는 전에 만났던 마법사 한 명뿐이었는데 걔랑 비교하면 무척 약했다.

분명히 말하겠는데 호위로서 지닌 실력은 있으나 마나 한 수준.

그런 사람들이 이 분위기에도 차마 도망치지 못하고 가만히 머물러 있어야 하는 신세이니까 그야 수명이 팍팍 줄어드는 기분 아닐까?

일단 형식적으로는 호위니까 말이야.

도망칠 수가 없겠지, 응응.

동정심과 함께 동료 의식이 싹튼다.

왜냐고?

나도 마왕한테 붙잡혀서 못 도망치고 있거든!

흡혈 양이랑 다른 일행이랑 같이 피난하려고 했더니 마왕이 「시로는 여기 있어야지」라면서 산뜻하게 웃는 얼굴로 콱 붙잡아 놨단 말이야.

어째서 내가 이런 녀석들 틈바구니에 같이 끼어 있어야 되는데?

알 수가 없네.

소소한 저항의 표시로 사엘을 끌어안고 참가.

응응, 사엘은 지금 부상당했으니까 망가진 데를 빨랑빨랑 고쳐야 되거든~.

나랑 같이 안 있으면 수복도 불가능하니까 작업을 진행하면서 같이 이야기를 듣기로 했답니다.

뭐랄까, 뭐라도 안 하면 이 분위기를 못 견딘다고!

괜히 휘말린 사엘은 죽은 물고기 같은 눈으로 바짝 굳어버렸다.

인형의 눈이 이렇게까지 탁해지는 건 처음 봤어.

"그래서? 규리에가 혼자 감당 못 한다는 말은 뭔 뜻이야? 아니지, 애당초 왜 네가 여기에 있는 건데? 아하? 나한테 죽고 싶어서 어슬렁어슬렁 튀어나왔구나?"

일촉즉발의 긴장 속에서 마왕이 도화선에 불을 댕겼다.

"무작정 가시 세우지 마라. 네년들을 감시하다 보니 재미있는 게 보여서 말이다. 이렇게 달려온 이유가 있지 않았겠나? 이번만큼은 나도 가만히 구경이나 할 처지가 못 됐다는 뜻이다."

마왕의 살기 어린 시선을 가볍게 받아넘기고 포티머스가 우울하다는 듯이 머리카락을 쓸어 올렸다.

이 녀석, 은근슬쩍 우릴 감시하고 다녔다고 털어놓았네?

물론 탐지권 안에 감시용 정찰 기계가 몇 번인가 걸려들었으니까 감시당했다 해도 이상한 일은 아니겠지만 말이야.

내 탐지권 바깥에서 원거리로 감시했다는 말일까?

그러면 만리안인가?

그렇지만 만리안도 스킬이니까 그걸로 감시했다면 내 탐지에 아마 걸려들었을 텐데.

어쩌면 망원경 같은 물리적인 수단으로 감시했던 걸까?

흠흠. 확실히 아예 원시적인 수단을 동원했다면 탐지도 소용이 없지.

우리 종적을 놓친 듯한 시기도 있었으니까 스물네 시간 내내 감시당했던 건 아닐 테지만 확증은 없구나.

그나저나 감시 얘기가 나와서 하는 말인데, 여기에 또 한 명 아마도 우리 일행을 감시하고 다닌 녀석이 있잖아~.

눈치채이지 않도록 힐끔 교황을 돌아봤다.

파리 한 마리 못 죽일 것처럼 사람 좋아 보이는 할아버지지만, 이리로 달려왔던 시기로 미루어보면 우리를 감시했다는 것은 틀림없었다.

아니면 저 UFO가 나타난 타이밍을 어떻게 알고 곧장 달려왔겠어.

엘프와 신언교.

두 조직으로부터 감시를 받고 있었다는 거네~.

경찰서에 스토커 피해 신고를 해도 될까요?

앗, 이 세계에는 경찰서가 없다고요? 아쉬워라.

"이것을 봐라."

포티머스에 품속에서 손바닥에 얹어 놓을 만한 크기의 동그란 공을 꺼내 들었다.

공의 중심에는 둥근 구멍이 뚫려 있었고, 거기에서 빛이 새어 나와 아무것도 없는 공중에 입체 영상을 비춰 냈다.

오오~! 뭔가 미래감이 아주 흘러넘치는구나.

그렇게 잠깐 감동했지만 비춰 나오는 영상을 보고 그런 기분은 싹 날아갔다.

지금 비춰진 영상은 어디를 뜯어봐도 저 UFO였다.

"이것은?"

규리규리가 곤혹스러운 기색으로 물었다.

"보고도 모르는가? 저 하늘에 떠 있는 병기, 개발 코드 G프리트의 설계도다."

규리규리가 묻자 포티머스는 태연하게 대답을 꺼내 놓았다.

잠깐 기다려.

왜 네가 설계도를 갖고 있어?

"어째서 네놈이 설계도를 갖고 있나?"

나와 같은 생각을 했는지 교황이 포티머스를 추궁했다.

"일일이 설명을 안 하면 이해가 안 되는가?"

그러나 포티머스는 교황을 바보 취급하면서 코웃음을 칠 뿐 대답을 입에 담으려고 하지 않았다.

교황의 사람 좋아 보이는 얼굴에서 푸른 힘줄이 툭 튀어나왔다.

파직, 파지직, 공기 터져 나가는 소리가 들리는 기분이야.

아~ 음~. 그러니까 내 예상이 결국 맞았던 거네.

UFO를 개발한 게 이 녀석이었어!

그게 아니면 군사 기밀로 엄중하게 관리했을 병기의 설계도를 어떻게 갖고 있겠냐고.

대체 뭔 물건을 개발한 거냐!

"즉 이번 소동은 전부 너 때문이라는 거네?"

마왕이 천천히 포티머스를 향해 한 걸음을 내디디려고 했다.

"서두르지 마라. 저것을 설계한 자는 분명 내가 맞다만 직접 만들지는 않았다. 애당초 제작이 이루어졌는지도 나는 알지 못했단 말이다. 처음부터 내 의도였다면 굳이 이 자리까지 올 리가 없지 않겠나?"

당황하지도 않고 왜 이해를 못 하냐는 식의 태도로 변명하는 포티머스.

대놓고 말은 안 해도 은근슬쩍 푸념을 늘어놓는 느낌이었다. 이해력은 달린 주제에 폭력부터 휘두르려고 하는 지능 낮은 녀석은 상대를 못 해주겠다고.

마왕도 은근히 바보 취급당하는 분위기란 걸 느꼈나 보다. 평소처럼 미소를 머금으면서도 눈은 웃고 있지 않았다.

끼긱, 끼기긱, 공기가 삐걱거리는 소리가 들리는 기분이야.

"먼 옛날 어느 나라에서 연구를 위한 자금과 재료를 마련해주는 대신 설계도를 받아 간 적이 있었다. 그저 일부 장치를 다른 병기에 유용하려는 목적으로 여겼었다만, 설마하니 이렇게 그대로 갖다 완성시킬 줄은 미처 예상을 못 했군."

후유, 하고 포티머스는 진심으로 기막히다는 듯이 한숨 쉬었다.

전혀 안 어울리는 태도였기에 다들 당혹할 따름이었다.

"저런 기체를 정말로 건조할 줄은 몰랐다. 건조하는 것은 현실적이 아니기에 반쯤 농담으로 설계한 물건이었다만. 그런 물건이 저렇게 실제로 가동되는 꼴을 보니 부끄럽기만 하군."

뭔가 독자적인 미의식이 있나 봐.

자기 미의식을 따르자면 저 UFO는 존재 자체가 부끄러움인가 봐.

잘 모르겠네.

그래도 뭐, 저 UFO를 진짜 제작하는 게 현실적이지 않다고 말하는 이유는 알겠다.

일단 크잖아.

덩치가 크면 클수록 당연하게도 제작도 더 힘들어지니까.

현대의 지구에서도 대형 여객선 같은 배는 건조하는 데 막대한 비용과 시간이 필요하다.

전장이 킬로미터 단위로 나갈 것 같은 저런 UFO는 제작하는 데 도대체 얼마나 많은 시간과 비용이 들었을지 짐작도 안 되는구나.

게다가 완성하고 나서 실제로 운용된 적도 없이 오래도록 지하에 파묻혀 있었고, 이제 와서는 목적도 없이 뛰어나와서 민폐만 잔뜩 끼치고 있잖아. 대체 뭐하자는 거냐고.

"그래서 손을 빌려주겠다는 것인가?"

규리규리의 질문에 포티머스가 고개를 가로저었다.

"아니. 이것은 어디까지나 나의 감상일 뿐 손을 빌려주는 이유는 따로 있다. 저것은 이대로 방치하면 별을 통째로 부서뜨릴 병기라서 말이다. 그래서는 나 또한 곤란하지 않은가."

넹?

뭔가 아무렇지도 않게 별이 통째로 부서진다는 등 영문 모를 소리를 지껄이지 않았어?

응? 저 UFO가 별을 부술 만큼 위험한 거야?

"그 말은 진실인가?"

"농담이라면 나 역시 기쁘겠군. 유감이지만 사실이다."

반신반의하면서 묻는 규리규리에게 포티머스는 고분고분한 표정으로 대답했다.

"G프리트 자체가 아주 대단한 파괴 성능을 갖추고 있지는 않다. 문제는 G프리트에 탑재되어 있을 폭탄이지."

포티머스가 손에 든 입체 영상 투영 장치 공을 만지작거렸다.

그러자 표시 중이던 입체 영상이 전환되어 구체를 비춰 낸다.

지금 포티머스가 손에 들고 있는 입체 영상 장치와 별 차이가 없는 작은 구체였다.

"GMA 폭탄. MA 에너지를 거두어들여서 그 양에 따라 파괴력이 증감한다."

포티머스가 폭탄에 대해 간결하게 설명했다.

MA 에너지라는 단어에 모두가 반응했다.

물론 나도.

"흠. 그 폭탄의 위력은 최소 및 최대가 어느 정도쯤 되오?"

교황이 폭탄의 입체 영상을 주시하면서 질문했다.

"후. 최소를 거론할 필요가 있단 말인가? 달리 말하자면 MA 에너지가 없다는 뜻이 아닌가. 연료도 없을뿐더러 가동조차 하지 않는다. 요컨대 폭발하지 않는다는 것. 왜 뻔한 이치를 헤아리지 못하는가."

포티머스가 일부러 바보를 대하는 양 조목조목 설명을 했다.

온화하고 사람 좋아 보이는 교황의 얼굴이 순식간에 감정 없는 단조로운 형색으로 변모했다.

쩌적, 쩌저적, 공기가 갈라지는 소리가 들리는 기분이야.

"최대의 경우는 방금 전 말했던 대로. 자칫하면 이 별이 싹 날아간다. 다만 이것은 어디까지나 이론상의 최대치일 뿐. 그만한 MA 에너지를 추출하기는 불가능하다. 시뮬레이션 결과, 아마도 피해는 이 대륙을 날려버리는 선에서 그칠 것이다. 물론 그렇게 되면 별이 파괴되는 것과 다를 바 없겠지."

아~. 음~. 어~.

혹시 농담?

아니~. 포티머스는 괜히 농담이나 하는 성격이 아닐 것 같기는 한데, 그러면 진짜로 하는 소리?

뻥이 아니고?

저 UFO에 대륙을 날려버릴 위력의 폭탄이 실려 있다고?

뭔 소리래!

UFO 본체만 봐도 지금의 인류는 뿌리째 뽑혀 나갈 만큼 위험해 보이는데, 거기에다가 또 훨씬 끔찍한 위력의 폭탄이 들어 있다니?

요건 쫌 예상을 뛰어넘는 위기올시다!

"어째서 저것에 그 폭탄이 실려 있다고 간주하지?"

규리규리가 턱에 손을 가져다 대고 질문했다.

"방금 전에도 말했듯이 저것은 내가 먼 옛날 어느 나라에 넘겨준 설계도로 만든 병기다. G프리트와 함께 GMA 폭탄의 설계도 역시 함께 넘겼지. 그리고 G프리트는 GMA 폭탄의 적재를 전제로 하여 설계된 물건이다. G프리트의 연료가 부족해졌을 경우에 GMA 폭탄 내부의 에너지를 쓰기 위함이지. 즉 예비 연료다. G프리트를 실제로 건조해버린 놈들이잖은가. GMA 폭탄만 배제했으리라는 생각은 들지 않는군."

"일리가 있군."

즉 저 UFO는 폭탄과 한 세트로 운용하는 것을 전제로 설계된 병기니까 폭탄도 같이 적재돼 있다는 전제하에 움직이는 게 옳다는 말이구나.

"그리고 MA 에너지 측정기를 이용한 관측 결과, GMA 폭탄이 실려 있는 것은 거의 확정이다."

포티머스가 UFO의 방향을 바라보면서 단호하게 잘라 말했다.

MA 에너지 측정기? 그런 물건도 있었구나.

게다가 그걸로 측정한 결과, 폭탄은 거의 확정적으로 실려 있다는 거지.

아마도 폭탄에 사용된 MA 에너지가 검출돼서 그런 결과가 나왔겠지.

"다행히도 G프리트가 당장에 GMA 폭탄을 떨어뜨릴 낌새는 없군. GMA 폭탄의 위력을 감안하면 짐작할 수 있을 텐데 G프리트는 GMA 폭탄을 투하할 때 대기권 바깥, 폭발에 휘말리지 않는 아득한 상공으로 이동하도록 설계됐다. 그런 움직임이 없다 함은 능동적으로 GMA 폭탄을 떨어뜨리려고 하진 않는다는 의미일 테지."

설계자였던 포티머스가 하는 말이니까 분명 옳기는 할 텐데, 그래도 뭔가 좀~ 불안하단 말이지.

"그러나 GMA 폭탄을 수동적으로 떨어뜨릴 가능성은 있다."

내 불안을 긍정하면서 포티머스가 다시 입을 열었다.

"G프리트가 GMA 폭탄을 긴급 투하하는 경우가 몇 가지 있지. 그중 하나는 G프리트가 추락하는 때다."

자폭이냐!

아니, 자폭은 양식미지만 말이야.

어쨌든 저 말로 우리는 포티머스가 이곳으로 달려온 이유를 알아차리고 말았다.

만약 아무것도 모른 채 규리규리가 저 UFO를 격추시켰다면 대륙을 파괴하고도 남을 최악의 폭탄이 꽝 떨어졌다는 소리잖아.

UFO는 격추했더라도 그 폭탄을 어떻게 알고 막아 내겠어.

관리자로서 세계의 위기를 구원할 작정으로 한 행동이 오히려 세계에 파멸을 초래하는 길로 이끌고 갈 수도 있었던 상황이었다.

웃음도 안 나온다.

"몇 가지라고 했지? 다른 조건은 무엇인가?"

"용(龍)을 상대했을 때."

규리규리의 물음에 아무것도 아니라는 듯이 대답하는 포티머스.

그 대답은 이곳에 있는 인원들을 모두 얼려버릴 만큼 위력적이었다.

"애당초 용과 맞서 싸우기 위한 목적으로 설계된 병기이거늘. 놀랄 일은 아닐 터인데?"

즉 규리규리가 요격하러 가면 용이 나타났으니까 묻지도 따지지도 않고 폭탄을 떨어뜨린다?

어쩌라는 거냐!

그래도, 으음, 진짜 그럴까?

뭔가 좀~ 설명이 너무 딱 들어맞지 않아?

"그 말에 정녕 거짓은 없으렷다?"

나와 같은 의문을 느꼈던 걸까, 교황이 포티머스를 날카롭게 노려보면서 추궁했다.

겉보기는 인자한 할아버지인데도 눈빛이 아주 시선만 가지고 사람을 죽일 기세인걸.

"어디, 의심스럽다면 시험해볼 텐가?"

교황의 눈빛을 받아넘기고 포티머스가 규리규리에게 시선을 보낸다.

그 시선을 받고 규리규리는 고심되는 듯 눈을 감았다.

포티머스가 거짓말을 했을 가능성은 충분히 있었다.

이 남자의 말을 하나부터 열까지 다 신용하기란 불가능했다.

다만 만약 포티머스가 들고 온 정보 중 거짓말이 섞여 있다고 쳐도 그것이 무엇인지를 알 방법이 없는 데다가 거짓말을 해서 얻을 메리트도 짐작이 안 간다.

이제껏 들은 이야기를 통틀어서 그 안에 포함돼 있는 거짓말이 무엇일까 고민해봐도 아마 포티머스는 저 UFO의 처리를 규리규리에게 맡기고 싶지 않은 것이라는 애매한 목적밖에 떠올릴 수가 없었다.

그럼으로써 뭘 꾸미는 걸까. 당최 알 방법이 없네. 애당초 거짓말을 한다는 확증도 없고.

"뭐, 믿든 안 믿든 간에 네놈에게는 달리 맡겨야 하는 역할이 있으니까 말이다."

포티머스에 대한 의혹이 소용돌이치는 분위기 속에서 파문을 일으킨 자는 바로 그 당사자.

또다시 손에 든 입체 영상기를 조작하더니 다른 설계도를 비춰냈다.

이번에 떠오른 영상은……? 문어?

문어 비슷하게 다리가 잔뜩 달린 기계였다.

"역시 설계도를 넘겨줬던 병기다. G프리트 이상으로 운용이 문제가 있기 때문에 건조될 일은 없으리라고 우습게 봤던 결함 병기이다만."

포티머스가 엷게 자조의 웃음을 짓는다.

젊은 시절의 흑역사 공책에 써넣었던 전설의 무기가 실제로 제작돼서 남들 다 보도록 전시해 놓은 듯한 그런 애수가 감돌고 있었다.

실제로 포티머스의 심정은 그런 느낌일지도?

"G메테오. 달과 달의 사이에 있는 소행성을 견인하여 이 별로 떨어뜨리기 위한 전략 파괴 병기다."

……넹?

일순간 포티머스가 지껄이는 말의 의미를 이해할 수 없었던 나를 탓하지 말아주시오.

달이 어쩌고 소행성이 어쩌고 평소에는 별로 들을 기회가 없는 단어가 튀어나온 탓이기도 했다.

이쪽 세계의 말은 아직도 많이 더 공부해야 되거든.

하지만 내용이 훨씬 더 문제라고.

뭐라고 했냐?

소행성을 별에 떨어뜨린다?

"아리엘. 이것이 우주를 향해 발사되는 광경을 보지 않았나?"

포티머스가 마왕을 돌아보면서 물었다.

마왕은 잠시 동안 기억을 더듬으면서 잠자코 있다가 이내 뭔가 떠올린 사람처럼 얼굴을 확 찡그렸다.

있었다. 짚이는 데가.

UFO가 모습을 드러내기 전에 지하 유적에서 뿜어져 나왔던 플레어.

플레어 속에서 우주를 향해 상승했던 무언가의 그림자.

나와 마왕은 분명 목격했었다.

그 무언가가 포티머스의 말대로 문어가 맞다면 그 녀석은 벌써 우주를 향해 여행을 떠난 다음이었다.

"봤어. 이게 맞는지는 모르겠지만 뭔가 발사되는 광경은 봤어."

마왕이 차마 인정하고 싶지 않다는 표정을 지은 채 그럼에도 봤던 그대로 이야기했다.

"역시 그랬군. G프리트를 건조했다면 그쪽도 제작하지 않았을까 의심스러웠다. 정말로 만들었단 말인가."

포티머스마저도 표정이 몹시 씁쓸해 보였다.

그야 그렇겠지.

심심풀이로 설계도를 작성한 병기가 진짜 개발됐다잖아.

게다가 요컨대 문어는 운석을 떨어뜨리는 병기라는 말이지?

그거 심심풀이나 설정 삼아서 만들어보는 물건인걸.

동서고금을 막론하고 거대 운석 낙하란 종말 수준의 자연재해로 전해 내려오는 사건이다.

어찌할 도리가 없는 종말.

세계 붕괴의 대명사.

거대 운석 낙하.

그런 재앙을 사람의 의지를 따라 자의적으로 일으키는 병기?

바보 아니냐!

대체 왜 그딴 병기를 만드는 걸까?

좀만 생각해도 알잖아. 못 써먹는다고.

"으으, 너는 대체 뭔 생각으로 그런 걸 설계한 건데?"

마왕이 지친 목소리로 추궁했다.

"너무나도 먼 옛날 일이기에 잊었다만, 연구를 하는 틈틈이 심심풀이였을 것이다."

심심풀이로 설계한 병기 때문에 세계가 위기에 빠졌다고요? 어쩌려고요?

"알았어, 일단 죽여야겠다."

"말해 두겠는데 나는 설계는 했을지언정 제작은 하지 않았다. 책임은 만든 녀석들에게 있다."

"그 말을 받아주려면 지금 세계가 이딴 상황에 빠진 것도 너한테는 사실상 책임이 없다는 셈이 되는 거잖아. 발뺌이 좀 심하다는 생각 안 들어?"

"들지 않는다. 나는 단지 지혜를 제공했을 뿐, 행동을 일으킨 것은 다른 인간 놈들이잖은가. 나는 잘못하지 않았어."

마왕과 포티머스가 눈싸움을 벌인다.

와짝! 와짝! 공기 붕괴하는 소리가 들리는 기분이야.

"거기까지만 해라. 이제 와서 책임의 소재를 따진들 무슨 소용이겠나."

규리규리가 중재에 나섰다.

그런 참견마저도 마음에 안 들었는지 마왕은 콧소리를 내면서 언짢은 기분을 드러냈다.

그럼에도 싸우겠다는 자세를 푼 이유는 어른이니까, 아마 그렇겠지~?

"일단 현재 상황을 정리하지. 우선 저곳에 떠다니고 있는 것은 G 프리트라는 명칭의 병기. 거기에 적재돼 있는 GMA 폭탄인가 하는 무기는 폭발하면 대륙 하나를 완전히 날려버릴 위력이 있다. 그리고 또 하나, G메테오는 소행성을 견인하여 이 별에 떨어뜨리는 병기이고, 이쪽은 이미 우주로 진입했다고 봐야 한다. 여기까지는 이해됐나?"

규리규리의 간결한 정리에 모두 고개를 끄덕거린다.

"저 병기들의 현재 목적은 불명. 다만 목적도 없이 기동해버렸기

때문에 무차별적인 파괴 활동을 감행할 우려가 있다. 특히 G메테오
는 목표도 없이 소행성을 이 별로 떨어뜨리려 한다고 봐도 문제없
겠나?"

"그래."

규리규리의 질문에 포티머스가 단적으로 답했다.

목적도 없이 단지 침입자를 격퇴하기 위해 병기의 본분을 발휘하
고자 깨어나고 말았다.

응? 그렇다면 우리한테도 쟤네를 깨운 책임이 있다는 말이네?

우리가 유적에 침입만 안 했더라면 UFO랑 기타 등등은 여전히
얌전히 지하에서 잠들어 있었겠네.

······지금은 잠자코 있자.

책임 추궁이라도 당하면 귀찮잖아.

"무차별적으로 난동을 피우든 이대로 조용하게 가만히 있든 어찌
하든 간에 이대로 놓아둘 수는 없다. 이제부터는 각각에 대한 대책
을 세워야 할 텐데. 포티머스, 네놈은 G메테오의 처리를 내게 맡기
고 싶다 했던가?"

"말귀를 잘 알아들으니 좋군. 현재 상황에서 우주에 나간 G메테
오를 파괴할 수 있는 자는 규리에디스트디에스, 너뿐이다."

당장에 대처해야 하는 병기 중 한쪽은 이미 우주로 떠나갔다.

그리고 우리 중 우주 공간에서 활동할 수 있는 인원은 규리에디스
트디에스, 하느님뿐.

선택의 여지 없음.

"그 탓에 필연적으로 G프리트의 대처는 남는 인원들이 감당해야

한다는 말이 된다."

포티머스가 마왕, 교황, 그리고 마지막으로 내게 시선을 보내면서 단언했다.

이봐! 거기에 나를 끼워 넣지 말게나!

왜 마왕도 당연하다는 얼굴인 건데?!

"내가 G프리트를 먼저 처리한 뒤 G메테오를 정리하러 가는 방법은 안 되겠나?"

규리규리의 나이스 의견에 포티머스는 고개를 가로저었다.

"그만두는 게 좋겠군. 방금 전에도 말했던 대로 저것은 용과 싸우기 위한 병기다. 게다가 자폭을 불사하면서 공격하도록 계획하여 제작된 위험하기 그지없는 기체지. 거기에 용인 네놈이 접근하면 어찌 될 것 같은가?"

포티머스의 말에 규리규리는 반론하지 못한 채 침묵을 지켰다.

"게다가 어찌하든 간에 네놈의 귀환을 잠자코 기다릴 만큼 느긋하게 보낼 시간은 없을 것이다."

포티머스가 영상 투영 장치를 만지작거리더니 어떠한 광경을 비춰 냈다.

아마도 원격 촬영 장치를 써서 중계하는 라이브 영상 같았다.

"으앗."

전혀 예상을 못 했다는 듯이 마왕이 깜짝 놀란다.

거기에 비춘 영상은 UFO의 선내에서 지상으로 잇따라 로봇이 배출되고 있는 장면이었다.

지면까지 아슬아슬하게 고도를 내려뜨린 UFO가 해치를 열어 지상으로 이어지는 통로를 뻗었고, 거기에서 로봇이 줄줄 튀어나온다.

개중에는 지하 유적에서 마주쳤던 전차까지 있었다.

로봇의 숫자는 적어도 수천, 까딱하면 만 단위도 될 것 같았다.

게다가 아직도 계속 늘어나는 중이니까 황당할 따름이지.

바깥으로 나온 로봇이 대열을 갖추고 전진해 나아간다.

"보는 바대로 이미 G프리트의 군세는 진군을 개시했다. 진행 방향, 아울러 현재 속도로 계산했을 때 한나절 뒤면 거주 지역에 도달하겠군."

그 말에 안색이 굳어진 사람은 교황이었다.

교황의 입장상 인족의 도시로 저런 게 침공해 들어오는 사태는 결코 허용할 수 없을 테니까.

"여유를 부릴 틈은 없다는 소리인가."

"바로 그러하다. 동시에 공략할 수밖에 없을 터."

동시 공략을 제의하는 포티머스에게 규리규리가 놈의 진짜 속내를 탐색하려는 듯이 시선을 보냈다.

그 눈길을 정면으로 마주 바라보는 포티머스.

지금 구도만 보면 못된 꿍꿍이 따위 아무것도 없다고 자부하는 그런 태도였지만, 그마저도 수상쩍게 여겨지니까 어떤 의미로는 대단하구나.

포티머스가 이제껏 말한 발언은 물론 납득되는 부분이 있었지만, 역시 어떻게 해서든 규리규리를 이 별에서 멀리 떼어 놓겠다는 의도가 빤히 내비치는 것 같았다.

"설계도를 내가 봐도 되겠나?"

"그러도록."

규리규리도 나와 같은 느낌을 받았을까, 설계도를 자세히 보여 달라고 요구했다.

포티머스는 그 요구를 단박에 받아들이고 손에 들고 있던 입체 영상기를 규리규리에게 건넸다.

장치를 조작해서 설계도를 출력시키는 규리규리.

전문적인 지식이 없는 나로서는 설계도를 봐도 뭐가 어떻다는 것인지 못 알아본다.

그래도 다른 면면들은 설계도를 뚫어져라 들여다봤다.

UFO, 폭탄, 문어. 순서대로 설계도를 살펴본다.

"거짓을 말하지는 않은 듯싶군."

이윽고 설계도에 모순이 없음을 확인한 규리규리가 입체 영상기를 포티머스에게 돌려주면서 탄식했다.

뭐, 아무러면 이 짧은 시간에 가짜 설계도를 준비할 수는 없을 테니까 지금까지 한 말은 전부 사실이 맞을 거야.

다만 능력 있는 사기꾼은 본래 9할의 진실에다가 1할의 거짓을 섞어 넣는다고 말들 하잖아. 포티머스가 바로 거기에 가까운 타입 같다는 인상을 방금 전 짧은 대화 속에서 받았거든.

거짓말은 안 하더라도 상황을 이용해서 자신에게 유리한 방향으로 끌고 가겠다는 속셈이 아닐까?

실제로 규리규리가 문어를 처리할 수 있는 유일한 전력이라는 말은 확실하지만, 호랑이가 없는 산에서는 여우가 어쩌고저쩌고하는 느낌으로 마음껏 날뛰려는 게 아니려나?

나랑 마찬가지로 이 자리에 있는 전원이 포티머스에게 의혹 넘치는 시선을 보냈다.

"나를 의심하지 않는다면 오히려 이상할 테지. 그러나 이번에는 나도 사태의 해결에 전력을 다하겠다고 맹세하마. 나 또한 이 별이 생물조차 살지 못할 환경으로 망가지는 사태는 피하고 싶을 따름이다."

마왕, 규리규리, 교황이 서로의 얼굴을 마주 바라봤다.

어찌할 텐가? 수상하지만 어쩔 수 없군.

그런 대화가 시선만 갖고 이루어진다.

이토록 알아보기 쉬운 밀담도 없겠구나. 아니다, 숨기지도 않았으니까 밀담이라고 하면 안 되겠네.

"좋다. 나는 G메테오를 처리하기 위해 움직이겠다. G프리트의 대응은 너희들에게 맡기도록 하지."

규리규리가 어쩔 수 없는 분위기로 문어 담당을 승낙.

문제는 남아 있는 이쪽의 멤버인데 말이야~.

뭔 수로 저 UFO를 처리해야 돼?

아아~ 나는 멀리서 구경이나 하면 안 될까?

"그래서? 우리는 어떡할 건데?"

마왕이 나른한 기색으로 포티머스에게 물었다.

뭐라고 할까, 포티머스의 작전을 일단 듣기는 듣겠는데 어림없는 소리를 했다가는 당장에 콱 걷어차버리겠다는 느낌의 태도인걸.

"먼저 대전제로서 GMA 폭탄을 어떻게든 처리해야 한다. 그 목표를 위해 G프리트 내부로 잠입을 감행한다. 잠입조가 GMA 폭탄을 무력화하기 위해 움직이고, 나머지는 바깥에서 진로를 저지한다.

GMA 폭탄만 잘 무력화할 수 있다면 그다음은 규리에디스트디에스에게 일임하든 우리의 손으로 직접 격추하든 문제없을 테지. 동의하는가?"

포티머스가 제시한 작전은 실로 간단명료하면서도 달리 방법이 없잖아~ 라는 느낌이 드는 내용이었다.

마왕도 교황도 동의하는 듯 고개를 끄덕거렸다.

"더스틴."

포티머스가 교황의 이름을 불렀다.

"어느 정도의 전력을 이곳으로 부를 수 있겠나?"

"인족의 정예 3만."

포티머스의 물음에 교황은 곧장 대답했다.

그 많은 병력을 당장에 부를 수 있다고?

"그 많은 병력을 당장에 부를 수 있다고? 사리엘라 국 공략을 실패한 탓에 병사를 헛되이 잃었잖아."

마왕이 가차 없이 지적했다.

신언교는 사리엘라 국에 공세를 펼쳤다가 실패한 전적이 있었다.

실패의 가장 큰 이유가 첫 전투 때 나랑 마왕이 전장에서 아주 난장판을 만든 탓이고 내 병렬 의사들이 폭주한 탓이었다.

달리 말하자면 거의 다 내 탓이지!

뭐, 그 덕분에 결과적으로 흡혈 양의 고향을 지킬 수 있었으니까 나는 반성할 생각 없다고.

다만 이번 사태에서는 안 좋은 방향으로 작용했다.

교황이 동원 가능한 병력을 줄여 놓은 셈이니까.

"아무쪼록 안심하시길. 이번에 파병하는 병력은 유사시에 국방을 담당하는 군입니다. 사리엘라 국에 파병했던 병력과 다른 군대이지요."

아, 그렇구나.

"그럼 말이야, 여기로 불러들이면 본국이 맨몸뚱이가 되는 거 아니야?"

연달아 터지는 마왕의 가차 없는 지적질!

그렇겠지. 교황의 발언을 곧이곧대로 해석하면 본래는 국방을 맡아 수행해야 하는 병력을 이리로 데려온다는 말이 되잖아.

그러니까 요컨대 나라의 방어를 텅 비워 놓는다는 뜻이고, 위정자로서 그런 짓을 해도 되냐는 거지.

"비상시에 쓰기 위한 병력입니다. 또한 지금이 바로 그 비상시라고 판단했을 따름이지요. 저희 나라를 걱정해주실 필요는 없습니다."

단호하게 잘라 말하는 교황.

저렇게 단호한 데야 내가 뭐라고 할 말은 없었다.

뭐, 간 적도 없는 신언교의 본국 따위야 내 알 바도 아니고.

내가 걱정해줄 이유는 없지 않겠어?

"그러면 당장 호출해라. 그리고 저것들의 진로 앞쪽으로 전개하도록."

"네놈에게 명령을 들어야 하나? 우리는 스스로 나설지니 관여하지 마라."

교황이 확 달라진 태도로 포티머스의 요청을 신랄하게 받아쳤다.

"그러면 일단 자리를 비우겠습니다. 소집에 약간 시간이 걸릴 듯싶습니다만, 최대한 빨리 돌아오도록 하지요."

교황은 인사를 건넨 뒤 호위 겸 공간 마법 술사와 함께 전이로 떠났다.

행동력 참 대단하시군요.

아니, 그보다 당장에 3만이나 되는 사람을 데려올 수 있다는 거야?

데려온다고 쳐도 걔네가 제 몫을 할 수 있을까?

애당초 인족을 아무리 많이 데려와 봤자 로봇이라든가 전차라든가 그런 걸 상대로 얼마나 도움이 될지 의문이라는 느낌이거든.

뭔가 좀 불안하기는 해도 교황 본인은 의욕이 넘쳤으니까 맡길 수밖에 없겠네.

"나도 엘프의 전력을 데려오겠다. 다만 나 자신은 G프리트 내부 잠입에 참가할 작정이다. GMA 폭탄의 철거는 내가 제일 적임자일 테니. 아리엘과 거기 너, 네년들은 나와 함께 G프리트 내부의 잠입 임무를 맡도록 한다. 알겠나."

포티머스가 마왕과 내게 통보했다.

나요? 그렇군요, 역시 도망은 못 치는군요. 꼭 해야 되나요?

그나저나 알겠나, 다음에 물음표가 없군요. 물어봐 놓고 의문형이 아니잖아요.

강제 참가라고요? 넹.

"소수 정예로 해치우겠다는 말?"

"그러하다."

"흐음. 알겠어. 단 이상한 짓 했다가는 당장에 콱 죽여버릴 줄 알아."

"마음대로 해라. 나 없이 폭탄을 철거할 자신이 있거든 어디 해보도록."

마왕의 견제를 포티머스가 그대로 수용.

저 반응에는 나도 맥이 빠지는 기분이었지만, 마왕은 오히려 더욱 경계심을 불러일으키는 눈치였다.

"그거, 이리 내."

마왕이 포티머스의 손안에 있는 입체 영상기를 가리켰다.

포티머스는 말없이 장치를 마왕에게 건넸다.

그야말로 고분고분히.

이 입체 영상기 안에 UFO며 폭탄의 설계도가 들어 있다.

포티머스가 없어도 설계도를 확보한 이상, 어느 정도는 나랑 마왕이 둘이서 대처를 못할 이유도 없었다.

즉 포티머스는 본인의 목숨줄이기도 한 장치를 순순히 넘겨준 거다.

으음. 포티머스도 의외로 진지하게 UFO를 처리하고 싶은가 보다.

그러니까 급한 목적을 달성하기 전까지는 얌전하게 있지 않으려나.

방심은 금물이지만 필요 이상으로 지나친 경계도 썩 좋지는 않을지도?

"그러면 나도 일단 돌아가마. 행동은 나와 더스틴이 돌아오고 나서 개시하자."

포티머스는 그렇게 말한 뒤 교황과 똑같이 호위 겸 공간 마법 술사로 데려온 엘프와 함께 전이를 써서 떠나갔다.

남은 사람은 나랑 마왕이랑 규리규리.

"나도 움직여야겠군. 휴번!"

『예, 예잇!』

규리규리가 처음 교섭을 시작했던 순간에 곧장 멀리 피난 가버린 풍룡을 불러들였다.

저 녀석은 이름이 휴번이었구나.

기억 안 할 거지만.

"이곳은 네게 맡기겠다. 아리엘의 지시를 따라 전면적으로 협력하라."

『예예~!』

캐릭터가 바뀌지 않았어?

말단이라는 공통점은 여전하지만, 동네 껄렁이에서 악덕 영주의 부하 같은 느낌으로 획 바뀌었다고.

"아리엘. 우주에서 일을 마치면 곧장 돌아오겠다. 그때까지 결코 무리를 하지 말도록."

"오케이~. 근데 뭐, 상황에 따라서는 어쩔 수 없이 무리를 하게 되지 않으려나~."

"그렇다 해도 견뎌라. 내가 돌아올 때까지 죽지 말고."

규리규리가 마왕의 머리를 툭툭 쓰다듬는다.

마왕을 어린아이 취급하는 귀한 장면이 떴습니다~!

그런데 웬걸, 마왕이 슬쩍 힘줘서 규리규리의 손을 치워 내고 말았다.

그럼 안 되지, 마왕!

지금은 얼굴을 살짝 붉히면서 「어린애 취급하지 마!」라는 느낌의 대사를 말할 장면이잖아!

"그러면 다녀오마."

"응. 너도 조심하고."

뭔가 수십 년 같이 산 부부를 연상하게 만드는 대화가 오고간 뒤에 규리규리도 전이를 써서 어딘가로 가버렸다.

되도록이면 교황이랑 포티머스가 돌아오기 전에 규리규리도 얼른 돌아와주면 좋을 텐데.

그럼 UFO에 돌격하는 무모한 짓을 굳이 안 해도 되잖아.

다만 그럴 일은 없겠구나~ 하는 예감이 든다.

이런 때 드는 예감은 잘 맞는 법이지.

빗나가기를 바란다 해도.

『위험하겠네~. 설마 저거랑 맞붙는 거요? 이보쇼, 거미댁. 지금 딱 우리한테 휴가를 주면 아주 복 받을 거 같지 않소?』

"안심해. 블랙 기업도 편안하게 느껴질 만큼 팍팍 부려 먹어줄게."

어째서인지 마왕이랑 풍룡이 만담을 시작했다.

이 녀석들 실은 제법 호흡 잘 맞는 콤비가 아닐까?

마왕이 선언하자 풍룡은 통곡을 한다.

야, 인마. 풍룡. 네가 블랙 기업의 뜻을 어떻게 아는 거야?

아니면 못 알아듣고도 뉘앙스로 대충 자기 말로를 상상한 걸까?

나도 마찬가지로 이제부터 다가올 미래 때문에 전전긍긍이거든.

한편 내 품속에는 방금 전까지 살벌했었던 분위기를 못 견뎌서, 새하얗게 재만 남기고 타버렸다는 느낌으로 사엘이 맥없이 뻗어 있었다.

응. 솔직히 미안한 마음이 드네. 같이 있어줘서 고마워.

풍룡 휴번

LV.98

status 【능력치】

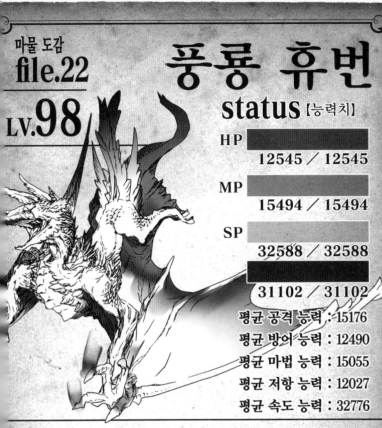

HP
12545 / 12545

MP
15494 / 15494

SP
32588 / 32588

31102 / 31102

평균 공격 능력 : 15176

평균 방어 능력 : 12490

평균 마법 능력 : 15055

평균 저항 능력 : 12027

평균 속도 능력 : 32776

skill 【기술】

「풍룡 LV 10」「천린 LV 10」「HP 고속 회복 LV 1」「마력 감지 LV 10」「마력 정밀 조작 LV 5」「MP 고속 회복 LV 10」「MP 소비 대완화 LV 10」「마신법 LV 4」「대마력격 LV 6」「SP 고속 회복 LV 10」「SP 소비 대완화 LV 10」「파괴 대강화 LV 2」「타격 대강화 LV 4」「참격 강화 LV 8」「관통 대강화 LV 7」「충격 대강화 LV 6」「수류 강화 LV 10」「폭풍 강화 LV 10」「뇌광 강화 LV 10」「투신법 LV 10」「대기력격 LV 10」「수류 공격 LV 1」「폭풍 공격 LV 10」「뇌광 공격 LV 2」「공간 기동 LV 10」「고속 비상 LV 10」「연계 LV 10」「통솔 LV 7」「권속 지배 LV 10」「집중 LV 10」「사고 초가속 LV 3」「미래시 LV 3」「병렬 의사 LV 3」「고속 연산 LV 10」「명중 LV 10」「회피 LV 10」「확률 대보정 LV 10」「은밀 LV 10」「은폐 LV 10」「무음 LV 10」「무취 LV 10」「무멸 LV 10」「제왕」「기척 감지 LV 10」「위험 감지 LV 10」「동태 감지 LV 10」「열 감지 LV 10」「물 마법 LV 10」「수류 마법 LV 10」「창해 마법 LV 3」「얼음 마법 LV 3」「바람 마법 LV 10」「폭풍 마법 LV 10」「남천 마법 LV 10」「벼락 마법 LV 10」「뇌광 마법 LV 5」「그림자 마법 LV 10」「어둠 마법 LV 3」「파괴 내성 LV 8」「타격 내성 LV 8」「참격 내성 LV 6」「관통 내성 LV 5」「충격 무효」「불 내성 LV 4」「수류 내성 LV 8」「얼음 내성 LV 7」「폭풍 무효」「땅 내성 LV 6」「뇌광 무효」「빛 내성 LV 3」「암흑 내성 LV 1」「중압 대내성 LV 4」「상태 이상 대내성 LV 1」「산 내성 LV 1」「기절 대내성 LV 9」「공포 대내성 LV 2」「의도 내성 LV 1」「고통 무효」「통각 대내성 LV 3」「밤눈 LV 10」「만리안 LV 10」「오감 대강화 LV 10」「지각 영역 확장 LV 10」「천명 LV 10」「천마 LV 10」「천동 LV 10」「부천 LV 10」「강각 LV 10」「성재 LV 10」「천도 LV 10」「천수 LV 10」「위타천 LV 10」

소국가군에 위치한 황야를 지배하고 있는 풍룡의 수장. 용종 가운데서도 특히 강한 힘을 보유하고 있는 최고참 중 하나. 높은 속도를 살린 고속 비행을 특기로 하여 공중에서는 비할 데 없는 힘을 발휘한다. 또한 기후마저도 조작하여 벼락을 동반한 폭풍으로 모든 것을 날려버린다. 그 힘으로 인하여 소국가군에서는 위험시되는 한편 신성시되기에 가뭄과 한발 때에는 기우제를 올릴 신으로 떠받들어 기도를 바치기도 한다. 위험도는 인간의 손으로 감당할 수 없다고 간주되는 신화급.

7 대UFO 전선 구축

옆에 있기만 해도 정신력이 팍팍 깎여 나가는 회합을 갖고 나서 대략 세 시간쯤 지났다.

그동안 나는 사엘의 수복이라든가 흡혈 양이랑 메라의 피난 등등을 마쳤다.

아무러면 흡혈 양이랑 메라를 참전시킬 수는 없다는 생각에 엘로 대미궁에 데려다주고 왔지.

왜 피난처가 엘로 대미궁이냐고?

적당히 근처 마을이나 도시에다가 데려다 놓으면 포티머스가 뭔가 수작을 부리겠다고 움직일 수도 있잖아.

아마도 포티머스가 UFO를 저지하고 싶다면서 한 말은 본심이 맞을 테지만, 그렇다고 완전히 신용할 수 있냐고 묻는다면 그거랑 이거는 경우가 다르니까.

UFO를 처리하는 중 몰래 마수를 뻗치지 않는다는 보장이 없어.

그러니까 포티머스라고 해도 쉽사리 발을 들여놓지 못할 장소, 즉 엘로 대미궁에다가 두고 온 거야.

참고로 두 사람의 보호는 병렬 의사 녀석들이 낳아 놓은 거미 군단에게 맡겼다.

일단 내 병렬 의사가 낳은 애들이니까 스킬 권속 지배가 유효한 덕에 지시를 내리는 데는 문제없었다.

걔네가 말이야, 병렬 의사에게 단련을 받아서인지 꽤나 강하거든.

엘로 대미궁의 야생 마물에게 지지는 않을 테고, 혹시나 포티머스가 쳐들어와도 어느 정도는 자기방어가 가능할 거야.

이제 당분간 흡혈 양이랑 메라의 안전은 보장된 셈.

대량의 거미에 둘러싸인 흡혈 양은 창백한 얼굴이었지만.

메라가 붙어 있으니까 잘 다독여주겠지.

흡혈 양이랑 메라는 그런 느낌으로 전선 이탈.

남는 문제는 인형 거미들이었다.

사엘의 수복은 이미 끝났다.

새롭게 만든 부위는 인간에 가까운 모습을 지녔던 전과 달리 인형입니다, 라는 느낌이 풀풀 나도록 퀄리티가 확 다운됐어도 기능은 변함없다.

이제는 충분히 싸울 수 있다.

다만 문제는 인형 거미들의 본래 스펙이었다.

로봇이 상대라면 얼마나 많든 인형 거미들이 쓰러질 요인은 없다.

지하 유적에서 이미 증명된 사실.

그러나 전차가 상대일 경우는 그리되지 않는다.

전차 상대로 사엘은 반파됐었고 나머지 셋의 공격은 통하지도 않았다.

전투의 양상을 떠올려보면 결코 못 싸울 상대는 아니었지만, 공격력과 방어력이 부족했다.

상대의 주포가 인형 거미의 방어를 돌파할 수 있는데도 반대로 이쪽의 공격은 통하지 않는 형편.

방어는 무슨, 맞기 전에 피하는 방법뿐이다.

그래도 공격은 뭔가 수를 내야 하거든.

리엘과 피엘의 공격은 분명 전차에 적중됐으니까 장갑을 돌파 가능한 수단만 마련한다면 인형 거미들도 맞상대가 가능할 텐데.

다만 이게 꽤 어려웠다.

전차의 장갑에는 포티머스와 마찬가지로 수수께끼 결계가 표면에 전개되는 터라 마법 종류는 전혀 안 먹힌다.

아마도 버프 계열의 효과도 날아가버릴 테니까 전차의 장갑을 깨 뜨리려면 순수한 물리 공격력이 관건이었다.

어째서인지 내 대낫은 전차의 장갑을 한 방에 돌파해버렸지만, 대 낫의 영문 모를 변화는 나 자신조차 도대체 알 수가 없는 수수께끼 물체로 화한 결과니까 괜히 고민하지 말기로 했다.

그래도 해결책의 방향성은 틀리지 않아.

무기를 개량하는 것.

방법은 하나뿐이다.

이제 와서 인형 거미들 본인의 공격력을 끌어올리자는 것은 무리 가 많은 요구였다.

그렇다면 들고 휘두르는 무기를 좀 더 강한 재질로 바꾸는 수밖에.

역시 간단한 방법은 아니지만 말이야.

인형 거미들이 들고 다니는 무기는 상당한 역작이었다.

능력치 1만을 넘는 인형 거미들이 온 힘으로 휘둘러도 망가지지 않을 만큼 튼튼하고 강한 무기인걸.

기존의 성능을 뛰어넘는 무기가 필요한 이상 뚝딱뚝딱 조달하기 는 난감한 거지.

뭐, 어때! 없는 물건은 직접 만들면 된다고!

내 대낫도 그렇게 만든 무기인데 못 만들 이유가 뭐가 있겠어!

우선 무기의 종류 말인데, 날붙이는 안 된다.

그 단단한 장갑에 날붙이를 부딪쳤던 게 애당초 실수였다고.

단단한 장갑에는 둔기가 제격, 동서고금의 상식 아니겠어?

괜히 베려고 열 올리지 말고 확 후려갈기는 게 최고.

장갑을 단번에 파괴하지는 못하더라도 확 후려친 충격으로 내부의 기계가 망가진다면 감지덕지잖아.

재료는 고대의 금속.

전차의 장갑에 사용된 금속이랑 비슷하거나 어쩌면 그 이상의 강도를 자랑하는 훌륭한 금속이랍니다.

응? 그런 걸 어디에서 갖고 왔냐고?

그거야 물론 지하 유적에서 들고 나왔습죠.

나는 개미집이었던 통로를 지나 다시 한 번 지하 유적으로 들어갔었다.

그리고 유적 자체의 벽에 사용된 금속을 잡아 뜯어서 갖고 나왔다.

터무니없는 화염이 통과했는데도 원형을 유지하고 있는 유적에 사용된 금속.

그 금속을 내 손으로 꾹꾹 주무르고 인척의 사안이라든가 왜곡의 사안 따위를 동원해서 압축.

적당히 굳히고 손잡이를 붙여서 간단 둔기를 만들어 냈다.

이것을 인형 거미들 넷 곱하기 여섯 팔, 합계 스물네 자루를 만들었다.

내가 생각해도 굉장히 대충 만들기는 했는데, 그럼에도 원래 쓰던 검보다는 이쪽이 훨씬 큰 대미지를 입힐 수 있을 테니까.

손에 익숙하지 않아서인지 인형 거미들은 새 무기를 허공에다가 붕붕 휘두르면서 감촉을 확인하고 있었다.

실전 전에는 익숙해져야 한다.

이걸로 인형 거미들도 준비가 갖춰졌다.

그동안 마왕은 무엇을 하고 있었냐면 퀸 타라텍트를 소환했다.

게다가 네 마리나.

맨 처음 나는 눈을 의심했다.

그렇잖아, 퀸 타라텍트라고?

마더랑 같은 종족의 마물이 네 마리나 눈앞에 나타났을 때 내 기분이 어땠겠어?

너무너무 깜짝 놀라서 반응도 못 해줬다니까!

아마도 마왕의 부하로 있는 퀸 타라텍트는 마더 하나가 아니었나 봐.

마더랑 동격의 괴물이 네 마리나 있을 줄이야. 마왕의 세력, 무시무시하도다.

"지금은 역시 힘을 감추거나 아낄 상황이 아니잖아. 최고 전력 총출동으로 가겠어."

퀸 네 마리가 늘어서 있는 위용.

거기에다가 또 풍룡이 이끄는 용 군단이 추가.

이 황야에 있는 용종을 싹 긁어모아 왔나 보다.

뭐야, 이 몬스터 집단.

얘네만 데리고도 세계를 가볍게 멸망시킬 수 있을 것 같은데.

질 수 없지. 나도 엘로 대미궁에서 거미 군단을 데리고 나올까, 하는 마음이 잠깐 들기는 했다. 그래도 걔네는 흡혈 양이랑 메라의 호위를 맡기기 위해서라도 남겨 두는 게 좋겠다고 생각을 고쳐먹었다.

거대한 거미 마물과 용 군단.

"오래 기다리셨습니다. 신언교 전력 3만. 급히 달려왔습니다."

그때 교황이 이끄는 3만의 군이 추가됐다.

멀리 떨어진 지역으로부터 군을 이곳으로 옮기는 대규모 전이를 행사한 술사는 이미 죽어 있었다.

게다가 몇 사람이나.

그 모습을 실제로 본 것은 아니다.

다만 이 황야에 나타난 3만의 군세를 향해 연설하던 중 교황이 꺼낸 이야기를 듣고 알았다.

가라사대「성전을 위해 이 자리로 이어지는 문을 열어준 영령들에게 보답할지어다!」라고 했거든.

대규모 전이는 나조차 고생을 하는 꽤나 어려운 마법이었다.

그런 마법을 인간의 몸으로 실행하려고 들면 말 그대로 목숨을 걸지 않는 한 완수할 가망이 없지 않았을까.

귀중한 공간 마법 술사를 몇 명이나 일회용으로 쓰고 버리는 방식.

그렇게까지 해서 교황은 전력을 이 자리로 데리고 왔다.

솔직히 그들이 얼마나 도움이 될까 알 수 없었다.

숫자가 좀 많아도 결국은 인간.

나랑 마왕이 보기에는 너무나도 빈약한 군단.

그럼에도 그들의 전의는 진짜였다.

이곳에서 죽는다 해도 아랑곳 않겠다는 어떤 종류의 열정이 느껴졌다.

출발 전에 교황이 뭐라고 설명했나 모르겠지만, 우리와 함께 싸워야 하는 입장도 기꺼이 받아들이려는 눈치인 데다 상대가 무엇인지 제대로 이해한 채 전투에 임한 것 같았다.

그리고 본인들 대부분이 살아 돌아가지 못하리라는 사실도.

그럼에도 누구 하나 겁먹은 기색 없이 사기를 드높이고 있으니까 그만큼 잘 훈련된 군대일 거야.

이게 종교의 무서운 부분이겠네.

신앙심을 당할 힘은 없다.

"보아하니 내가 마지막인가."

그리고 포티머스와 휘하의 기계화 군단이 마지막으로 참전했다.

숫자가 아주 많지는 않다.

보병이 2천쯤.

그래도 인간 보병이 아닌 기계 병사였다.

신장만 봐도 5미터 가까이 되는 거체인 데다 단단한 느낌의 장갑을 두른 채 몇 가지 종류의 무장을 장비하고 있는 병기다.

또한 겉모습은 다리가 여럿 달린 하반신에다가 인간과 비슷하게 만든 상반신을 억지로 붙여 놓았기에 상당히 거북함이 느껴지는 인상이었다.

거북하기는 해도 합리성의 총집합처럼 보인다.

상반신도 탑재된 무기를 효율적으로 다루기 위해 배치하다 보니 인간의 모습과 닮게 됐다는 인상을 받았다.

뭐라고 해야 할까, 로봇 애니메이션에 나오는 멋있는 느낌이 아니라 병기로서 지녀야 하는 기능미만 집요하게 추구했다는 느낌이랄까?

로망이 없다.

그래도 로망이 있든 없든 간에 전력으로서는 대단히 기대할 수 있겠다.

바라건대 저것들의 조준이 이쪽으로 향하는 일이 없기를 기원한다.

"이제 다 모였네."

마왕이 대표로서 입을 열었다.

응, 전부 모여버렸어.

결국 규리규리는 돌아오지 않았고.

규리규리가 후딱 임무를 끝내고 돌아왔다면 내가 UFO로 돌격할 필요도 없고 편했을 텐데.

"그러면 나랑 시로, 그리고 자투리로 포티머스가 저거에 돌격하는 걸로 오케이?"

"그래."

오케이는 아니었지만 상황이 이렇게 됐는데도 도망칠 수는 없고, 게다가 도망쳐 봤자 세계 멸망이 닥칠 테니까 고개를 끄덕여줬다.

대단히 유감스럽기는 해도…….

"그래서? 어떻게 침입할 건데?"

"이것을 써서 외벽에 구멍을 뚫는다."

포티머스가 가리킨 물건은 뭔지 모를 커다란 통이었다.

응응? 되게 크기는 한데 혹시 바주카포 종류인가?

"한 번 발사할 수 있는 일회용 대포다. 다만 위력은 보장하지. 이

포를 쏘면 G프리트의 외벽에도 구멍을 뚫을 수 있을 것이다."

아, 역시 바주카포였구나.

그나저나 침입이라길래 비밀 통기구라든가 뭔가 은밀한 경로를 찾아 들어갈 줄 알았는데 뜻밖에도 그냥 힘으로 때려 부수고 들어가는 방법이었다.

설마설마했던 강행 돌파라니~.

"그리고? 이걸 누가 갖고 가는데?"

"아리엘이나 거기 시로인가 하는 년에게 맡기겠다. 이 보디로 들고 운반할 수는 있을 테지만, 조준을 맞추기에는 다소 파워가 부족하니 말이다."

"그럼 시로야, 부탁할게."

Why?

어째서인지 바주카포를 나더러 들고 가라고 결정되는 분위기였다.

왜 그런 중요한 역할을 내가 맡아야 되는 건가요?

항의의 뜻을 담아서 마왕에게 시선을 보냈다.

"시로는 공간 마법으로 언제든 넣었다가 꺼냈다가 할 수 있잖아. 체격을 봐도 나보다는 시로가 들고 가는 게 좋지 않을까?"

논파당했다.

확실히 나는 발사하기 직전까지 공간 수납으로 보관할 수도 있는데다가 마왕의 꼬맹이 체형으로 이 커다란 바주카포를 조작하려면 어려운 부분이 많을 거야.

포티머스가 진짜인지 거짓말인지 잘 모르겠지만, 자기는 못 쏜다고 말하는 상황이니까 소거법으로 나밖에 적임자가 없는 거네.

하지만 그런 중요한 임무를 맡기면 난처하다고.

만약 내가 이걸 못 맞히면 침입 자체가 불가능해지잖아?

한 번밖에 못 쏘는 일회용이랬고.

실수는 용납되지 않는다.

저렇게 표적이 큰데 빗맞히는 게 더 어렵다고 머릿속으로는 알고 있는데도 불안이 끊이질 않았다.

가능한 한 가까이 지근거리에서 쏘아 맞히면 될까?

그럼 하늘을 날아가야 한다는 건데.

나는 공간 기동 스킬을 갖고 있으니까 하늘을 나는 데 문제없었다.

공간 기동은 아무것도 없는 공간에 마력으로 발판 비슷한 걸 형성해서 지면을 달릴 때와 마찬가지로 하늘이든 어디든 행동이 가능하도록 도와주는 스킬이다.

이걸 활용하면 공중에서도 문제없이 움직일 수 있다.

하지만 저 UFO는 분명 수수께끼 결계를 쓰겠지?

만약 내가 열심히 공간 기동을 쓰는 도중에 수수께끼 결계를 발동한다면 스킬의 작용이 무효화돼서 뚝 추락할 텐데.

그럼 위험하지.

전차가 쓰고 다녔는데 UFO가 안 쓴다는 보장은 전혀 없잖아.

어떻게든 스킬에 의지하지 않고 자력으로 하늘을 나는 방법이 필요조건이었다.

그때 표정은 얌전한데도 이번 사태에 굳이 관여하지 않겠다는 듯이 남 일처럼 낙관적인 태도를 고수하고 있던 풍룡과 눈이 맞았다.

흠. 흠흠. 좋아.

까딱까딱 풍룡을 향해 손짓했다.

풍룡은 『응?』하는 표정을 지으면서도 이쪽으로 다가왔다.

놈의 등 뒤로 쓱싹 돌아들어서 등에 휙 올라탄다.

『으엉?!』

응. 넓이는 딱 적당하네.

아라크네로 진화한 내 상반신은 인간과 다를 바 없는 크기였지만, 하반신은 그런대로 큰 거미 몸뚱이니까 말이야.

풍룡쯤 되는 큰 덩치가 아니면 나를 태우고 날아가기는 어려울 거야.

그대로 풍룡의 몸을 거미 몸뚱이 다리로 콱 옭아 잡았다.

안정감이 제법 괜찮군요.

마음에 들어!

『뭔 짓이냐?!』

"아, 그러려고? 괜찮겠네."

"그렇군. 나와 아리엘도 적당한 용에게 태워 달라고 하는 것이 좋겠다."

"찬성."

풍룡이 허둥거리는 가운데 마왕과 포티머스가 내 생각을 알아차리고 동의를 표시했다.

"풍룡, 사정은 알겠지? 너희가 우리를 날라줘야겠어."

『사정은 뭔 사정! 모르겠다, 요것아!』

풍룡이 아직 불만을 늘어놓는다. 나를 흔들어 떨어뜨리려고 해 봤자 이미 결정된 사항이거든?

"그러면 지상의 상황은 제가 지휘를 맡아도 괜찮으시겠습니까?"

교황이 혼돈에 빠지려고 하는 분위기를 정리하고자 화제를 바꾼다.

"괜찮지 않겠어? 근데 뭐, 각자 알아서 행동하는 게 훨씬 더 낫겠다 싶기는 하네."

"동감이군. 저마다 전법도 전력도 너무 다르지 않은가."

뭐, 확실히 맞는 말이네.

완전 혼성군이라서 통제를 하려고 들면 도리어 더 어지러워지지 않을까?

애당초 본래는 각자 적대해야 하는 세력이 이렇게 같은 편으로 만나서 같이 싸운다는 게 기적이나 마찬가지고.

거기에다가 또 뭐야. 이제부터 열심히 힘을 합치자? 어림도 없지, 뭐.

"일단 퀸이랑 퍼펫들은 네가 시키는 대로 따르라고 말은 하겠는데, 너무 기대하지는 마."

"마찬가지로. 명령권은 넘겨주겠다만, 실제로 네 지시를 따르느냐는 현장의 판단에 맡기겠다."

어라?

포티머스의 말에 의하면 저 기계 병사는 안에 사람이 들어있다는 뜻?

누가 탑승할 만한 공간은 없어 보이길래 틀림없이 완전히 프로그램 제어로 움직이는 오토파일럿 비슷한 기계인 줄 생각했는데.

……뭔가 이 의문을 깊게 파고들면 안 좋을 것 같다.

알아서는 안 되는 끔찍한 진실을 알게 될 것 같아.

"그 정도면 괜찮습니다. 제 역할은 어디까지나 세세한 조정에서 그칠 겁니다. 현장에서는 각각의 재량에 따라 움직여주시는 것이 좋겠지요."

교황이 온화하게 수긍.

교황도 이 군세가 연계를 취할 수 있다는 생각은 하지 않는가 보다.

그럼에도 이렇게 제안을 했다는 것은 만일의 경우를 대비해서 확답을 받아 놓겠다는 의도일까?

지휘 계통을 제대로 확인해 놓지 않으면 나중에 의견 충돌이 있을 때 귀찮아지니까.

"G프리트는 이쪽을 향해 천천히 전진하고 있다. 전개된 지상 전력은 대략 10만."

그 숫자에 침묵이 내려앉았다.

10만.

이쪽은 전부 더해도 4만가량.

그중 3만은 상대측 로봇보다 쭉 뒤떨어지는 인족.

퀸이나 인형 거미랑 용에 그리고 기계 병사는 물론 로봇보다 훨씬 더 강하겠지만, 그렇다 해도 버거운 전투가 되리란 건 빤히 내다보인다.

"뭐, 우리의 승리 조건은 폭탄만 처리하면 달성되는 거야. 놈들을 꼭 전멸시키지 않아도 그걸로 최저한의 임무는 끝나. 나머지는 규리에한테 전부 떠넘기면 돼."

마왕이 별일도 아니라는 듯 잘라 말했다.

덕분에 조금이나마 분위기가 가벼워진다.

맞는 말이다.

우선 세계를 멸망시킬 수도 있는 폭탄만 잘 처리한다면 당장에 뭐가 어떻게 잘못돼서 망하는 사태는 피하는 셈이었다.

그다음은 규리규리가 돌아올 때까지 기다렸다가 전부 해치워 달라고 미루면 끝.

"더스틴. 되도록 지상에서는 상대의 전진을 막는 데 전념하고, 시간을 벌기 위한 방법을 염두에 두면서 행동하도록 해. 불필요한 희생은 무조건 피해야 하니까."

"알겠습니다. 가능한 한 힘써보지요."

마왕이 교황에게 그렇게 지시를 내렸다.

"풍룡. 너 본인은 시로를 날라다주기로 하고, 나머지 용들은 하늘을 맡아줘야겠어. 아마도 제일 힘든 역할을 감당해야겠지만 제공권을 빼앗기면 안 돼. 그렇게 되면 전군이 와해되겠지. 너희가 죽을 각오로 버텨줘야 해."

『어라? 지상군이랑 취급이 엄청나게 다르지 않소?』

"어쩔 수 없어. 너희가 힘을 안 내주면 아예 승산이 없으니까 말이야."

『끄헉~! 어쩌다 일이 이렇게! 으으. 알겠네, 젠장맞을!』

풍룡은 부르짖으면서도 일단 납득한 기색이었다.

실제로 유일하게 하늘을 자유롭게 날아다닐 수 있는 용들의 활약은 중요했다.

UFO가 내보내는 전투기를 제압할 수 있는 세력은 용밖에 없으니까.

제공권의 상실은 지상 전력의 동향에 큰 영향을 끼친다.

용들이 힘을 많이 내줘야 하는 상황.

"포티머스는……. 뜬금없이 배반하지 마라?"

"흥."

마왕의 농담인지 진담인지 모를 발언에 포티머스는 코웃음 한 번으로 대답했다.

어라, 음. 정말 괜찮을까?

배반하지 않겠지? 안 할 거지?

어쨌든 간에 대UFO 포진은 이걸로 결정됐다.

나랑 마왕, 거기에 포티머스는 UFO 내부 잠입조.

풍룡이 이끄는 용들은 그 활로를 열어젖히는 한편 우리를 UFO까지 데려다주는 공중 전력.

용들의 총수는 대략 8천이다.

그중 대부분이 용(竜)이고 용(龍)은 2천 마리밖에 안 된다.

보통은 2천 마리나 된다고 말해야겠지만, 지금 상황에서는 오히려 적게 느껴졌다.

지상 전력은 교황이 이끄는 신언교 군대 3만과 포티머스가 데려온 기계 병사 2천, 그리고 퀸 네 마리와 인형 거미가 넷.

반면에 UFO 측의 포진은 로봇이 대략 10만.

전차가 대략 1천.

지금 공중에 보이는 전투기가 대략 5천.

여기에 더해서 총대장으로 UFO.

UFO 내부에 아직 온존된 전력이 있을지도 모르니까 실제 전력은 더 많을 거야.

이쪽은 지금 이 세계에서는 거의 최고 전력이 다 집결했다.

그런데도 승리를 장담할 수 없는 상황.

세계의 운명을 건 일전.

내가 막 열혈을 불태우는 성격은 아니지만, 못 이기면 세계가 멸망할 수도 있으니까 꼭 이겨야겠다.

과거의 유물과 벌이는 전투의 막이 마침내 오른다.

막간 흡혈귀 주종의 대화, 기계

"아가씨, 잠시 질문을 드려도 되겠습니까?"

"뭔데?"

"기계에 대해서 가르쳐주셨으면 합니다만."

"기계?"

"예. 저는 기계라는 장치가 대체 무엇인지 아직껏 실감이 되지 않습니다. 그런지라 조금이라도 기계에 대해 알기 위해서 아가씨의 지식을 빌리고 싶을 따름입니다."

"괜찮기는 한데, 나도 아주 자세하게 아는 건 아니라서."

"예, 상관없습니다. 아가씨가 알고 계신 범위 안에서 가르쳐주시면 충분합니다."

"알겠어. 그나저나 이야기를 다 하려면 좀 길어질 테니까 염화를 써도 될까?"

"예, 그리하시죠."

『응, 사양 안 할게. 메라조피스가 알고 싶은 내용은 그 유적에 있는 기계에 대한 지식인 거지?』

"그렇다고 말할 수 있을 것이고, 그렇지 않다고도 말할 수 있을 겁니다. 기계라는 장치에 대해 저는 너무나도 아는 바가 없으니까요. 따라서 기계에 대해 아가씨께서 떠오르는 대로 말씀해주시면 족합니다."

『그렇구나. 먼저 내가 전세 때 살았던 세계의 기계에 대해 얘기해줄게.』

"잘 부탁드립니다."

『기계라는 것은 간단하게 말하면 생활을 편리하게 개선하기 위한 장치야.』

"그렇습니까?"

『응. 내 인식에서는 그랬어. 물론 우리가 유적에서 마주쳤던 병기는 언뜻 생활하고 상관없어 보일 거야. 그렇지만 넓은 의미에서 보면 생활을 풍족하게 만들기 위한 도구가 될 수 있어. 외적으로부터 몸을 지키고 생활을 지키기 위한 도구.』

"아, 옳은 말씀입니다."

『기계는 생활을 편리하게 유지하기 위한 장치. 메라조피스는 저택 관리 업무를 맡아봤으니까 알 수 있을 거야. 일상생활이라는 게 꽤나 번거롭잖아? 청소에 빨래에 식사. 그걸 다 사람 손으로 하면 중노동인걸.』

"맞습니다."

『기계는 그런 일들을 도와주는 장치야. 예를 들어서 내가 전에 살았던 세계에는 청소기라는 기계가 있거든. 빗자루보다 쉽게 먼지를 쓸어 담을 수 있는 기계야.』

"빗자루보다 쉽게 말입니까?"

『응. 자세하게 원리를 설명할 만큼 잘 알지는 못하는데 청소기는 빗자루가 진화한 도구라는 느낌이었어. 기계라는 건 도구를 보다 편리한 활용을 위해 자동으로 작업을 수행하는 기능을 갖추면서 진화하게 돼. 그렇게 인식하면 괜찮을 거야.』

"하면 그 유적에 있었던 기계들도 그렇습니까?"

『맞아. 마찬가지야. 검이든 창이든 무기는 싸우기 위한 도구잖아? 그게 쭉 진화를 거쳐서 만들어진 기계. 홀로 움직여서 싸우는 무기. 그게 기계 병기야.』

8 판타지 대 SF 공중전

쓔우우우웅~! 공기를 베어 가르는 소리가 바로 곁을 통과해 지나갔다.

F1이라든가 그런 데서 곧잘 들리는 소리였다.

나는 그런 소리를 텔레비전 너머로 들은 경험밖에 없었지만, 실제로 직접 들으니까 시끄럽다!

고막이 찢어질 판이라고!

아니, 실제로 고막이 찢어져도 이상할 게 없는 상황이지만 말이야!

어쨌든 이곳은 고도 3천 미터 이상의 상공.

후지산 산봉우리와 비슷하거나 그 이상의 높이니까.

이 높은 고도에서 곡예비행을 하면 당연히 고막 한두 개 찢어져도 어쩔 수 없지!

아직 안 찢어졌지만.

그렇다. 나는 지금 하늘을 날고 있다.

풍룡의 등에 매달려서 전투기 무리와 한창 즐겁지도 않은 댄스를 추고 있었다.

『으하! 이번에는 살짝 간 떨어지는 줄 알았네!』

방금 전 소리의 정체는 내가 격추한 전투기가 바로 옆쪽을 스쳐 지나가면서 추락하는 소리였다.

휘파람이라도 불 기세로 가벼운 느낌의 염화를 날리고 있는 풍룡. 그러나 가벼운 것은 말투뿐이고 내용은 진지하기 짝이 없었다.

공중에 난무하는 전투기의 사격을 스피드에 전부를 거는 곡예비행으로 회피하는 한편 바람의 마법으로 반격해서 적을 격추한다.

그럼에도 단 한 순간 마음을 놓을 수 없었다.

마음을 놓는 순간 벌집 신세가 될 테니까.

그만큼 전투기와 벌이는 전투는 이루 말할 수 없이 치열했다.

지상군보다 선행해서 출발한 용들.

지상군은 UFO 휘하의 지상 부대를 저지하는 것이 주목적이라서 불필요한 충돌은 피하고 접근을 기다렸다가 방어전에 나서기로 방침이 세워졌다.

반면에 공군 역할을 맡게 된 용들은 우리 잠입조를 UFO까지 데려다줘야 하는 임무가 있었다.

그러려면 UFO 휘하의 전투기 5천을 돌파할 필요가 있었기에 부득이하게도 전투 역시 피하지 못한다.

우리 잠입조는 한시라도 빨리 UFO에서 폭탄을 철거해야만 했다.

목적도 없이 기동한 UFO가 언제 갑자기 폭탄을 떨어뜨릴지 누구 하나 장담을 못 하는 상황이니까.

포티머스가 설명하기를 폭탄 투하 시 UFO에도 상응하는 조건이 갖춰져야 한다지만, 그 조건 어쩌고가 얼마나 잘 지켜질지도 불분명하잖아.

응, UFO는 아주 옛날에 건조된 골동품인걸.

옛날 고물이 과연 정상적으로 기능을 할까?

지금도 봐봐. 목적도 없이 반쯤 폭주한 거나 마찬가지인데 혼자

신 내다가 폭탄을 떨어뜨려도 전혀 이상할 게 없다고.

실제로 다른 하나의 병기 문어는 이 별에 소행성을 떨어뜨리려고 우주로 휙 날아가버렸는걸.

과장 안 하고 도대체 언제 폭발할까 짐작도 안 되는 폭탄을 마냥 내버려 둘 수는 없다는 말씀.

준비가 갖춰지는 대로 돌입하는 것이 타당한 판단이었다.

타당하지 않았던 부분은 전투기의 전력.

우리에게 얕보는 마음은 분명 없었다.

그럼에도 돌파는 가능하리라고 예상했었다.

그렇지만 우리의 예상은 멋지게 꺾여 무너지게 된다.

그리고 현재, 고도 3천 미터에서 격렬한 공중전을 펼치고 있는 중.

용 VS 전투기.

판타지와 과학의 싸움.

진짜 초현실적인 광경이다.

특촬물에서 하라고!

그래도 저 광경은 터무니없는 박력과 현실감을 갖고 내 시야를 힘껏 사로잡는다.

전투기에 탑재돼 있는 연사기가 빛 탄환을 흩뿌렸다.

역시 전투기에도 로봇이랑 전차랑 같은 계열의 무기가 장비돼 있었다.

빛의 탄막이 미처 회피를 해내지 못한 용(竜)에 적중되어 비늘을 관통하고 살점을 헤집고 피를 흩날리게 했다.

고통의 울음소리를 지르면서 용이 지상으로 낙하한다.

그 용의 최후는 말할 것도 없었다.

그러나 용들도 가만히 당하기만 하진 않았다.

전투기의 연사기 사선으로부터 벗어나서 그리로 들어가지 않도록 전투기에 돌격.

전투기의 날개를 손상시키거나 혹은 엔진을 파괴해서 추락시킨다.

직선적인 궤도로 움직이는 전투기와 달리 용들은 생물적인 움직임을 구사하여 전투기의 사각을 적극적으로 파고들었다.

그리고 용(龍)의 마법이 전투기를 덮친다.

전투기에도 전차와 마찬가지로 표면 장갑에 수수께끼 결계가 전개돼 있었다.

따라서 평범한 마법은 그 장갑에 튕겨져 나가 효과가 없다.

그러나 마법의 상성이 좋았다.

그들은 바람의 용이니만큼 사용하는 마법은 물론 바람 마법.

그리고 바람 마법이란 요컨대 공기를 움직이는 마법이다.

확실히 전투기의 장갑 때문에 마법의 효과는 없어져버렸다.

그렇지만 마법에 의해 움직여지는 공기는 마법의 효과가 사라져도 잠시 더 움직임이 계속된다.

내 어둠 마법처럼 본래는 실체가 없는 마법이라면 닿아서 사라지는 순간에 효과가 전부 날아가버리지만, 본래부터 실체가 있는 공기를 움직이는 바람 마법은 마법의 효과가 사라진다고 해도 아무 상관이 없다.

기껏해야 마법을 발동한 다음 바람의 제어가 불가능해진다는 정도.

마법에 의해 발생된 난기류가 전투기를 덮치고, 컨트롤의 제어를 잃어버린 전투기는 추락을 면치 못했다.

전투기의 수수께끼 결계 때문에 용들도 제어를 잃어버렸지만, 애당초 바람을 관장하는 풍룡이 어지간한 난기류 때문에 추락한다는 것은 말이 안 된다.

추락은커녕 바람을 잘 타고 날아서 다시 또 전투기를 농락했다.

양측이 모두 한 걸음도 물러나지 않는 공중의 난전.

그래도 이 전투는 질질 끌면 이쪽이 불리하다.

용의 수장으로 있는 풍룡이 마음을 놓지 못할 만큼 긴장 가득한 전투가 계속된다는 것이 좋은 증거였다.

지칠 줄 모르는 전투기와 달리 이쪽은 생물이니까.

생물인 이상 용이라 해도 피로를 느낀다.

게다가 우리의 체력은 SP라는 형태로 엄격하게 제한되어 있지 않은가.

능력치는 대부분이 다 플러스로 작용하지만, 유독 SP만큼은 꼭 그렇다고 말할 수 없었다.

순발력을 나타내는 노란색 SP가 바닥나면 숨을 헐떡거리게 되고, 총합 스태미나를 나타나는 붉은색 SP가 바닥나면 그 순간 아사한다.

우리는 제한이 있는 SP를 잘 배분해서 어떻게든 돌파해 내야 하는 처지였다.

용들의 수장 풍룡도 전력으로 싸우지 않으면 못 버티는 이 상황에서.

그런데 전투기에는 제약이 없다.

전투기도 에너지 고갈은 겪을 테지만, 피로에 의한 활동성 하락을 염려할 필요가 전혀 없었다.

에너지가 고갈되는 그 순간까지 최고 상태를 쭉 유지하면서 싸운다.

이쪽은 점점 피로에 시달려야 하는 데 반해 저쪽은 한결같은 컨디션으로 전투에 임할 수 있다는 것.

시간이 지나면 지날수록 이쪽이 점점 불리해진다.

실제로 전투기에 격추당하는 용(竜)의 숫자가 점점 늘어나고 있었다.

맨 처음부터 전투기의 속도를 따라가지 못했던 약한 용은 이미 대부분 탈락됐다.

지금 격추당하고 있는 부류는 피로 때문에 최고 속도를 유지하지 못하게 됨에 따라서 전투기의 조준을 제때 벗어나는 데 실패한 용이었다.

아직 용(龍)은 전원이 건재.

그래 봤자 언제까지 버틸 수 있을까.

이렇게 몰리고 있는 이유는 전부 전투기의 수가 전혀 줄어들지 않아서였다.

이미 적지 않은 숫자의 전투기를 격추했는데도 어지럽게 날아다니는 적의 숫자는 줄어드는 낌새가 안 보인다.

줄기는커녕 되레 늘었다는 느낌마저 받는다.

실제로 늘어났을지도 모르겠다.

추가 전투기가 UFO에서 자꾸자꾸 날아들고 있어서였다.

저 UFO, 아무래도 하늘을 나는 기지였나 봐.

저 UFO의 안에 전투기가 대체 몇 대나 격납돼 있던 걸까.

격추하고 또 격추해도 자꾸자꾸 추가 전투기가 날아온다.

언제 끝날지도 알 수 없는 엔드리스 게임.

저쪽도 분명 피해를 제대로 입고 있지만, 그 영향이 전혀 느껴지지 않는 까닭에 용들에게서 조바심이 보였다.

이쪽은 점점 소모되는데도 저쪽은 바닥이 보이지 않으니까 당연한 감정이지만.

물론 저쪽에도 그야 한계는 있을 것이다.

다만 한계량이 어느 정도인지 알 도리가 없었다.

우두머리 UFO는 거대하기에 내부에 얼마나 많은 전투기가 격납되어 있을지 짐작도 되지 않는다.

다행인 것은 보유한 재고를 한꺼번에 방출하지 않고 전투기의 수가 줄어드는 대로 조금씩 투입하는 방식을 취한다는 사실.

전력의 순차 투입은 해서는 안 되는 짓의 대명사라고 생각하는데, 아마도 이것은 제어의 문제도 있어서 전부를 한꺼번에 내보내지는 못하는 것 같았다.

전투기는 사람이 타고 조종하는 게 아니라 컴퓨터 제어에 따른 완전한 무인 조작.

그러니까 한 번에 제어 가능한 숫자가 아마 제한될 것이다.

그게 아니라면 설명이 안 되는걸.

만약 UFO가 보유하고 있는 전투기가 전부 한꺼번에 들이닥친다면 승산은 없겠구나.

지금도 이미 슬금슬금 한 발 한 발 밀리고 있으니까.

풍룡을 비롯해서 용(龍)들은 아직 싸울 수 있지만, 중위의 용(竜)

은 이제 슬슬 위험 신호가 켜지는 분위기다.

지금 전선을 떠받치고 있는 그 녀석들이 자칫 와해되면 상위 용(竜)과 용(龍)에게도 피해가 나오기 시작할 기세였다.

나도 원호를 위해 바람 마법으로 전투기를 격추하고 있지만 상황은 좋지 않았다.

아니, 내가 진심으로 바람 마법을 팍팍 날리면 용(竜)들까지 휘말린단 말이야.

이렇게 사방팔방에 적과 아군이 마구 뒤섞여 있는 난전에서는 내 범위 마법이 전부 다~ 한꺼번에 휩쓸어버리잖아.

용들은 일단 바람 무효 스킬을 갖고 있으니까 내 바람 마법을 맞아도 죽진 않는다.

그렇지만 어디까지나 마법에 한해서라는 주석을 달아야 한다. 전투기와 마찬가지로 마법의 부차 효과 때문에 죽을 수는 있었다.

즉 바람에 휩쓸려서 추락사.

그리고 내 마법의 위력을 감안하면 어떤 경우든 그렇게 되는 미래밖에 안 보였다.

결과적으로 대규모 마법은 발동하지 못한 채 전투기를 꼬박꼬박 한 기씩 처리하는 수밖에 없었다.

나랑 마왕이 마음먹고 힘을 쓰면 전투기를 한꺼번에 싹 쓸어버리는 것도 불가능하지는 않을 텐데.

지금은 일단 용들을 이탈시키고 재정비 겸 큰 놈으로 한 방을 선사하는 것도 고려할 여지가 있으려나?

『에라, 빌어먹을! 저것들 진짜 끈질기게 들러붙네그려!』

아, 안 되겠다.

풍룡이 비명 비슷하게 불만을 쏟아 냈다.

확실히 속도에서 탁월한 풍룡이기에 전투기의 추격을 계속 따돌릴 수 있었지만, 놈들은 한 순간의 예외 없이 조준하고 있었다.

엉덩이에 찰싹 달라붙어서 쫓아온다.

이래서는 이탈을 시도해 봤자 어림없었다.

『꽉 붙잡으시라고! 이 몸이 아주 평생 못 경험할 스피드를 맛보여줄 테니까!』

풍룡이 이런 상황인데도 불구하고 신바람 내며 가속했다.

뒤쪽에서 풍룡을 쫓아오던 전투기를 뿌리치고, 속도를 떨어뜨리지 않은 채 반전하여 추적을 멈추지 않는 전투기와 스쳐 지나가다가 냅다 후려쳐서 추락시킨다.

오오, 대단하네.

대단하다. 그런데…… 미안.

내가 너보다 속도 능력치 더 높거든.

훨씬 더 굉장한 무대를 경험한 적이 있단다.

미안, 멋진 모습을 보여주겠다고 분발했을 텐데. 진짜 미안.

그나저나 과연 풍룡이라고 할까. 하늘을 나는 부분에서는 솜씨가 끝내준다.

등에다가 나를 짐으로 싣고 있는데도 화려한 비행을 펼쳐 전투기의 공격을 끊임없이 피하는 움직임.

3만을 넘는 속도는 장식이 아니구나.

그렇다, 이 풍룡은 되게 웃기는 성격인데도 의외로 속도 3만을 넘길 만큼 대단한 맹자였다.

속도만 보면 마더조차도 뛰어넘었는걸.

게다가 그 밖의 능력치도 1만을 살짝살짝 넘겼으니까 절대로 낮은 숫자가 아니었다.

동네 껄렁이 같은 성격 주제에 능력치는 상당한 괴물.

인형 거미들도 혼자서는 승산이 없다.

넷이 한꺼번에 달려들어야 간신히 활로가 보일까 말까 하는 수준의 강자였다.

오히려 대체 왜 이토록 강한데도 성격은 그 모양인가, 그게 더 수수께끼랄까.

강자라면 좀 더 당당하게 처신하라고 말하고 싶다.

나? 나는 봐봐, 히로인 담당이니까 풍격이라든가 그런 체면치레는 필요 없는걸.

죄송합니다, 건방진 소리 했어요. 잘못했어요.

그나저나 풍격 따위야 이번 상대한테는 있든 없든 다 헛것이구나.

감정도 개뿔도 없는 기계가 상대잖아.

이 녀석들은 감정은 물론 사고마저도 없다.

그럼 무엇이 있느냐, 단지 적을 해치우기 위해서 최적화된 프로그램뿐.

게다가 그 프로그램은 골치 아프게도 아마 학습형 같거든.

용이라는 판타지 생물을 상대로 이토록 적절하고 정확한 행동을 취하고 있으니까.

난전으로 끌고 간 이유는 마법에 싹 쓸려 나가는 사태를 막기 위해.

고도를 높인 이유는 공기가 희박한 상공에서 바람 마법의 효과를 약화시키기 위해.

현재 고도는 3천 미터 이상.

처음에는 훨씬 낮은 고도에서 전투가 이루어졌다.

그랬건만 우리는 어느 틈인가 천천히 고도를 높여 나가고 있었다.

전부 다 공기가 희박해서 우리에게 불리한 전장으로 유도하기 위한 계책.

공기가 희박해지면 생물인 용들은 그만큼 활동성이 떨어진다.

그에 더하여 바람 마법은 공기를 움직이는 마법이기에 공기가 적어지면 당연히 효과도 약해진다.

용종에게 불리한 전장.

그러나 기계 전투기에는 별달리 불리함이 없다.

상대의 특징을 분석하지 않았다면 불가능한 전술이었다.

나도 처음에는 어차피 기계니까 획일적인 움직임밖에 못 취할 것이라고 얕잡아 봤다.

그런데 내가 전투기를 처리하면 처리할수록 같은 수법이 자꾸 안 먹히게 된다.

학습하고 대응에 나선다는 증거.

안 된다.

이대로는 용들이 전멸하는 것도 시간문제였다.

어떻게든, 어떻게든 뭔가 타개책을 마련해야 하는데.

『이봐. 흰둥이.』

슬슬 조바심이 드는 나에게 풍룡이 쓸데없이 착 가라앉은 목소리로 염화를 날렸다.

『아까 받았던 물건, 미리 꺼내라.』

아까 받았던 물건이라니, 포티머스가 넘겨준 그 큼지막한 바주카포 말이야?

『이대로는 답이 없잖냐. 일단 네 녀석 하나라도 목표에 데려다주마. 이 몸이 힘 좀 쓰면 놈들을 뿌리치고 저 큰 놈한테 치고 들어가는 것쯤이야 별문제도 아니거든.』

……뭐라는 거야, 이 녀석?

지금 풍룡이랑 내가 빠지면 전선은 확실하게 기울어진다.

나를 UFO에 실어 놓은 다음에 풍룡이 되돌아와도 그동안 감당해야 하는 손실과 주 전력을 맡아야 하는 나의 이탈은 변함없었다.

그런 예측도 못 하는 바보인 걸까?

『안 들어도 뭐라고 말하려는가 짐작이 가네그려. 이대로 가면 우리는 전멸이지. 그렇다면 적어도 처음 하달받았던 임무 정도는 완수해야 하지 않겠냐.』

히죽, 풍룡의 얼굴에 미소 비슷한 표정이 보였다.

용의 표정 따위는 못 알아보겠다고 생각했었는데, 어째서인지 저 미소만큼은 분명하게 웃고 있다고 이해가 됐다.

이렇게 궁지로 몰린 상황에서 지어 보이기에는 어울리지 않는 시원스러운 미소였다.

이 녀석아, 동네 껄렁이 주제에 어쩌자고 플래그 냄새가 풀풀 풍기는 짓을 하는 거야?

설마 죽을 작정인가?

『혹시 아는가? 이 몸을 포함해서 용(龍)이란 전부 뭐든 역할을 맡아 그 자리에 있다는 것을.』

야, 바보야. 하지 마.

분위기 잡고 자기 이야기를 꺼내는 짓은 사망 플래그 중에서도 특히 위험한 거 아니냐~!

이 녀석, 농담 아니고 진짜로 죽을 작정인가?

『이 몸의 역할은 이곳 황야를 정화하는 거다. 저 큼지막한 놈이 만들어졌을 때와 같은 시대에 말이야. 여기 일대는 맹독을 산포하는 강력한 폭탄이 떨어져서 싹 다 날아가버렸거든. 그 맹독을 정화하는 게 이 몸의 역할이었지. 길었다고~. 바람 마법을 써서 조금씩 조금씩 독을 우주까지 날려 보내는 작업이 보통 고생이 아니더라고.』

맹독을 뿜는 폭탄?

······그거 혹시 핵폭탄?

그렇다면 맹독 어쩌고는 방사능인가?

뭐, 확신까지 할 수는 없지만 어쩌면 맞을지도.

그나저나 그런 이유 때문에 풍룡이 여기에 자리 잡았던 거네~.

황야니까 군이 꼽아보자면 지룡이 더 잘 어울리잖아? 처음 생각은 그랬었거든.

다른 지역에 맹독 어쩌고가 흘러 나가지 않도록 우주로 맹독을 날려 보내는 것, 그 역할의 적임자를 고르면 풍룡이 맞기는 하네.

『맹독 때문에 초목 한 줄기 자라지 못하는 이 황야에서 그럼에도 우리는 떠맡은 임무를 완수했다.』

그랬구나~. 그랬구나······.

뭔가 좀 알아차리면 안 되는 사실을 알아차렸다는 기분이 든다.

그 맹독 폭탄 말이야, 일부러 떨어뜨린 게 아닐까?

UFO가 있던 지하 유적을 감추기 위해.

혹은 반대로 지하 유적을 파괴하기 위해 폭탄을 투하했다든가.

진상은 역사의 어둠 속에 파묻혔겠지만, 어느 쪽이든 별 같잖은 이유로 폭탄을 떨어뜨렸다는 거네.

『맹독의 정화는 이미 완료됐지. 이제 또 길고 긴 세월이 흘러가면서 초목이 자라날 게야. 근데 말이다, 그 훗날을 지켜보는 역할은 꼭 이 몸이 아니어도 괜찮거들랑. 이 몸의 역할은 맹독을 다 정화한 시점에서 끝났다, 이거야.』

달관한 듯 말하는 풍룡.

『그렇게 생각하니까 말이지, 이 몸이 죽을 장소는 여기가 최고 아니겠나? 역할을 완수한 용이 세계의 명운을 건 전장에서 또 보탬이 되어 죽을 수 있다는 거지. 정말 최고지 않냐!』

아, 이 녀석 진짜 죽을 작정이네.

껄렁이 주제에 최고로 멋진 최후를 장식하려고 한다.

그 흔들림 없는 각오를 실감하고 말았다.

『좋았어! 꽉 붙잡고 있으라고! 이 몸이 아주 그냥 최고의 비상을 보여주겠으!』

풍룡이 비행 속도를 더욱더 끌어올리고자 힘을 모은다.

목표는 하늘의 저편에 떠올라 있는 거대 UFO.

저곳으로 돌격을 감행하여 오로지 나를 데려다주기 위해 사력을 다할 작정이었다.

UFO까지 가는 경로를 무수히 많은 전투기가 가로막고 있었다.

그것들을 싹 떨쳐버리고 아군 용마저도 뿌리치면서 UFO를 목표로 강행한다.

풍룡이 지금 드디어 결사의 돌격을 단행하려고 한 순간—.

주위의 전투기가 잇따라 터져 나갔다.

그 많았던 전투기의 숫자가 쭉쭉 줄어든다.

하늘을 나는 전투기가 어느 때는 터져 나가고, 또 어느 때는 땅으로 곤두박질친다.

전투기들의 사이를 작고 검은 그림자가 뛰어다녔다.

날아다니는 것이 아니라 밟고 뛰어다닌다.

하늘, 허공을 전장으로 삼는 이 상황에서 날개도 달리지 않은 그 존재가 전투기를 압도하고 있었다.

마왕.

마왕은 전투기에 올라타서 비행 불가능 상태가 되도록 파괴한 다음 전투기를 발판으로 뛰어올라 다음 전투기로 몸을 날렸다.

그러기를 무시무시한 속도로 반복하는 터라 전투기도 눈 깜짝할 사이에 잇따라 추락하게 된다.

내 눈이 아니라면 어지럽게 날아다니는 그림자의 정체가 마왕이라는 사실마저 못 알아봤을 수도 있겠다.

마왕도 다른 용(龍)의 등에 태워 달라고 해서 이동 중이었을 텐데 그 용의 모습이 안 보였다.

찾아보니까 꽤나 멀리 떨어진 데서 그 용을 발견했다.

혼자서 뒤쳐졌나 보다.

아마 용마저도 마왕에게는 족쇄가 되었던 거네~.

족쇄를 벗어던지니까 고도 3천 미터의 상공에서 날개도 없이 뛰고 박차고 전투기를 격추하는구나~.

하하, 새삼 마왕의 파격적인 전투력을 실감하게 되는걸.

아예 전부 다 쟤 하나한테 맡겨도 되지 않을까?

"……."

『…….』

멋지게 돌격을 펼치겠다고 의욕 충만했던 풍룡은 그 광경을 보고 꾹 침묵만 지켰다.

뭐라고 말할 수 없는 분위기가 감돈다.

응. 역시 너는 아무리 발버둥 쳐도 동네 껄렁이구나.

멋있게 죽기는 무슨 그런 캐릭터 아니라고.

신은 말하고 있다. 여기에서 죽을 운명이 아니라고.

『좋다! 덕분에 길이 열렸군그래! 안전하게 모셔다주마!』

응. 방금 전까지 내가 죽어주겠소이다~ 분위기는 없는 셈 치자는 거네.

맹렬하게 맥이 빠지기는 하지만, 별로 상관없지 않을까?

이런 데서 죽는다는 게 너무 아깝잖아.

이 녀석은 꼭 오래 살았으면 좋겠다.

동네 껄렁이 캐릭터여도 마음가짐은 굿 잡이니까.

풍룡 후번이 살아남을 수 있도록 나도 좀 힘을 내볼까.

UFO에서 추가 전투기가 출격하는 모습을 저 멀리 바라보며 우리는 전진했다.

공중전 제2회전, 개시해봅세.

막간 흡혈귀 주종의 대화, MA 에너지

"아가씨의 전세 세계에서도 혹시 기계 장치는 MA 에너지로 움직였습니까?"

『그럴 리가 없잖아. 내 전세 세계에서 사용된 에너지는 주로 전기였어. 벼락은 알지? 벼락에 담겨 있는 에너지를 쓰는 거야.』

"벼락의 에너지를 자유자재로 다룰 수 있었던 겁니까?"

『으음, 그게. 정확하게 말하면 조금 다르거든. 벼락의 근원이 되는 에너지라고 표현하면 맞을까? 미안. 나도 설명을 잘 못하겠어.』

"아, 아니요. 괜찮습니다. 아가씨께서 알고 계시는 범위 안쪽에서 가르쳐주시면 충분합니다."

『응. 그나저나 이렇게 다른 사람한테 가르쳐주려고 하니까 전세 때는 당연하다는 듯이 사용했던 물건이어도 그 원리라든가 구조는 의외로 잘 모르고 썼다는 자각이 드네. 공부가 모자랐나 봐.』

"아가씨께서 전세를 보낸 세계는 이쪽보다도 배워야 할 지식이 많고, 그런 까닭에 미처 다 익히지 못할 사안도 잔뜩 있었겠지요. 아가씨의 말씀을 들으면 들을수록 자신의 지식 부족을 통감합니다. 아가씨가 공부 부족이라면 이 세계에 살아가는 사람들은 모두 배움이 없다고 해야 하지 않겠습니까."

『위로해줘서 고마워. 그래도 진짜 현명함이라는 건 지식의 양이 아니지 않을까?』

"그 말씀은?"

『올바르게 판단할 수 있는가 아닌가. 그것이 바로 진짜 현명함일 거야. 물론 그때 판단을 내리기 위한 지식은 전제 조건으로서 갖춰 놓으면 손해는 아니지만. 그래도 진짜 현명함은 지식의 양이 아니라 그 사람의 내면에서 우러나오는 식견이라는 생각이 들어.』

"올바름이란 긍지와 자신감이 뒷받침되어야 한다……."

『어머? 좋은 말이네.』

"그렇습니다. 어느 분께서 훈계와 함께 해주셨던 말씀입니다."

『동감이야. 자신이 믿는 올바름에 긍지와 자신감을 가진다면 조금 더 현명한 사람이 될 수도 있을 거야.』

"맞는 말씀입니다. 저 또한 그리되고 싶은 마음이군요."

『겁도 없이 MA 에너지를 사용한 과거의 사람들은 도대체 무슨 생각이었던 걸까?』

"짐작하건대 아무 생각이 없었을 겁니다. 다만 제 앞에 놓인 혜택을 만끽하면서 사고를 정지해버리지 않았을는지요. 그렇지 않았다면 진정 겁도 없이 MA 에너지에 손을 대지는 않았겠지요."

『그렇게 비하할 만한 일은 아니잖아. 과거의 사람들도 MA 에너지의 정체는 몰랐을 텐데.』

"하오나 그럼에도 어딘가에서 분명 위화감을 느끼고 경계할 줄을 알아야 했습니다. 그 위화감을 무시한 채 MA 에너지의 매력에 정신이 나가 사용을 멈추지 않았던 것은 분명한 사실이지요."

『그러게. 쓰고 또 써도 마르지 않고 제한도 없이 흘러넘치는 에너지. 그렇게 꿈같은 에너지가 있다면 자꾸 쓰고 싶어지는 마음도 이해가 돼.』

"마르지 않는 에너지 따위 꿈속에나 있을 텐데 말입니다."

『그러니까 꿈에서 깨어나게 됐던 거야. 그리고 꿈에서 깨어나면 현실이 기다리고 있지. 자신들이 쓴 에너지가 무엇인가를 알게 되는 잔혹한 현실이.』

"그리고 알았을 겁니다. MA 에너지가 별의 생명력 그 자체이고, 쓰면 쓸수록 별이 멸망을 향해 간다는 사실을."

9 적은 어디에든 있도다!

전투기를 상대로 하는 공중전 제2회전은 1회전이 거짓말이었던 것처럼 이쪽의 우세로 진행됐다.

그렇게 된 요인이 몇 가지 있겠지만, 개막에 크게 한 방 선제공격을 날렸던 게 컸다.

나랑 마왕이 중심이 되고, 거기에 또 용(龍)들도 힘을 보태서 초대규모 바람 마법을 냅다 날려버렸거든.

방금 전까지는 용(竜)들과 전투기가 마구 뒤섞여 싸우는 난전 상태였기 때문에 엄두를 못 냈었지만, 마왕이 한바탕 전투기를 싹 쓸어버린 덕분에 적과 아군 진영이 나뉘어졌으니까.

이 기회에 안 하면 언제 또 하겠냐는 거죠.

거대한 공기 덩어리를 이쪽으로 쭉 날아드는 비행기 떼에 맞부딪쳤다.

공기라고 말하면 뭔가 좀 빈약하게 들릴 수도 있을 텐데, 사실은 전혀 그렇지 않다.

텔레비전 뉴스에서 곧잘 보는 태풍 영상 따위를 떠올려 달라.

바람에 휩쓸린 나무가 뿌리째 넘어가버리고 가옥이 지붕째 날아가는 영상을 본 적이 있다면 바람이라는 것이 얼마나 강한 파괴력을 발휘하는지 상상할 수 있을걸.

그런 현상을 마법으로 지향을 부여하고, 게다가 압축해서 위력을 늘리고 또 늘린 상태로 냅다 날리는 거지.

바람 마법이라고 들으면 칼바람으로 진짜 칼처럼 쓱싹 절단하는 이미지가 보통일 텐데, 실은 베거나 잘라 내는 게 아니라 곧장 부닥쳐버리면 훨씬 더 위력이 강력하거든.

여차하면 UFO에도 대미지를 넣을 작정으로 확 날려버렸지~. 전투기 따위가 무슨 수로 견딜 수 있었겠어.

그 결과, 전투기 제2진은 절반 이상이 한 방에 추락.

전투기도 일망타진되는 상황을 경계해서인지 꽤 넓게 산개하면서 접근했기 때문에 그 정도 피해로 마무리됐다.

만약 밀집해서 왔다면 진짜 일망타진이었을 텐데 아쉬워라.

그래도 효과는 끝내줬다.

개막의 첫 선제공격으로 우위와 기세를 점한 용들은 차례차례 남아 있는 전투기를 격추해 냈다.

뭐, 유감스럽지만 특대 바람 마법으로도 UFO에는 아무 대미지를 못 넣었지만 말이야.

UFO를 지키고 있는 결계가 너무 단단해서 분명 마법이 명중됐는데도 꿈쩍을 하지 않았다.

포티머스에게 넘겨받은 바주카포로 과연 저 방벽을 돌파할 수 있는 걸까?

되게 불안하네.

어쨌거나 현재 상황은 꽤 우세로 진행되는 중.

UFO도 한꺼번에 전투기를 방출하면 조금 전의 전철을 밟게 된다고 판단했거나 그게 아니라면 마침내 전투기의 재고가 떨어졌거나 어느 쪽인지는 몰라도 추가 전투기의 등장이 띄엄띄엄해졌다.

수의 우위를 지속할 수 있으니까 용들은 위태롭지 않게 대처가 가능했다.

저쪽은 방금 전 한판 제대로 날뛰면서 돌아다녔던 마왕을 경계하는 기색이었다.

그 증거로 마왕의 주위에는 되도록 전투기가 접근하지 않으려는 움직임을 보인다.

접근했다가는 또 순회공연이 벌어질 테니까.

덕분에 마왕은 얌전하게 용의 몸 위에 올라타서 대강대강 마법을 날리고 있다.

그때마다 전투기가 뚝뚝 추락하니까 대강대강이라는 표현은 안 맞는 것 같기도 하네.

방금 전 공중 순회공연이랑 비교하면 되게 수수하다는 것은 틀린 말 아니니까 대강대강 맞다고 치고 넘어가자.

『으헤헤! 덤벼, 덤벼랏! 풍룡 휴번 님 나가신다!』

그리고 엄청나게 신바람 나서 떠들어 대는 녀석이 대략 한 마리.

말할 것도 없겠지, 뭐, 자기가 알아서 이름을 떠벌리고 있는 풍룡 휴번이다.

하지 마~.

네가 쓸데없이 바보짓을 하면 위에 타고 있는 나까지 덩달아 바보로 보이니까 하지 마~.

어쨌거나 신바람 내고 싶어지는 마음도 대충 이해는 된다.

방금 전까지는 죽음을 각오한 채 돌격이라도 감행해야겠다고 다짐할 만큼 불리했던 전황이 뒤집어져서 이렇게 순조로우니까 말이야.

응. 방금 전 늘어놓았던 부끄러운 대사를 잊어버리고 싶은 마음에 괜히 신바람이라도 내지 않으면 못해 먹겠다는 기분일 거야.

안다. 잘 안다!

말했을 때는 그냥 분위기에 취했으니까 좋아도 문득 제정신을 차리고 돌이켜보면 엄청 부끄러워지는 경우가 있지 않은가!

나는 잘 안다!

엄청나게 잘 안다!

그러니까 한때의 분위기에 휩쓸리지 말고 자제심을 잘 발휘해야 하는 것이다!

음? 그때 문득 생각이 미쳤다.

좀 너무 유리하지 않아?

확실히 우세를 점할 수 있는 요소가 잔뜩이기는 했다.

현재 상황에서 팍팍 밀어붙일 수 있는 이유가 제대로 갖춰졌다.

그래도 신바람 나게 팍팍 밀어붙이자는 기분을 가라앉히고 침착하게 되돌아보면 도무지 위화감을 떨칠 수 없었다.

방금 전까지만 해도 엄청 고전했었잖아. 전황이 너무 갑작스럽게 우위로 굴러가는 거 아니야?

마치 이렇게 되도록 유도한 것처럼.

그 순간 온몸의 털이 곤두섰다.

재차 용들의 현재 상황을 탐지로 파악한다.

동시에 전투기와 UFO의 낌새도.

전투기와 UFO는 시스템 범위 바깥의 존재인지라 감정 등등의 스킬이 먹히지 않는다.

　그 때문에 정확한 사양이나 능력은 알 수 없지만, 곤란한 점은 그게 전부가 아니었다.

　일단 미래시가 통하지 않는다.

　그러니까 예비 동작을 알 수 없었다.

　알 수는 없어도 현재 상황을 둘러보면 한 가지 짐작이 된다.

　UFO는 분명히 뭔가 준비를 하고 있었다.

『전원 전력 회피!』

　염화로 모든 용들에게 주의를 촉구했다.

　입을 벌려서 소리 내 봤자 격렬한 소음에 휩싸여 있는 전장에서는 전달되지 않는다.

　그러니까 염화를 사용했지만 과연 소용이 얼마나 있었을까.

　나의 다급한 경고를 따라 급하게 움직여준 용이 그런대로 많았으니까 효과는 있었다고 생각하고 싶다.

　그럼에도 희생은 컸다.

　하늘이 아주 짧은 순간, 빛으로 뒤덮였다.

　UFO에서 발사된 굵디굵은 광선.

　그 광선이 교전 중에 있었던 전투기와 함께 용들을 집어삼켰다.

　그다음은 아무것도 남지 않는다.

　전부 다 지워서 없애버렸다.

젠장!

당했어!

전투기의 숫자가 적어졌던 이유는 UFO의 주포 사격에 휘말리지 않도록 하기 위해서였어.

이 때문에 용들을 방심시켰던 거야.

주포로 일망타진하기 위해서!

우리가 전투기를 일망타진할 기회를 노린다면 상대 또한 같은 기회를 노리는 게 당연하잖아.

왜 못 알아차렸지!

전투기 따위는 그냥 무장의 하나잖아.

그걸 얼마나 많이 격추하든 근본적인 해결이 안 된다는 사실은 알고 있었으면서.

우리가 상대해야 하는 진짜 적은 UFO이지 전투기가 아니야.

특대 바람 마법을 얻어맞고도 꿈쩍을 하지 않았던 UFO야말로 진짜 적이고 전투기 따위는 그냥 군더더기밖에 안 된다고.

그걸 잊어버린 채 전투기를 조금 많이 격추했다고 우세를 점한 줄 착각한 대가가 이렇게 돌아왔다.

용(竜)들의 수는 반감.

용(龍)마저도 피해를 면치 못했다.

되로 주고 말로 돌려받은 상황.

UFO도 어엿한 병기니까 저런 무장은 당연히 갖추고 있었을 텐데.

그야 대륙을 싹 날려버릴 수 있다는 폭탄을 탑재한 초병기인걸.

『크으, 제기랄! 당했다. 당했다고!』

풍룡 휴번이 분한 기색으로 신음했다.

『미안하다. 덕분에 살았군. 조금만 더 꾸물거렸으면 이 몸도 같이 날아가버릴 뻔했어.』

휴번의 감사 인사에 몸짓으로 신경 쓰지 말라는 뜻을 전했다.

내가 휴번의 몸에 올라타고 있는 상황이라 몸짓이 보였을지 안 보였을지는 모르고, 보였다고 해도 전달이 됐을지 안 됐을지는 모르겠지만.

휴번은 내 경고를 듣고 재빨리 반응해서 곧장 회피 행동을 취해줬다.

그 덕분에 광선에 휩쓸려 날아가버리는 신세를 면할 수 있었다.

휴번이 날아가 버렸다면 위에 타고 있는 나까지 함께 증발됐을 테니까 같은 배에 탄 처지였잖아.

감사 인사를 들을 일은 아닌데.

뭐, 내게는 불사 스킬이 있으니까 광선에 휩쓸렸더라도 아마 살아남았겠지만 말이야.

지금은 감사 인사를 주고받기 전에 먼저 해야 하는 임무가 있었다.

당장 용들이 태세를 재정비하지 않으면 UFO에게 추가 피해를 입게 된다.

이 좋은 기회를 놓친다? 내가 UFO의 입장이었다면 절대로 가만 있지 않는다.

내 예측을 긍정해주는 듯 UFO에서 대량의 전투기가 날아오르는 광경이 보였다.

바닥난 줄 기대했던 전투기의 재고가 아직 잔뜩 남아 있었다는 의미였다.

지금 저 많은 전투기들이 공격을 개시하면 도망치기 위해 뿔뿔이 흩어져버린 용들은 각개 격파를 당해버린다.

어떻게든 태세를 재정비하고 전투기를 요격해야 하는데.

조바심 나는 내 시야에 더욱 좋지 않은 광경이 비쳐 들었다.

UFO의 주포, 방금 전 용들을 목표로 발사됐던 무기가 천천히 각도를 바꾸고 있다.

새 목표는 지상군.

UFO 녀석, 산개해서 흩어진 용들을 주포로 노리기는 어렵다고 판단한 뒤 공격 대상을 바꿔버렸어.

뿔뿔이 흩어진 용들보다 한데 뭉쳐 있는 지상군을 목표로 사격하면 피해가 더 커진다고 판단할 줄 아는 거야.

방금 전에도 그랬고 UFO에 탑재된 AI는 꽤 우수하다.

진짜 좀 하지 말라고.

공군에는 전투기가, 지상군에는 UFO의 주포가.

각각에게 위기가 닥쳐들고 있다.

지금 뭔가 수를 안 내면 진짜 외통수였다.

『시로야!』

어떻게 해야 하나 고민하던 때 어딘가에서 염화가 날아왔다.

마왕의 목소리였다.

『저 전투기는 내가 맡을 테니까 시로는 어서 원반의 주포를 막아줘!』

막아 달라니요.

아니, 가능한 한 뭐든 해보겠지만, 어떻게 막을 방법이 있기는 할까? 저걸?

『하얀 것.』

그때 제삼자에게서 또 염화가 끼어들었다.

이번에는 포티머스네.

『적 주포를 조준하여 내가 넘겨준 화기를 사용하라. 그러면 파괴할 수 있을 터이다.』

저 말을 듣고 맞다, 그런 게 있었지, 하고 뒤늦게 떠올렸다.

포티머스에게 넘겨받았던 무기, UFO에 올라타기 위한 바주카포.

확실히 UFO의 외벽을 파괴해서 그 구멍으로 내부에 잠입하겠다는 계획이었으니까 그 바주카포를 쏘면 UFO의 주포 역시 파괴할 수 있다는 거네.

외벽을 부술 만한 위력일 테니까.

그런데 당장 급하다고 주포를 파괴하는 데 바주카포를 써버리면 우리가 내부에 침입할 구멍은 못 뚫는 거 아니야?

『그럼 우리는 또 어떻게 뚫고 들어갈 건데?』

내가 염려했던 그대로 마왕이 포티머스에게 말했다.

『안심해라. 적 주포를 파괴하고도 남는 위력이니까. 적 주포와 함께 외벽까지 파괴할 만한 위력을 발휘할 것이다.』

아~. 요컨대 주포를 확 날려버리고 그 안쪽의 외벽도 콱 뚫어버린 다음에 그곳을 뚫고 들어가면 된다는 소리?

음~ 음음. 가능할까?

아니, 어쨌거나 지금은 저 녀석 말을 믿고 행동할 수밖에 없겠구나.

『오.』

짧게 알겠다는 대답을 전했다.

『오?』

『오케이라네.』

나의 달랑 한 글자 대답을 듣고 어리둥절하는 포티머스에게 마왕이 대신 설명해줬다.

응응. 이런 때마다 마왕이 내 의사를 잘 알아주니까 편하구나.

『흠. 그럼 저 주포를 향해 날아가면 되는 게지?』

우리의 대화를 듣던 휴번이 확인차 묻는다.

고개를 끄덕거려서 긍정했다.

『좋았으! 꽉 붙들고 버티라고!』

휴번이 주포를 향해 가속한다.

그 움직임을 감지했는지 전투기 몇 기가 이쪽으로 날아들었다.

『쳇!』

"이대로 신경 쓰지 말고 전진해."

휴번이 전투기를 경계하려는 움직임을 보였기에 앞으로 전진하는 것만 의식하도록 당부했다.

이쪽으로 날아오는 전투기를 바람 마법으로 차례차례 격추시켰다.

전투기에도 전차와 마찬가지로 수수께끼 결계가 펼쳐져 있는 탓에 내 특기 어둠 마법은 안 먹힌다.

살짝 귀찮아도 바람 마법을 써야지, 뭐.

정말 세상은 언제 무엇이 도움이 될지 모르는 법이로구나.

불이나 물이나 흙은 아마 쓸 기회가 있을 거라고 생각했거든. 아니, 평소 생활에서 가끔가끔 쓰기는 했어. 그래도 다른 마법은 쓸 기회가 과연 있을까 의문이 들었었거든.

그야 공격은 어둠 마법 하나로 충분하고.

익숙하지 않은 다른 마법을 쓰느니 스킬 레벨도 높고 적성도 높은 어둠 마법을 쓰는 게 위력도 높고 발동도 빠르니까.

그래도 게으름 부리지 않고 꾸준히 스킬 레벨을 올려서 진짜 다행이야.

스킬은 갖고 있으면 어쨌든 손해는 안 본다는 사실이 증명되었달까?

응. 그러니까 무쓸모 스킬로 취급하고 치워 놓았던 스킬에도 언젠가 광명이 비출 거야. 그럼 좋겠다~.

방패의 재능 같은 녀석은 진짜 언제 쓸 일이 생기려나?

애당초 내 몸보다 튼튼한 방패가 있기는 할까?

음, 뭐, 당장 급한 일이 먼저니까 잠시 잊고 전투기 요격을 계속했다.

나랑 휴번에게서 무시하지 못할 무언가를 감지했는지 전투기가 마구 이쪽으로 날아들었다.

그만큼 다른 용들이 재정비할 시간을 벌고 있다고 생각하면 물론 좋은 일이겠지만, 이쪽도 이쪽 나름대로 주포를 파괴해야 하는 임무가 급한 만큼 전투기한테 마냥 붙들려 있을 수는 없었다.

바로 이 이유 때문에 휴번한테는 앞으로 전진하는 것만 생각하라고 말했지만 말이야.

잇따라 덮쳐드는 전투기들을 바람 마법으로 격추하면서 UFO를 향해 나아간다.

다행히도 주포는 연사 가능한 구조가 아니고 충전 중인 듯 아직 발사될 낌새는 없었다.

그렇다 해도 꾸물꾸물할 여유는 물론 전혀 없었다.

만약 우리가 때맞춰 주포를 파괴하지 못하고 다음 공격이 진짜 발사된다면 지상군은 괴멸이다.

용(龍)마저도 흔적도 없이 날려버리는 강한 위력의 주포에 직격당하면 지상군 최강의 퀸 타라텍트조차 무사할 리가 없었다.

실패는 용납되지 않는다.

아아~ 정말 상대가 UFO가 아니었다면 주포의 바로 앞쪽으로 전이해서 바주카포를 뼝 쏘면 끝나는 간단한 임무였을 텐데 수수께끼 결계 때문에 그 수법을 못 쓴단 말이야.

보통은 눈에 보이는 범위에서는 바로 단거리 전이가 가능하지만, 이번에는 수수께끼 결계의 주변이라서 전이가 안 먹히거든.

왜냐하면 공간 마법은 뭘 하든 간에 맨 먼저 공간 지정이라는 작업이 필요하기 때문이다.

공간 지정 자체가 수수께끼 결계 때문에 작동을 안 한다고.

지정하려고 해봐도 수수께끼 결계에 싹 지워져버려.

게다가 수수께끼 결계에 닿지 않는 범위여도 접근하면 공간의 지정이 자꾸 어긋나기만 하고 잘되지를 않아.

수수께끼 결계도 공간에 작용하는 부류이니까 그 영향일 수도 있겠네.

진짜 저 수수께끼 결계 너무너무 골치 아파!

누구야! 저따위 귀찮은 물건 개발한 녀석?!

그야 당연히 포티머스 놈이옵지요!

콱 죽어버려라.

가능하면 수수께끼 결계를 개발하기 전 과거로 돌아가서 죽어주게나.

누가 타임머신을 갖다 주지 않을래?

그러면 내가 과거로 가서 포티머스가 태어난 순간에 죽이고 올 테니까.

그렇게 하면 과거가 개변돼서 지금 저 수수께끼 결계가 사라진다.

후유. 바보 같은 상상은 그만하고 내 일을 제대로 하자.

전투기는 별 탈 없이 요격 중이고, 마왕이 용들을 지키면서 전투기를 마구 격추하고 있으니까 이대로 가면 주포의 두 번째 사격이 발사되기 전에 파괴할 수 있을 거야.

내가 바주카포를 빗맞히면 눈 뜨고 못 볼 일이 벌어질 테니까 되도록 UFO에 바짝 다가간 다음 빗나갈 수가 없는 거리에서 때려 박아야겠다.

……UFO에 바짝 다가가서?

어라? 잠깐만 기다려봐.

내가 바주카포를 어디에 넣었더라?

A, 공간 마법의 공간 수납 안쪽입니다.

그런데 수수께끼 결계에 바짝 다가가면 공간 마법을 못 쓰게 되고.

맙소사!

UFO 근처에서는 바주카포를 못 꺼내잖아!

그리고 휴번은 속도 특화의 용인 만큼 엄청난 속도로 UFO에 다가들고 있었다.

이미 엎어지면 코 닿을 거리.

안 돼. 빨리 바주카포부터 꺼내자!

허둥지둥 급히 공간 수납 안에서 바주카포를 잡아당겼다.

쓸데없이 커다랗고 길어서 전봇대 같은 사이즈의 바주카포를 줄줄 잡아 뺀다.

뭐 이리 커! 뭐 이리 길어! 꺼내기 힘들잖아!

게다가 너! 껄렁이 녀석! 왜 이럴 때만 우수함을 유감없이 발휘하는 거냐!

왜 로스 타임도 없이 UFO로 돌격해 들어가는 건데?!

조금만 더 천천히 가자고!

바주카포 못 꺼내면 어떡하려고!

뭔가 묘한 상황에서 별난 이유로 어림 반 푼어치도 없는 위기랑 맞닥뜨렸다.

그래도 아슬아슬하게 안 늦었다!

바주카포를 전부 잡아 뺀 직후에 수수께끼 결계의 영향을 받아 공간 수납의 입구가 싹 사라졌다.

위험해라.

혹시 바주카포를 꺼내는 도중에 사라졌다면 최악의 경우 바주카포가 망가졌을지도?

그거지, 현실 공간이랑 다른 차원의 공간 사이에 끼여서 두 동강이 난다거나.

『좋았으! 준비는 다 됐냐!? 간닷!』

내가 꺼낸 바주카포를 확인한 휴번이 곧장 박차를 가해서 주포 쪽으로 돌격해 날아갔다.

나는 위기 따위 전혀 없었답니다, 라고 천연덕스러운 얼굴로 바주카포를 잡아 들었다.

그렇잖아, 혹시라도 이런 별것도 아닌 실수 때문에 지상군이 날아가버릴 수도 있었다는 걸 알면 웃음도 안 나올 테니까.

응. 다행이다.

진짜 다행이다.

바주카포를 어깨에 올렸다.

이 바주카포를 조작하는 데 어려운 작업은 필요 없었다.

단지 방아쇠를 당길 뿐.

뭐, 괜히 쓸데없이 크고 무거우니까 들어서 받치는 데 힘은 꽤 필요하지만.

UFO의 주포는 눈앞.

제아무리 왕초보자라도 빗나갈 수가 없는 거리.

된다!

나는 그렇게 판단하고 방아쇠를 당겼다.

당기고 말았다.

이제껏 치른 드잡이질이라든가 두 번째 사격이 이루어지기 전에 안 늦고 도착했다는 안도감이라든가 이래저래 차분한 마음가짐이 아니었던 탓에 경계심이 풀어져버렸다.

이 바주카포가 누구의 손을 거쳐서 넘겨받은 물건인지를 나는 어리석게도 잊어버리고 말았다.

빛이 흘러넘친다.

이 바주카포, 원리적으로는 UFO나 전투기가 쓰는 무기와 마찬가지로 실탄이 아닌 광선을 발사하는 장치였다.

그 부분은 괜찮았다.

문제는 광선의 빛이 바주카포에서 포신을 들고 있는 나한테까지 새어 나왔다는 것.

위험하다.

그렇게 생각한 순간 여태껏 매달려 있던 휴번의 몸을 반대로 박차서 날려 보냈다.

뭔가 판단하고 한 짓은 아니었지만, 이대로 가만있으면 이 녀석까지 휘말릴 테니까 나의 반사적인 행동은 잘못되지 않았다고 본다.

무엇에 휘말리냐고?

바주카포의 폭주 말이야!

바주카포에서 발사된 광선이 UFO의 주포에 직격했다.

포티머스가 자신 있게 장담했던 대로 바주카포의 광선은 아주 간단하게 UFO의 주포를 파괴했고, 그뿐 아니라 더 안쪽까지 광선이 꿰뚫고 직진했다.

그 위력은 괜찮았다.

그런데 바주카포에서 새어 나왔던 빛이 바주카포를 들고 있던 내 손을 날려버렸다.

손만 날리고 끝난 게 아니라 바주카포를 짊어지고 있던 어깨도, 근처에 있는 인간형 머리까지.

머리는 무슨, 인간 몸뚱이가 싹 다 날아가고 하반신 거미 몸뚱이까지 반쯤 증발됐다.

그때 다행스럽게도 내 몸이 자유 낙하로 인해 빛으로부터 떨어진 덕분에 그 이상의 붕괴는 면할 수 있었다.

낙하 덕택에 수수께끼 결계의 유효 범위 안쪽에서 이탈되었고 마법도 사용이 가능해졌다.

의식이 희미해지는데도 어떻게든 견뎌서 죽을힘을 다해 회복 마법을 내게 걸었다.

회복 마법의 최상위에 해당하는 기적 마법을 익혀 둬서 다행이었다.

안 그랬다면 뇌가 절반 날아간 상태에서 회복은 아예 어림도 없었겠지.

불사 스킬이 있어서 그럼에도 죽지는 않았겠지만, 머리가 뻥 날아가버리면 사고가 불가능하다.

두뇌가 절반만 남아 봤자 마찬가지고.

그 상태였다면 부활할 때까지 시간이 걸릴 테니까 나는 어이없이 전선을 이탈해야 됐을 것이다.

평범한 회복 마법이라면 부위 결손의 회복에 꽤 시간을 들여야 하는걸.

뇌처럼 복잡한 기관이라면 더더욱.

뭐랄까, 이래서는 불사 스킬도 기적 마법도 둘 다 없는 처지였다면 평범하게 죽어 나갔다?!

이해는 되는데, 그게 포티머스의 노림수였다고 이해는 되는데!

바주카포는 확실히 놈이 장담한 대로 제 성능을 발휘했다.

주포도 파괴했고, 침입을 위한 구멍도 뚫어 냈다.

한 번 쏘고 버리는 일회용이라는 말은 진짜였다.

물론 이 꼴이 되면 두 번은 절대 못 쏘고말고!

발사하면 바주카포 자체가 망가지는 수준을 아예 휙 넘어서서 쏜 사람까지 소멸시키는 물건이어서야 두 번째 사격은 불가능하잖나!

포티머스는 이 녀석을 나나 마왕에게 쓰도록 해서 어느 한쪽을 죽일 작정이었던 거네.

역시 그놈은 못돼 먹었어!

세계 멸망의 위기를 눈앞에 두고도 우리를 해치우겠다고 수작질이라니 대체 뭐하자는 놈이야?!

내 몸이 중력에 이끌려 낙하한다.

뇌의 회복에 힘을 할애한 탓에 공중에서 자세를 가다듬을 수가 없었다.

어떻게든 지상에 나동그라지기 전에 뇌 회복을 끝내야 한다!

그러나 내 다짐은 기우에 그쳤다.

누군가가 내 몸을 받아줬으니까.

『괜찮냐?!』

공중에서 자기 등으로 나를 받치는 휴번. 나이스 캐치!

오오, 굿 잡이야, 휴번.

동네 껄렁이라고 실컷 흉봤지만, 지금 자네는 역대 최고로 반짝거린다네.

내 위기에 날렵하게 달려와주다니요. 호감도가 쑥쑥 올라가네요.

아직껏 염화도 제대로 못 쓰는 상태인 터라 무사하다는 뜻을 전하기 위해 휴번의 등을 톡톡 두드려줬다.

『살아 있냐! 콱 죽어버린 줄 알고 걱정했잖냐, 바보 놈아!』

바보 아니거든~. 놈도 아니거든~.

앗, 드디어 거미 몸뚱이의 두뇌가 원상 복구됐다.

뇌가 절반 날아가버린 상태에서 이렇게 짧은 시간에 부활이 되는구나. 기적 마법 장난 아니네요.

기적이라는 이름에 부끄럽지 않은 성능이야.

이렇게 가면 완전 부활도 머지않았네.

『좀만 기다려라! 당장 돌아가서 치료 마법 쓸 줄 아는 놈을 찾아다주마!』

휴번이 괜히 혼자서 기분을 내고 있구나. 미안, 나는 벌써 부활 끝났어.

『괜찮아. 자기 회복 가능해.』

일단 이대로 두면 진짜 휙 되돌아갈 기세여서 말리고 봤다.

지금 되돌아갈 수는 없단 말이야.

당장 UFO에 올라타야지.

『괜찮겠냐?』

『괜찮아. 그러니까 저기에 데려다줘.』

UFO를 거미 몸 다리로 가리켰다.

목적지에 도착할 때까지 대강 회복은 끝날 것 같고 문제없겠다.

그래, 내게는 꼭 할 일이 있었다.

지금 이 순간 UFO에 올라타려고 다가드는 저 망할 자식한테 본때를 보여줘야만 한다!

크크크. 기다려라, 포티머스!

감히 나를 죽이려고 한 대가를 톡톡히 치르게 될 거다!

막간 흡혈귀 주종의 대화, 포티머스

『MA 에너지는 쓰면 쓸수록 별의 수명이 줄어들잖아. 당시의 사람들이 그 사실을 몰랐다고는 해도 무한히 솟아나는 미지의 에너지라고 착각해서 희희낙락 써버렸어. 그리고 그 때문에 구문명은 멸망의 길을 걸었고.』

"실로 어리석은 행위입니다. 아가씨께서 말씀하셨던 현명함은 티끌만큼도 찾아볼 수가 없군요."

『어휴, 막 비하하지 말라니까. 그렇게 되도록 유도한 쓰레기가 있었잖아.』

"아가씨. 쓰레기 운운하는 험한 말을 쓰시면 안 됩니다. 분명 놈은 쓰레기가 맞습니다만."

『쓰레기 말고 부를 말이 없잖아.』

"확실히 맞는 말씀이기는 합니다."

『내 부모님을 죽였고, 나와 메라조피스까지 죽이려고 하는 쓰레기인걸.』

"예, 그렇습니다."

『게다가 먼 옛날부터 변함없이 쓰레기였다고 아리엘 씨가 가르쳐 줬잖아. 구문명이 존재하던 시절부터 바뀌지 않은 쓰레기니까 정말 이보다 더한 쓰레기는 없을 거야.』

"마음은 이해가 됩니다만, 숙녀가 쓰레기, 쓰레기를 연달아 입에 담는 행동은 바람직하지 않습니다."

205

『어머? 레이디라니, 어쩜.』

'쑥스러워하시는군.'

『……아리엘 씨랑 시로는 괜찮을까?』

"아리엘 님과 시로 님을 걱정할 필요는 없겠지요. 아엘 씨와 자매분들은 다소 염려가 됩니다만."

『그래도 포티머스가 같이 있잖아. 그 쓰레기는 뒤에서 기습 한두 번은 하고도 남을 텐데.』

"부정은 못 하겠군요. 다만 그럼에도 아리엘 님과 시로 님께서는 물리칠 수 있으실 겁니다."

『맞아. 그럴 거야.』

"게다가 아무리 비열한 놈일지라도 설마 세계의 위기를 맞아 섣부른 짓을 할 리는 없지 않겠습니까?"

『그거 낙관이야. 포티머스의 쓰레기 짓은 진짜배기거든? 세계의 위기가 됐든 뭐가 됐든 아무렇지도 않게 배반하고도 남을 놈이야.』

"드릴 말씀이 없습니다. 저도 사실은 그리하지 않을까 염려하면서도 반대되는 소망을 입에 담았습니다."

『그렇지? 아닌 게 아니라 그 남자는 MA 에너지를 발견하고, 게다가 그 에너지가 쓰면 쓸수록 세계를 멸망으로 이끌어 간다는 걸 알면서도 사람들이 마음껏 쓰도록 가만 내버려 둔 남자인걸. 세계의 위기든 뭐든 절대로 신경 쓰지 않을 놈이야.』

"맞는 말씀입니다. 과거에 세계의 위기를 불러일으켰던 장본인이 이제 와서 신경쓸 리도 없습니다."

『애초에 말이야, 이번에 저 UFO도 포티머스의 설계라잖아. 그 남자, 몇 번 세계를 멸망시켜야 직성이 풀리는 걸까?』

"그야말로 죽는 순간까지 끝없이 거듭 되풀이하겠지요."

『무서운 말을 하는구나. 그래도 부정을 못 하겠다는 게 또 무서운 부분이야.』

10 제재

"흠. 목숨을 건질 줄이야."

UFO에 도착한 나를 마중한 녀석은 저따위 말을 뻔뻔스럽게 늘어놓는 포티머스였다.

지금 우리는 주포가 있던 장소의 안쪽에 뚫린 구멍으로 UFO 내부에 침입해서 들어와 있었다.

파편이 어지럽게 흩어지고 먼지가 피어오르는 가운데 포티머스는 침착하게 자리 잡고 서 있었다.

『이놈 보게나. 아까 그건 뭔 수작이야? 대답 잘해라. 그냥 안 넘어간다.』

휴번이 포티머스에게 으름장을 놓았다.

"설명을 안 하면 이해가 안 되는가?"

그렇지만 휴번이 으름장을 놓든 말든 아랑곳없음.

포티머스는 오히려 뻔뻔하게 되물었다.

그런 포티머스의 태도가 휴번에게서 뿜어 나오는 위압감을 더욱 팽창시킨다.

자칫하면 휴번도 그때 바주카포의 폭주에 휘말릴 뻔했었으니까 분노를 터뜨릴 만했다.

이곳까지 포티머스를 태워준 용도 휴번을 따라서 포티머스에게 위압적인 눈길을 보내고 있었다.

그리고 물론 나도 있는 힘껏 위압적으로 노려보고 있고.

셋의 사나운 시선을 받으면서도 포티머스는 여유로운 태도를 무너뜨리지 않았다.

『그 말은 요컨대 의도적으로 부린 수작이라는 뜻이렷다?』

휴번이 최후통첩 삼아서 위압과 함께 염화를 발출했다.

"훗. 그렇다면 어찌할 텐가?"

주눅 든 낌새도 없는 포티머스의 반문.

거기에 대한 대답은 무언의 공격이었다.

포티머스가 있던 장소에 휴번의 날카로운 발톱이 꽂혀 들었다.

그러나 그 결과는 휴번의 못마땅한 신음 소리로 드러났다.

"이런, 위험해라."

휴번에게서 조금 떨어진 위치로 포티머스는 어느 틈에 위치를 옮겼다.

속도에 특화된 용, 휴번의 공격을 피해서.

먼지가 거슬리는지 옷을 털어 복장을 정돈하고 있는 모습에서는 여유가 느껴진다.

……이 녀석 절대로 나르시스트야.

뭐랄까, 동작 하나하나에 아니꼬운 몸짓이 섞여 있는걸.

『쳇. 이번에는 못 피한다.』

재차 공격을 펼치려고 자세를 잡는 휴번에게 포티머스가 손을 척 내밀었다.

"괜찮겠나? 지금 나를 이곳에서 해치워버리면 GMA 폭탄 처리가 어려워질 텐데?"

『어려울 뿐 불가능하지는 않잖나.』

"그러나 나보다 더 능숙하게 처리할 수도 없잖은가. 처리에 시간을 들이는 동안 투하가 안 된다는 보장은? 처리 중 오폭이라도 일어나면 누가 수습하나? 그 걱정이 없는 나를 해치워버려도 정말로 괜찮겠나?"

포티머스가 자기 자신을 인질로 내세워서 배짱부리자 휴번은 윽, 신음했다.

아픈 데를 찔렸다.

UFO와 폭탄의 설계도는 지금 마왕의 손에 있었다.

그러니까 설계도를 살펴보면서 폭탄을 처리하는 방법도 절대 안 되는 것은 아니다.

다만 개발자 본인이 포티머스인 만큼 이놈보다 더 능숙하게 처리할 수 있느냐고 묻는다면 물론 긍정을 못 한다.

만전을 기하기 위해서라면 이 녀석에게 처리를 맡기는 게 가장 확실하겠지.

가장 안전하지도 않고 최선 또한 아님에도 불구하고…….

"얼치기 용. 너희들의 역할은 무엇이냐? 이 세계를 올바르게 관리하는 것이 소임일 테지? 잘 고민해봐라. 당장 성질을 부려서 나를 해치우는 행동이 이 세계를 위해 올바른가, 그렇지 않은가."

포티머스가 연극배우 같은 동작으로 두 손을 벌려 보였다.

얼치기 용 소리를 들은 휴번은 그 말에 분한 듯 얼굴을 찡그리면서도 움직임을 멈췄다.

휴번은 동네 껄렁이 말투 때문에 바보처럼 보이고 실제로 바보이기는 해도 자신의 입장이 무엇인지는 잘 분별할 줄 안다.

감정을 빼놓고 돌아보면 지금 포티머스를 해치우는 것이 하책이라는 사실을 이해하게 된다.

뭐, 살려 놓는 게 상책이냐고 누가 묻는다면 그때는 또 고개가 끄덕여지지 않을 테지만.

어느 쪽이든 역할과 그 책임을 감안했을 때 휴번은 포티머스를 죽일 수 없었다.

그 사실을 잘 알고 있기에 포티머스도 이딴 식으로 건방진 말을 하는 셈이니까 성격 참 고약스럽다.

"자신 하나가 죽을 뻔했다는 단지 그 원한 때문에 세계를 궁지로 몰아세우는 행동이 과연 용납될 수 있겠는가?"

휴번이 반격을 못 하는 기회를 틈타 포티머스는 조롱하는 어투로 말을 거듭했다.

『이 몸의 분풀이 따위는 아무래도 좋다. 그러나 네놈, 하다못해 흰둥이한테는 사죄를 해야 되지 않겠냐?』

어머나, 싫다. 휴번 녀석, 자신이 죽을 뻔한 위기보다도 나를 사지로 몰아넣은 수작이 더 분한가 봐.

뭘까, 이 잘생긴 용은. 동네 껄렁이 주제에 멋있잖아.

내가 용이었다면 반했을 거야.

나는 용이 아니니까 안 반하겠지만.

"웃기는군. 본래 우리는 적대 관계에 있었다. 적의 발목을 잡겠다는 것이 왜 잘못이지?"

『망할 자식! 철저하게 썩어 빠진 놈이군!』

사죄할 의도 따위는 티끌만치도 포티머스에게 어금니를 드러내면서 위협하는 휴번.

그러나 휴번은 입장상 포티머스에게 손을 댈 수 없는 처지였다.

뭐, 나야 전혀 상관없지만.

적의 발목을 잡는 게 잘못된 행동은 아니라고 자기 입으로 말했으니까 괜찮겠지?

"음?!"

휴번이 있는 쪽을 바라보느라 빈틈 가득한 포티머스에게 대낫을 들고 달려들었다.

기적 마법 덕분에 이미 몸은 만전의 상태로 수복됐다.

그에 더하여 UFO의 수수께끼 결계는 외벽 표면에만 펼쳐져 있는 듯 내부에는 영향이 없었다.

즉 스킬도 아무 문제가 없이 사용 가능하다는 뜻.

그야말로 만전의 상태에서 전투를 수행할 수 있었다.

그러니까 선제공격으로 허를 찔러서 포티머스가 수수께끼 결계를 발동하기 전에 결판을 낸다!

첫 공격은 아슬아슬하게 회피당했다.

그래도 아슬아슬하게 피한 포티머스에게 내 두 번째 공격을 또 피할 여유는 없다.

잡았다!

그렇게 확신했음에도 실현은 되지 않았다.

나는 대낫을 머리 위로 휘둘러 올린 상태에서 그대로 정지됐으니까.

눈에 보이지 않을 만큼 가느다란 극세사가 내 몸에 얽혀 있었다.

이런 재주를 부릴 수 있는 녀석은 한 명뿐.

"시로야, 마음은 알겠는데 지금은 참아주면 안 될까?"

뒤쪽에서 마왕이 당황하는 기색도 없이 다가들었다.

어느 틈에? 아니, 놀라지는 않는다.

탐지의 효과로 마왕이 UFO의 내부에 발을 디뎠다는 것은 처음부터 알고 있었다.

다 알면서도 어떻게 나올까 보고 싶은 마음이 있었기에 무시했었다.

아무래도 마왕은 이 사건이 수습될 때까지는 포티머스를 살려 놓겠다는 방침인 듯싶었다.

흐음.

뭐, 마왕의 방침이 그렇다면야 지금은 얌전하게 따라주도록 할까.

단거리 전이로 실의 구속을 풀고 빠져나왔다.

전이를 좀 호사스럽게 쓰는 듯 보일 수도 있겠지만, 내 힘으로는 이것밖에 마왕의 실에서 벗어날 방법이 없단 말이지.

단박에 구속을 풀고 빠져나오자 일순간이나마 마왕이 당황하는 표정을 지었다. 그래도 내가 더 이상은 아무것도 할 생각이 없음을 알아차리고 일단 안도하는 눈치였다.

"이런, 번거롭기는. 권속에게 버릇은 제대로 들여 놓기를 권하고 싶군."

포티머스가 옷에 묻은 먼지를 털어 내면서 불평을 늘어놓는다.

그 태도가 짜증스러웠다.

마왕이 안 말렸으면 저 목을 쳐서 날려버렸을 텐데.

앗, 바로 그 순간 건방진 말을 주절거리던 포티머스의 몸이 바닥에 틀어박혔다.

비유라든가 무슨 개그라든가 그런 게 아니라 진짜로 몸이 바닥에 콱 틀어박혀 있다.

"버릇 들일 필요가 있는 놈은 너잖아?"

포티머스를 바닥에 파묻은 범인, 마왕은 으르렁대는 목소리를 내면서 포티머스의 등을 짓밟았다.

죽어 나가지는 않도록 유도의 던지기 기술 비슷한 요령으로 바닥에 쓰러뜨린 다음 그 위에서 틀어박힐 만큼 세게 밟아 누르는 모습이었다.

쓸데없이 날렵하고 쓸데없이 세련된 쓸데없는 폭행을 목격했다.

실제로 바닥에 틀어박혔음에도 불구하고 포티머스가 받은 대미지는 거의 없다시피 했다.

다만 육체적인 부분에 한한다는 주석을 붙여야겠지만.

이렇게 볼썽사나운 꼴을 보이는 것은 자존심깨나 강한 포티머스에게는 견디지 못할 굴욕이 아니려나.

"또 이상한 짓 했다가는 그때는 망설이지 않고 네 몸뚱이를 때려 부수겠어. 알아들었지?"

"훗. 그 결과로 너희가 곤란을 겪지 않는다면 상관없겠지."

"그 말은 앞으로도 이상한 짓을 또 하겠다는 뜻이야?"

"빈틈만 있다면야."

위풍당당한 배반 선언.

아니, 이 녀석을 아군으로 숫자에 넣는 것 자체가 애초에 잘못된 판단이었어.

역시 지금 여기에서 처리하는 게 좋지 않을까?

"흐음, 그래? 할 수 있으면 어디 해보시지."

나지막한 목소리로 으름장을 놓는 마왕.

짓밟고 있는 다리의 힘이 더 강해졌는지 바닥이 삐걱삐걱 소리를 울린다.

그래도 통각이 없는 걸까, 포티머스는 여전히 시치미 떼는 표정이다.

뭐, 사이보그 보디에 통각은 굳이 필요할 일도 없을 테니까 쓸데없는 기능은 없앴겠지만, 나는 저놈이 괴로워서 몸부림치는 꼴을 보고 싶었다.

바닥에 납죽 엎어져 있는 지금 저 꼴도 적당히 볼썽사나워서 살짝이나마 울화가 내려가는 기분이기는 해도 어디까지나 아주 살짝이니까 말이야.

아직도 가슴속에 응어리진 감정이 꽤 많이 남아 있었다.

몸은 나았어도 입고 있었던 옷은 소각돼버렸고.

지금은 예비 옷을 입고 있지만, 방금 전까지 입고 있었던 게 진짜 마음에 드는 옷이었다고!

"시로야, 시로야. 시로도 밟아볼래?"

밟을래요! 밟겠습니다!

헤헤, 역시 마왕이다. 뭘 좀 안다니까.

마왕이 포티머스의 등에서 다리를 치운 순간에 즉시 밟아 눌렀다.

물론 포티머스는 그 순간 도망치려고 했지만, 도망치게 놓아둘 리가 없잖냐!

다리 하나로 포티머스의 등을 콱 짓밟고 또 다른 다리 하나로 머리를 내리밟는다.

뒤통수를 빙글빙글 돌려 문대는 것도 잊지 않았다.

"큭!"

머리를 빙글빙글 짓밟히고 있는 포티머스에게서 굴욕감 서린 목소리가 새어 나왔다.

어떻게든 구속을 풀고 빠져나가려고 하지만, 내가 다리로 바닥에다가 단단히 붙박아 놨기 때문에 뜻을 이루지 못한다.

이런 때는 다리가 많으니까 편리하네.

다만 내 다리는 꽤 예리한 발톱 모양으로 되어 있어서 조심 안 하면 콱 찔러버린다는 게 난점.

아니다, 오히려 콱 찔러버려도 괜찮지 않아?

앗, 미안~. 실수로 찔러버렸네~. 지금이라면 이 핑계로 끝난다!

결정 났으면 재빠른 실행이 있을 뿐!

그때 내 시야에 포티머스의 하반신이 비쳐 들었다.

어라라, 아니, 그래도, 그건 너무나도 사악하잖아!

그래도 일단 떠오른 발상은 저버릴 수 없는 법!

좋아, 한다!

세 번째 다리를 그곳으로 콱 꽂아 넣었다!

"뭣?! 네, 네년?!"

"푸흡!"

포티머스가 이전과 전혀 달리 극적인 반응을 돌려줬다.

옆에서 보던 마왕도 차마 못 견디고 웃음을 터뜨렸다.

해냈다. 멋지게 해냈다. 아주 멋지게 해냈다고!

아앗~!

즉 무슨 짓을 했느냐! 포티머스의 엉덩이를 콱 찔러줬다네.

사이보그 포티머스에게는 엉덩이 구멍이 따로 존재하지 않았지만, 없어도 뚫어서 벌려주면 되는 거 아니겠어?

그래서 만들어진 것이 어엿한 엉덩이 구멍.

포티머스는 너무나도 과한 굴욕에 부들부들 떨고 있었고, 마왕은 또 냅다 대폭소.

휴번을 비롯한 용들은 얼굴이 새파래져서 질겁한 모습이다.

『위험하오. 저 녀석 위험하오.』

『형님, 앞으로는 시로 누님이라고 높여서 불러드려야 하지 않겠습까?』

『절대 적으로 만들면 안 되겠구려. 악마야. 하얀 악마가 나타났어.』

휴번, 포티머스를 태우고 왔던 용, 마왕을 태우고 왔던 용, 저마다 제멋대로 입을 놀리고 있다.

남에게 안 들리도록 자기들끼리 염화로 속삭거려 봤자 탐지에 걸리면 전부 다 고스란히 들리거든.

나도 어지간하면 이런 짓까지 하진 않았어.

"푸핫! 아하하하하하! 히히! 아하하하하하핫!"

마왕이 바닥을 퍽퍽 두드리면서 폭소를 터뜨린다.

이대로 방치하면 바닥을 아예 바스러뜨릴 기세였다.

더할 나위가 없도록 멋진 복수를 해서 만족했겠다, 이만 하고 다리를 치워줬다.

엉덩이에 꽂힌 다리가 빠져나가던 때 포티머스의 몸이 움찔 떨렸던 것이 또 고소했다.

그 장면을 본 마왕이 더욱 세차게 폭소를 뿜었지만.

내가 다리를 치워 내자마자 포티머스는 튕겨 나가듯 몸을 일으켰다.

"이러한 굴욕을 맛본 경험은 오랜만, 아니, 태어나서 처음일지도 모르겠군."

포티머스의 얼굴에 분노의 표정이 어려 있었다.

시치미 뚝 떼는 얼굴에서 거의 표정 변화가 없던 포티머스가.

"죽인다. 네년을 반드시 죽이겠다. 내가 떠올릴 수 있는 한 가장 무참한 방법으로."

와아~. 열렬한 살해 선언을 받아버렸습니다~.

안 기쁘거든~.

"다만 지금은 그때가 아니다. 방금 전 말했듯이 빈틈이 보인다면야 네년들의 목숨을 노릴 테지만, 우선순위는 사태 해결이 더 앞서니까."

포티머스는 자기 자신을 진정시키려는 듯이 눈 감고 길게 숨을 뱉었다.

"사태가 해결될 때까지 불문에 부쳐주마. 고맙게 여기도록."

마왕은 포티머스의 저 대사를 듣고 또 웃음이 재발하고 말았다.

응, 포티머스의 성격상 저런 소리를 해도 위화감은 전혀 없었지만, 지금 타이밍에서 꺼내 봤자 좀 그렇잖아.

나는 위엄 넘치는 사람이랍니다~. 힘껏 가장하는 느낌이랄까?

그게 오히려 더 우스꽝스러워서 마왕은 웃음을 견딜 수가 없었나 보다.

"네년도 언제까지 웃고 자빠져 있을 셈인가? 상황을 파악해라."

포티머스가 꺼내는 말은 아무것도 틀리지 않은 정론이 맞기는 한데, 있는 대로 불쾌한 표정을 짓고 말해 봤자 화풀이로 들릴 뿐이었다.

이 짧은 시간 동안에 포티머스의 거물 지수가 팍팍 떨어진다!

이대로는 매도 주문이 마구 쇄도해서 거래 정지 조치가 일어날 수밖에 없다고!

"아~ 풉, 아~ 헉헉. 아~ 최고야. 진짜 신나게 웃었네."

너무 웃어서 살짝 산소 결핍이 된 마왕.

입가는 아직 히죽히죽하고 있고, 살짝만 찔러주면 또 웃음을 터뜨릴 듯한 분위기였어도 간신히 평소 모습으로 돌아왔다.

"아~ 그래서? 지금 뭐라고? 빈틈만 보인다면 우리를 죽이겠다고? 그럼 그때마다 엉덩이 구멍을 뚫어줘야겠네? 푸흡!"

혼자 말하고 혼자 실실거리는 마왕.

"작작 하도록."

응. 포티머스가 격분할 만도 하다.

이야기가 전혀 진행이 안 되네.

이 사태를 일으켰던 사람은 나지만.

그리고 내 행동에 아무 후회도 없지만.

어쨌든 지금은 상황이 상황인 만큼 이제는 슬슬 진지하게 마음가짐을 다잡고 행동해야겠지.

"그래야겠다. 이제 슬슬 진지하게 움직여보자고."

마왕이 웃음기를 거두고 진지한 표정을 짓는다.

입가가 살짝 실룩실룩하는 것은 살며시 눈감아주자.

"일단 이렇게 주고받았으니까 비긴 것으로 하자. 어차피 우리는 결국 같이 협력할 사이는 못 될 테니까 능력만 서로 제공하자고. 너는 기계를 처리하는 능력을. 우리는 전투 능력을. 각자가 각자를 이용하는 거야. 그렇게 가자. 친해지려고 괜한 짓 하기보다는 서로 간에 발목을 잡으려고 한다는 전제로 움직이도록 하고. 다른 의견 있어?"

"없다."

없소이까~.

이래 갖고 괜찮은 거야?

세계의 위기인데 이래 갖고 괜찮은 거야?

괜찮지는 않을지라도 확실히 이제 와서 포티머스를 신용할 수 있냐고 누가 물어봐도, 으음~.

어라? 잠깐만 기다려봐?

이 상황, 보는 방식에 따라서는 삼각관계 아닐까?

나랑 마왕은 냉전 상태.

포티머스는 대놓고 적.

포티머스는 방금 나를 마왕의 권속 취급하는 발언을 했었고, 나랑 마왕이 잠재적인 적대 관계라는 사실을 모르는 눈치였잖아.

혹시 경우에 따라서는 포티머스를 이용해서 마왕을 배제하는 것도 노릴 수 있겠다?

그리고 또 주의를 기울이지 않으면 그 반대의 경우도 있을 법하고.

특히 지금은 포티머스의 어그로가 나한테 쏠려 있고 말이야~.

무슨 일이람.

이래서는 한층 더 경계심을 곤두세워야 하겠구나.

그래, 이럴 때는 휴번을 사이에 끼워 넣고 중재를…….

"그럼 너희 용들은 돌아가서 제공권 확보 부탁할게. 방금 전처럼 무리하지는 말고 지상군의 우위를 지킬 수 있는 수준에서 열심히 힘내주면 될 거야."

『암. 그나저나 그쪽은 괜찮겠나?』

"괜찮아, 괜찮아."

안 괜찮거든!

『그러면 댁들도 조심들 하더라고!』

뭔가 이야기가 다 정리된 듯 휴번과 용들은 그대로 날아 떠나가버렸다.

남은 사람은 나랑 마왕이랑 포티머스.

불안감 풀풀 피어나는 멤버다.

"좋아, 그럼 전진하자고. 아, 말 꺼내자마자 아무래도 먼저 환영회를 열어주려나 보네."

마왕이 안쪽을 노려본다.

그곳에서 튀어나오는 로봇.

침입자를 요격하기 위한 전력이 결집하고 있었다.

단장 교황과 지상군의 전투

저 멀리 수많은 기계가 흙먼지를 피워 올리며 진군하는 광경이 보인다.

말라붙은 목을 적시기 위해 침을 삼켜봐도 이 황야의 건조한 공기 때문에 효과는 썩 만족스럽지 않았다.

아마도 자각하는 이상으로 나는 긴장한 듯싶구나.

신언교 교황이라는 지위를 갖고 이렇듯 전장에 나설 일도 없었다.

나는 정치가이기는 해도 지휘관이 아님을 긴박한 전장 한복판에서 기억에 새기게 된다.

기억을 떠올렸다는 표현도 쓸 수 있겠군.

먼 옛날, 아직 신언교가 이렇듯 큰 조직이 아니었던 때는 진두에 선 경험도 있었다.

그러나 아무래도 내게는 군사의 재능이 없던 모양이다.

비슷하게 머리를 쓰는 직무인 까닭에 대강 흉내는 낼 수 있다 예상했다만, 막상 실제로 전장에 나서고 보니 나는 단지 허수아비에 지나지 않았으니까.

이번처럼 부득이하게 전장에 나서야 하는 경우는 별수 없겠다만, 다른 상황에서는 모두 재능 있는 부하에게 맡기는 것이 좋겠다.

적재적소.

나의 전장은 이곳이 아니다.

그러나 이번에는 내가 이곳에 서 있음에 의미가 발생한다.

내 앞에는 신언교의 기사가 늘어서 있다.

숫자는 3만.

본래 신언교의 본거지, 성 아레이우스 교국의 방어를 주 임무로 수행하는 기사들.

당장 동원 가능한 전력은 이자들밖에 없었다.

그에 따라서 성 아레이우스 교국의 수비는 텅텅 비어버린 셈이나 마찬가지가 된다.

또한 그뿐 아니라 이 전투에서 수많은 기사들이 희생될 것을 감안하면 성 아레이우스 교국의 전력은 단번에 곤두박질치리라.

이전의 사리엘라 국 침공 실패와 더한다면 나라가 기울어져도 놀랍지 않은 손실이었다.

그러나, 그럼에도 이 국면에서 감히 전력을 아끼고 숨길 수는 없었다.

사태는 이 세계의 존속과 직결된다.

세계의 존속이 달린 전투에서 내가, 이 내가 전력을 아까워한다는 것은 결단코 있어서는 아니 될지니.

다른 누군가가 용납할지라도 나 자신은 용납할 수 없었다.

모든 것은 인족을 위해서라면 어떤 소행일지언정 불사하겠다는 맹세를 깨뜨리지 않기 위함이로다.

설령 그 탓에 신언교라는 나의 **힘**이 소실되더라도 인족을 무사히 지켜 낸다면 상관없었다.

또한 기사들의 사기가 올라간다면 이 몸을 전장에 노출시키는 일 또한 주저하지는 않으련다.

설령 군사로서는 이류일지라도 이곳에 내가 함께한다는 사실이 기사들에게 버팀목이 되어준다면야.

이제부터 기사들을 다 사지로 보내야 하건만, 고작 이런 일을 못 하겠는가.

나 홀로 세계의 위기를 앞에 두고 앉아서 기다린다는 것은 어불성설일지니.

"다들, 모여주어서 감사하네."

확성기를 통해 내 목소리가 기사들에게 울려 퍼진다.

"이제부터 싸워야 할 적은 경들이 지난날 조우했던 어떤 마물보다도 강하고, 또한 이번 전장은 경들이 경험했던 어떤 사투보다도 더욱 험난하리라."

내 말을 한 마디도 흘려듣지 않겠다는 듯이 기사들이 귀를 기울인다.

"상대는 일찍이 신언의 신을 쫓아 보내고자 하였던 사악한 일당의 첨병. 그것들의 생존자가 지금 또다시 이 세계를 파멸시키고자 되살아났다. 세계의 존망, 이 일전에 달려 있음을 명심하라!"

내 연설을 다 들은 기사들이 함성을 터뜨렸다.

그 목소리가 지면을 뒤흔드는 것이 아닌가, 하는 착각이 들 만큼.

기사들은 신언교의 경건한 신자들.

보통은 영문을 모른 채 어리둥절할 만한 상황임에도 교황인 내 말을 믿어 의심치 않는다.

이것이 나의 **힘**.

이자들을 제멋대로 이용한다는 자각은 있다.

그러나 거기에서 죄악감을 느끼는 시기는 먼 옛날에 떠나보냈다.

이들을 사지로 몰아넣음에도 일절 망설임은 없었다.

"진격!"

내 호령을 따라 기사들이 우렁찬 외침과 함께 돌격해 나아간다.

그러나 직후 이들의 외침을 싹 지워버릴 만큼 거대한 굉음이 울려 퍼졌다.

불어닥치는 바람을 맞아 엉겁결에 눈을 감았다.

눈을 뜨고 상황을 확인한 나는 다시 한 번 덮쳐드는 폭풍 때문에 또 눈을 감을 수밖에 없었다.

눈을 감기 전 일순간 보인 광경, 그것은 붕괴하는 기계병의 대열이었다.

강대한 힘에 속절없이 파괴당하여 대지와 함께 소멸되고 사라지는 광경.

그곳으로 가차 없이 꽂혀 내리는 추가 공격.

파괴의 원천은 퀸 타라텍트.

아리엘 님이 소환한 신화급 마물들.

퀸 타라텍트가 발사한 브레스가 기계 병사들을 유린했음이다.

신화급이라 불리는 마물은 적다.

인족으로서는 대처가 불가능하다고 알려져 있는 단계의 마물이자, 달리 말하자면 살아 있는 재해와 다르지 않은 존재.

그들 대부분은 이 세계를 관리하기 위해 만들어졌고 흑룡님의 관리하에 있다.

다만 예외가 바로 아리엘 님의 권속 퀸 타라텍트였다.

애초에 그리 존재하도록 설계되어 세상에 나온 다른 신화급 마물과 달리 밑바닥부터 기어올라 진화한 마물의 정점.

한 마리만 나타나도 나라를 붕괴시킬 수 있다고 일컬어지는 거미의 여왕.

바로 퀸 타라텍트이다.

몇 되지 않는 신화급 마물 가운데서도 특히 이질적인 존재.

게다가 무려 넷.

저 넷만으로도 인족의 국가를 몇이나 붕괴시킬 수 있을는지.

일찍이 퀸 타라텍트 하나를 쓰러뜨리기 위해 당시의 용사가 군세를 이끌고 나서 괴멸당한 사례도 있다.

용사와 군세를 희생하여 간신히 하나.

게다가 꽤나 기적적으로 타도에 성공했을 따름이었다.

그토록 강력한 마물이 지금은 동료로서 넷이나 전열에 참가하고 있었다.

이보다 더 든든할 수는 없으리라.

퀸 타라텍트가 차례대로 기계병들에게 브레스를 쏟아붓고 휩쓸어 버렸다.

그 공격은 인간 따위의 인식을 아득히 초월하는 파괴를 일으켰고, 돌격에 나선 기사들은 무의식중에 걸음을 멈춰야 했다.

멈출 수밖에 없었다.

멈추지 않았다면 퀸 타라텍트가 일으키는 파괴의 소용돌이에 휘말려 들어갔을 테니까.

이토록 거대한 파괴의 현장을 앞에 두고 인족으로 태어난 기사들이 할 수 있는 일은 없었다.

그럼에도 이대로 퀸 타라텍트의 힘에 의존하여 물리칠 수 있다면 야 어디 불만이 나오겠는가.

다만 상황이 그리 쉽게 흘러가지는 않을 듯싶다.

퀸 타라텍트를 향해 광탄이 발사됐다.

퀸 타라텍트의 브레스를 맞고도 태연하게 선두에 나선 전차형 기계병이 날리는 반격.

아리엘 님의 보고로 저 타입의 기계병에 마술 저해 결계가 장착됐다는 사실은 알고 있었다.

퀸 타라텍트의 브레스는 마술이기에 저 결계에 막혀버린다.

브레스에 맞아 파괴된 지면과 함께 날아가버리는 식으로 여파에 의한 피해는 막을 수 없지만, 브레스의 직격을 맞아도 효과가 사라져버린다.

그리고 골치 아프게도 저 전차는 인족의 힘으로는 거의 격파가 불가능했다.

마술 저해 결계도 골치 아프지만, 그 이전에 단순한 장갑의 강도 때문에 인족이 공격해 봤자 흠집을 내는 것도 지극히 어려울지니.

기사들로서는 대처가 안 되는 만큼 전차는 아리엘 님의 권속이나 포티머스가 데려온 기계병들에게 맡기는 방법밖에 없었다.

애당초 기사들의 실력으로는 소형 기계병조차 버겁다.

복수의 인원이 달려들어서 한 대를 간신히 격파할까 말까.

이들이 고된 훈련을 쌓은 정예임에도 개인의 힘에는 한계가 있었다.

인족이라는 종족은 너무나도 빈약했다.

그러면 약하기 짝이 없는 그들의 역할은 무엇인가?

인간 장벽이다.

기계병의 진군을 늦추기 위한 살아 있는 벽.

기계병을 격파해 달라 기대하는 것이 아니라 시간을 벌겠다는 단지 그 목적을 위해 기사들은 여기에 섰다.

단지 그 목적을 위해 기사들이 죽어 나간다.

전차의 공격을 받아 퀸 타라텍트의 브레스가 중단됐다.

그 틈을 노려서 기계병들이 전진을 재개한다.

퀸 타라텍트의 브레스 덕에 상당한 수가 줄어들었다만, 그럼에도 본래의 숫자가 숫자인 만큼 남아 있는 기계병을 적다고 말하기는 어려웠다.

그리고 기계병이 기사들에게 덮쳐들었다.

기계병들이 발사한 광탄은 기사들을 꿰뚫었다.

최전열에 있던 기사들이 광탄에 직격당하여 치명상을 입는다.

그러나 기사들은 목숨이 다하는 그 순간까지 전진을 멈추지 않았다.

모두가 하나같이 앞쪽을 보고 쓰러질 뿐 결코 후퇴하지 않는다.

또한 쓰러져 있는 기사의 몸을 후속 기사들이 밟고 넘었다.

주검으로 지면을 메우면서, 그럼에도 전진하는 기사들.

상대가 평범한 생물이었다면 상궤를 벗어난 돌격에서 공포를 느끼고 기가 꺾일 수도 있겠다.

그러나 상대는 두려움이라는 감정과 아무 연관이 없는 기계.

기사들의 분투에 대항하여 담담히 광탄을 발사하면서 전진한다.

그리고 양측이 격돌했다.

기사들은 돌격하는 기세를 늦추지 않고 기계병에게 바짝 달라붙어서 곧장 검이며 방패를 휘둘러 쳤다.

그럼으로써 다소의 기계병을 파괴하는 데 간신히 성공했을지는 모른다. 하지만 도리어 역습을 받아 나동그라지는 기사의 숫자가 훨씬 많았다.

기계병이 기사들을 질로도 숫자로도 상회하는 만큼 당연한 결과였다.

기사들이 아무리 분투해도 저 차이를 뒤집기는 불가능하다.

그러나 기사들은 불가능할지라도 죽음으로 번 시간을 이어받아서 다른 자들이 임무를 수행해준다.

기사들을 치어 죽이면서 전진하는 전차형 기계병이 측면으로부터 충격을 받고 나가떨어졌다.

거대한 금속 덩어리가 하늘을 날아 세차게 곤두박질쳐서 지면에 충돌.

거기에서 그치지 않고 기계병을 휩쓸어 바닥을 굴러간다.

간신히 멈춘 전차의 장갑은 마치 대포알의 직격을 받은 듯 푹 파여 있었다.

전복돼 있던 전차형 기계병이 다시 한 번 같은 충격을 받아 하늘을 날았다.

전차가 본래 있던 장소에는 볼품없는 금속 덩어리에 손잡이만 달랑 갖다 붙인 모양새의 타격 무기를 휘두른 자세로, 나이도 얼마 안 되는 소녀가 서 있었다.

이러한 장소에 어울리지 않는 저 소녀가 실은 인간이 아닐뿐더러 진짜 정체는 퍼펫 타라텍트라고 불리는 아리엘 님의 권속.

저래 보여도 본신의 힘은 퀸 타라텍트에 버금가는 아리엘 님의 측근이었다.

예쁘장한 것은 얼굴뿐이고 여섯 개 달린 팔로 제각각 투박한 금속 덩어리를 꽉 쥐고 있기 때문에 겉모습으로 우습게 보는 얼간이는 없을 테지만.

사전에 아리엘 님에게 들은 이야기에 따르면 퍼펫 타라텍트일지라도 전차를 감당하기는 버겁다는 설명이었다만, 지금의 활약을 보면 걱정은 안 해도 될 듯싶었다.

어지간히도 경계하는 것인지 벌써 전부터 움직임이 멈춘 전차를 거듭거듭 가격하고 있다.

……조금 지나치지 않은가?

이미 정지한 전차를 붙들고 있지 말고 다른 전차형 병사를 어서 처리해주면 좋겠다만.

그런 내 마음이 전해졌을까, 하염없이 정지한 전차를 가격하고 있던 퍼펫 타라텍트에게 다른 퍼펫 타라텍트가 다가와서 머리를 톡톡거렸다.

그러고는 아직껏 움직이고 있는 다른 전차를 가리킨다.

손가락질이 의미하는 바를 파악한 맨 처음 퍼펫 타라텍트가 떨떠름한 기색을 내비쳤다만, 이내 뒤에서 온 퍼펫 타라텍트에게 걷어차이고 말았다.

장소가 이런 상황이 아니었다면 어린 소녀들의 절로 미소가 흘러나오는 투닥거림으로 볼 수도 있겠다.

그러나 저 소녀들은 어엿한 전력이었다.

장난치지 말고 진지하게 싸워주기를 바랄 뿐이다.

저 소녀들이 까불거리는 동안에 기사들의 목숨은 계속 사라지고 있으니까.

내 조바심을 날려주려는 듯이 퀸 타라텍트의 브레스가 기계병들의 후열을 꿰뚫었다.

기사들이 목숨을 걸고 진군을 저지하고 있는 기계병들을 아무 어려움 없이 쓸어버린다.

그때 퀸 타라텍트를 향해 상공에서 비행형 기계병들이 급습을 펼쳤으나 그 기습은 성공하지 못하고 도중 용들에게 격추당했다.

상공에서는 지금도 여전히 용과 비행형 기계병의 전투가 격렬히 펼쳐지고 있다.

아리엘 님을 비롯한 잠입조를 적 기함에 데려다주는 큰일을 마치고도 용들에게 쉴 틈은 없었다.

만약 용들이 비행형 전투기를 억제해주지 않는다면 지상군은 상공으로부터 폭격을 받아 속절없이 무너졌으리라.

퀸 타라텍트의 브레스에 의한 일소 덕택에 지상군은 상정했던 전황보다 유리하게 전투를 이끌어 나가고 있었다.

그러나 지금의 우위는 위태로운 균형하에서 이루어졌을 따름.

아직은 기사들이 건재하여 적의 진군을 감당하기에 비로소 퀸 타라텍트가 자유롭게 행동할 수 있었지만, 일단 돌파당한다면 승부의 행방은 묘연해진다.

퀸 타라텍트가 물론 쉽사리 당하지는 않는다고 해도 숫자에 눌리면 위험할 테지.

퀸 타라텍트도 무적의 괴물은 아니잖은가.

전차형 기계병에게 집중포화를 당하면 제아무리 퀸 타라텍트일지라도 아무 탈 없이 견디지는 못한다.

지금은 기사들이 인간 장벽이 되어 시간을 벌어주고, 그 틈에 퀸 타라텍트와 퍼펫 타라텍트가 적 전력을 가능한 한 깎아 먹는 것이 상책.

기사들에게는 괴로운 시간이 되겠지만, 어떻게든 더 오래 버텨주기를 바랄 뿐이다.

신경 쓰이는 것은 포티머스가 데려온 기계병들의 존재.

그것들은 이제껏 적극적인 행동을 취하려고 하지 않았다.

기회를 가늠하는 척 소극적으로 적측 기계병을 요격할 뿐.

먼저 공격을 개시하는 것이 아니라 전선을 유지하려는 듯이 견제 사격만 되풀이할 뿐.

그 남자가 데려온 기계병의 전투력이 절대로 고작 이런 수준일 리 없었다.

이 국면에서 그 남자가 동원한 병기인 만큼 일정 이상의 뛰어난 전투력을 보유하고 있을 것이다.

적어도 적측 기계병보다는 뛰어날 터인데.

어쨌든 시대가 다르잖은가.

적측 기계병은 과학 문명의 절정기에 제작되었을지언정 오래도록 지하 유적에 보관되어 온 이른바 골동품.

그러나 포티머스의 기계병은 적측 기계병이 제작된 이후 아득히

긴 세월을 거쳐 놈 본인이 설계하고 제작한 물건일지니.

같은 설계자가 손을 쓴 병기인 이상 시대가 나중일수록 성능이 뛰어남은 자명한 이치.

그 남자가 의도적으로 성능이 떨어지는 기계병을 데리고 오지 않은 한 적측 기계병에게 패배한다는 것은 말이 되지 않는다.

그럼에도 눈에 띄는 움직임을 보이지 않는다 함은 무언가 꿍꿍이가 있기 때문인가?

그럴듯하군.

포티머스가 어디 보통 녀석인가, 저지르고도 남을 놈이다.

방금 전 목격했던 광경도 그러하였다.

시로라고 불렸던 여인, 거미의 몸에 인간의 상반신이 자라난 모습을 지니고 있던 기묘한 존재. 그 여인이 적 기함의 주포를 파괴했을 때 포티머스가 건네준 포가 폭주하는 장면을 나는 천리안 너머로 분명하게 목격했었다.

결코 사고가 발생한 탓에 소유자마저 피해를 입어야 했던 것이 아니었다.

본래부터 소유자를 죽이기 위해 설계된 무기였다.

목적은 아리엘 님과 시로 양.

둘 중 어느 한쪽이든 자멸하기를 기대하면서 그 포를 넘겨줬다.

실로 당당한 암살 계획이라고 할 수 있겠다.

포티머스라는 남자는 그런 짓을 얼마든지 한다.

이 긴급한 상황에서도 거리끼지 않고.

다행히도 시로 양은 목숨을 건진 듯 보였다만, 그 거대한 적 기함의 주포를 파괴하고도 남는 위력을 보건대 죽음을 맞이한다 해도 놀라울 것이 없었다.

부위 결손마저도 한순간에 회복시키는 강력한 회복 마법을 구사할 줄 아는 시로 양이었기에 간신히 살아남았다고 말할 수 있겠다.

만약 그 포를 사용한 것이 아리엘 님이었다면 최악의 사태도 각오해야 했겠지.

아리엘 님은 흑룡님을 제외하면 이 세계 최강의 힘을 지닌 분이지만, 퀸 타라텍트와 마찬가지로 딱히 무적의 존재는 아니었다.

죽을 때는 죽는다.

그리고 포티머스는 전부 다 알면서도 교활하게 함정을 놓았다.

포티머스가 어디 보통 녀석인가. 아리엘 님을 죽일 수 있다고 확신한 다음에 그 포를 선택한 것이 분명하리라.

아리엘 님도 무언가 고약한 낌새를 감지했기에 굳이 시로 양에게 포를 넘겨줬을 수도 있겠군.

시로 양이라면 어지간한 피해를 입지 않는 한 죽지 않는다고 신뢰했든가, 혹은 죽어도 상관없다고 여겼기 때문인가. 무엇인지는 내가 판단할 수 없는 사안이다만.

하얀 거미.

부위 결손마저도 치유하는 회복 마법.

그리고 상공의 전장에서 아리엘 님과 용에게도 뒤지지 않고 활약하는 전투 능력.

이만한 힌트가 갖춰진 이상 저 여인의 정체를 짐작하기는 너무나도 쉽다.

미궁의 악몽.

엘로 대미궁에서 나타나 사리엘라 국에 자리 잡았었던 수수께끼의 거미형 마물.

지금 겉모습이 당시의 거미에서 진화한 형태인가, 그렇지 않고 저것이야말로 진정한 모습인가. 이 부분은 상상할 수밖에 달리 도리가 없다만, 시로 양이 미궁의 악몽과 동일 존재라는 사실은 거의 틀림없었다.

저러한 존재가 여럿이 나타날 리 없지 않겠는가.

만약 아리엘 님이 비밀리에 저러한 존재를 복수 데리고 있다 하면 지금의 국면에서 동원하지 않는다 함은 너무나도 부자연스럽다.

애당초 미궁의 악몽은 아리엘 님 본인이 부하가 아님을 분명히 하지 않았던가.

즉 아리엘 님의 통제하에 놓인 존재가 아니라는 뜻일뿐더러 그뿐 아니라 적대 관계라는 의혹이 짙다.

오우츠 국과 사리엘라 국이 맞붙은 전장에서 악몽은 확인되지 않은 누군가와 격렬한 전투를 펼쳤다고 했다.

악몽과 정면에서 대결할 수 있고 당시 그 부근에 나타났던 인물.

아리엘 님 한 사람뿐이다.

이 시점에서는 아리엘 님과 악몽이 적대 관계에 있었다는 것이 나의 견해이다.

그 후 직접 아리엘 님을 만나 사정을 여쭈었을 때는 「걔랑 결판은 냈어」라는 답변을 확보했다.

그 시점에서는 악몽을 말살하는 데 성공했거나 혹은 아군 진영으로 거두어들이는 데 성공했거나 둘 중 어느 쪽인지 판단이 되지 않았었다. 다만 추후의 감시 활동으로 시로 양이 일행에 참가했음을 확인한 만큼 포섭에 성공했다고 간주했다.

그러나 감시를 계속하는 사이에 부자연스러운 광경도 관찰됐다.

아리엘 님은 시로 양을 아래에 두고 있지 않았다.

대등한 입장으로 대응하는 듯 여겨진다는 보고를 감시자에게서 받았었다.

감시자는 특수한 훈련을 받아 독순술을 습득했다.

아리엘 님만 한 실력자가 목표일 경우 스킬에 의한 감시는 어림없었다.

반드시 발각당하게 된다.

그런 까닭에 원시적인 망원 장치를 동원하는 목측밖에 감시 방법이 없었고, 모든 정보를 파악하기는 불가능했다.

이렇듯 불충분한 감시 체계의 결과로도 알 수 있었던 것은 아리엘 님과 시로 양의 기묘한 관계성.

아리엘 님의 「결판을 냈다」라는 발언을 곧이곧대로 받아들일 수는 없겠노라고 그 보고를 듣고 생각했다.

아리엘 님과 시로 양은 아직 완전하게 화해한 사이가 아니라고 보았기에.

두 분의 관계가 실제로 어떤 방식으로 맺어졌는가, 그 부분은 외부인에 불과한 나로서는 알 도리가 없을 터이다. 다만 진심으로 서로를 신뢰하면서 기꺼이 등을 맡기는 관계가 아님은 파악할 수 있었다.

자칫하면 아리엘 님이 이 기회를 틈타 시로 양을 해치우기 위해 포티머스를 이용한 것이 아니냐는 의혹을 가질 수도 있겠다.

물론 아리엘 님의 성격을 감안하면 희박한 가능성이라고 여겨진다만.

게다가 아리엘 님만 한 실력자가 시로 양을 대등하게 대우한다는 것도 위화감이 있었다.

아리엘 님의 실력이라면 어지간한 상대는 우격다짐으로 굴복시킬 수 있을 터인데.

적대했었던 상대라면 본인의 실력을 갖고 때려눕히고 복종시키는 길을 선택하지 않겠는가.

그러나 실제 아리엘 님과 시로 양은 얼핏 대등한 관계로 보였다.

실제 내 눈으로 봐도 복종한다, 복종시킨다 같은 분위기는 쌍방 어느 쪽에서도 느껴지지 않았다.

그렇다면 시로 양에게는 아리엘 님의 힘을 동원하고도 복종시킬 수 없는 모종의 이유가 존재할 터.

한데 그 이유란 과연 무엇인가?

아무리 시로 양의 정체가 악몽일지언정 본신의 실력이 설마 아리엘 님과 비등할 리는 없지 않겠는가.

실력으로 뒤떨어짐에도 아리엘 님이 손을 쓰지 못하는 특이한 조건이 있단 말인가?

그 부분으로 말하자면 지금의 포티머스가 딱 들어맞는 경우이겠지만, 어디까지나 폭탄 처리 능력이라는 제 기술을 방패로 내세우는 특수한 사례.

참고가 되지 않는다.

아니, 무언가를 방패로 내세워서 손을 쓰지 못하게 했을 가능성은 있을 법하군.

그렇다면 방패로 들고 있는 것은 혹시 소피아 케렌인가?

그렇지 않다. 위화감이 느껴진다.

그러면 퍼펫 타라텍트?

아니, 퍼펫 타라텍트는 아리엘 님이 소환하는 권속.

위험에 노출시키고 싶지 않을 경우에는 소환을 해제하면 그만이 잖은가.

앞뒤가 맞지 않는다.

하면 지금의 포티머스와 마찬가지로 시로 양 본인이 잃어버리기 아까운 능력을 갖추고 있을 가능성은?

과연, 그렇게 보면 앞뒤가 맞겠군.

그런데 이제 와서 아리엘 님이 욕심낼 만한 능력을 시로 양이 보유하고 있을 듯싶지도 않다만.

머릿속으로 이전에 만나 뵈었을 때 아리엘 님의 낌새를 떠올려본다.

그러고 보니 그때 아리엘 님은 불사에 대해 하문하셨던가.

대화의 맥락이 이어지지 않을뿐더러 다소 엉뚱한 질문이었다.

그 후 몹시 조바심치면서 자리를 불쑥 떠났던 행동을 포함하여 인상에 짙게 남아 있었다.

혹여나 불사가 관계되어 있는가?

시로 양이 설마 불사 스킬을 갖고 있는가?

아니, 설령, 그렇다 해도 이상하다.

불사는 분명 희소한 스킬이지만, 불사 스킬을 보유했다고 하여 아리엘 님이 그토록 눈여겨보겠느냐고 묻는다면 위화감이 남는다.

죽지 않는 전력이라고 보자면 분명 강력하기야 하다만, 본래는 적대하던 사이의 인물을 그 이유만 갖고 아군 진영에 맞아들이는 것은 리스크가 너무 높았다.

게다가 불사 스킬에는 결함이 있었다.

심연 마법을 비롯하여 불사 스킬 보유자일지라도 살해 방법이 몇몇 있으니까.

아리엘 님은 물론 해당 방법을 알고 계시는 만큼 불사 스킬 보유자일지언정 죽일 수 있었을 텐데.

그렇게 생각하자면 시로 양이 불사 스킬 보유자라는 가설은 부정해도 되겠지만, 뭔가 마음에 걸렸다.

그때 아리엘 님의 분위기는 확실히 이상했었다.

「불사와 네 절제 말고 어떤 의미로 불사신이 되는 스킬에 짚이는 게 있어?」

그때 아리엘 님이 꺼낸 질문이었다.

그 말의 진의는 과연 무엇이었는가?

불사를 제외한다는 전제에서 불사신이 되는 스킬이라.

그러한 스킬이 있다고 한들 아리엘 님과 어떤 관계가 있단 말인가?

아리엘 님이 그것을 바란다?

아니. 마왕이 되겠다고 각오를 다진 아리엘 님이 이제 와서 불사신 따위를 추구할 리가 없지.

그렇다면 시로 양인가?

설마, 이렇게 이어지는 것인가?

아리엘 님은 시로 양을 죽이려다가 실패했다.

시로 양을 살해하고자 시도했음에도 뜻을 이루지 못한 채 결국 휴전으로 마무리를 지어야 했다고.

그렇게 생각하면 모든 사안의 앞뒤가 맞아떨어진다.

시로 양의 처지로 봐도 실력에서 뒤떨어지기 때문에 아리엘 님과 의도치 않게 화해했다고 가정하면 두 분의 미묘한 관계 또한 납득이 간다.

두 분은 아직껏 진심으로 화해한 아니었다. 단지 사정이 피치 못하였기에 서로의 손을 잡았다 뿐 본질적으로는 여전히 적대 관계.

그러하다면 지금 적 기함 내부에는 제각각 적대하는 인물들이 모여 있는 상황이 된다.

포티머스는 말할 필요도 없고 아리엘 님과 시로 양 또한 잠재적인 적대 관계.

서로를 적대하는 셋이 이 세계의 운명을 쥐고 있다는 불안.

그럼에도 무력한 나로서는 그 세 사람을 믿고 의지할 수밖에 없구나.

통감할 따름이로다.

내가 쌓아 올렸던 성과란 것은 아리엘 님이나 포티머스에게 비교하면 너무나도 약하다.

시간 벌기를 위한 인간 장벽이 고작일 만큼 약하다.

그러나 그 약한 이들을 지키기 위해 최선을 다 바칠 작정이다.

내가 걸어왔던 길에 후회는 없다.

후회할 자격조차 없으니.

나의 긴 사고를 가로막으면서 이때까지와 다른 종류의 굉음이 울려 퍼졌다.

이런, 어이쿠. 또 나의 나쁜 버릇으로 꼽아야 하는 장고에 빠지고 말았던가.

내게는 걸핏하면 사고의 늪에 빠져 쓸데없는 사안을 두고 고민하는 나쁜 버릇이 있었다.

지금은 딴생각을 할 때가 아님에도 불구하고.

새삼 전장을 둘러보니 여전히 곳곳에서 격렬한 전투가 펼쳐지는 와중이었다.

기사들은 아직 끈질기게 기계병의 맹공을 견뎌주고 있었다.

하늘에서는 용과 비행형 기계병이 맞붙어서 전투를 전개 중이다.

퀸 타라텍트가 브레스를 날려 기계병의 후열을 쓸어버리는 광경도 변함없었다.

다만 한 가지 변화를 꼽아보자면 포티머스의 기계병이 적측 전차형 기계병과 격렬하게 충돌을 일으켰다는 것인가.

기사들이 맞서도 퀸 타라텍트가 브레스를 발사해도 물리칠 수 없는 전차형 기계병은 당연하게도 살아남은 숫자가 많다.

그것들이 한꺼번에 포티머스의 기계병을 덮쳤다.

게다가 부자연스럽도록 집중하여.

차분하게 잘 살펴보니 그쪽으로 전차형 기계병이 이동하도록 유도하는 일당이 있었다.

퍼펫 타라텍트들.

저 소녀들이 교묘하게 전차형 기계병의 진로를 유도하여 포티머스의 기계병과 부딪치도록 만들었다.

아무래도 나와 마찬가지의 염려를 저 소녀들도 품고 있었던 듯싶었다.

포티머스의 기계병이 불온한 움직임을 보이기 전에 미리 싹을 밟으려는 의도다.

포티머스의 기계병은 적측 전차형 기계병을 요격하느라 바빠서 묘한 행동에 나설 여유는 없다.

포티머스의 기계병이 수상쩍은 움직임을 취하지 못하도록 봉쇄하는 한편 본인들의 임무까지 떠넘긴 퍼펫 타라텍트들의 수완에 기가 막힐 따름이었다.

넷밖에 안 되는 퍼펫 타라텍트만 나서서는 미처 다 대처할 수 없는 전차형 기계병을 끌어다가 여력이 남아 있는 포티머스의 기계병에게 맡기는 것.

말로 표현하면 단지 이뿐임에도 전황을 보면 얼마나 정확한 판단인지를 잘 알 수 있을뿐더러 동시에 내부의 골칫거리에 해당하는 포티머스의 기계병이 혹여 반란을 일으킬 수도 있는 여지를 사전에 제압했다.

또한 퍼펫 타라텍트 본인들의 임무량을 극적으로 줄이는 데도 성공했음이다.

숫자가 많은 전차에 대처하기 위해서 고작 넷에 불과한 퍼펫 타라텍트끼리 나서 봤자 도저히 다 감당할 수가 없었다.

곤란한 상황이 개선될뿐더러 임무량 과다였던 퍼펫 타라텍트들의 행동 범위에 자유가 생겨난다.

전차형 기계병을 포티머스의 기계병에게 떠넘기는 단지 한 수만 갖고 한 번에 세 가지 효과를 발휘했다.

우수하고 게으른 자는 지휘관으로 쓰라 했던가. 참으로 잘 들어맞는 말이다.

퍼펫 타라텍트의 리더 역할을 맡은 개체는 우수한 지휘관에게 필요한 재능을 갖고 있었다.

아니지, 저 소녀들은 현장에서 바삐 돌아다니는 와중에 계책을 세웠으니까 게으름뱅이라고 말하면 실례인가.

어쨌든 간에 총지휘관으로 있는 내가 장식품이나 마찬가지인 만큼 현장 지휘관이 우수하여 다행스러울 따름이었다.

세계의 위기라는 지금 국면에서는 장래에 적이 될 우리에게도 적의를 드러내지 않는다.

가능하면 포티머스의 기계병도 그리하였다면 좋았으련만.

지금 상황에서는 아예 여유가 사라졌기에 포티머스의 기계병들에게 딴마음이 있었는가는 영원히 모를 일이다.

그럼에도 한없이 흑색에 가까운 회색이라고 볼 만한 지점에 있었던가.

다만 그렇다 해도 저것들의 포신이 이쪽을 향하지 않는 한 마음껏 제 힘을 발휘해주기를 바란다.

앞서 예상했던 대로 포티머스가 데려온 기계병은 적 전차형 기계병의 성능을 웃돌았다.

별 어려움도 없이 손쉽게, 그 정도는 아닐지언정 일대일의 대결에서는 포티머스의 기계병이 승리를 거두고 있다.

일대일로도 승리를 거둘 수 있거늘 포티머스의 기계병들은 적 전차형 기계병에게 다수로 맞서 싸웠다.

합계 2천의 기계병이 밀집해 있으므로 어지간해서는 격파당하지 않으리라.

그러나 그럼에도 파괴당하는 기체는 나왔다.

성능은 웃돈다 해도 양쪽 다 근간은 포티머스가 설계한 병기.

구식일지언정 그 남자가 설계한 병기가 절대 만만할 리 없음이다.

분하게도 포티머스라는 남자는 우수했다.

그 부분은 인정할 수밖에 없다.

그리고 또 하나.

그 남자는 구제 불능의 쓰레기였다.

터무니없이 우수하고 비할 데 없이 쓰레기이기에 비로소 그 남자는 그 남자로서 존재할 수 있는 것이다.

그렇기에, 암, 그래서이리라.

저 광경을 보고 내가 마음이 동요하기에 앞서 납득하고 만 까닭은.

"쓰레기 놈."

그럼에도 입 밖으로 나오는 말을 억누르기는 불가능했다.

옆쪽에 내 수행원으로 함께 있었던 신관이 흠칫하는 표정을 짓는다.

분명 지금의 내 표정은 차마 보아줄 만한 꼴이 아닐 터이다.

언제나 온화하게 미소를 머금고자 주의를 기울이기 때문에 착각하는 사람이 종종 있다만, 날 때부터 나는 곧잘 화를 터뜨리는 성질이었다.

다만 표정에 드러내지 않을 뿐.

지금은 표정을 꾸밀 심정도 아니었다만.

"포티머스, 네놈은 여전히 변함없이 목숨을 가지고 노는구나."

본인에게 들릴 리도 없거늘 그럼에도 입이 멈추지 않는다.

파괴된 포티머스의 기계병.

그 잔해에 섞여 보이는 진득진득하게 굼틀거리는 무언가.

기계의 잔해 내부에 있기에는 이질적인 부위.

그것의 사람의 뇌로 보였다.

저 기계병은 AI를 대신하여 사람의 뇌를 사용하고 있었다.

뇌 하나만 사용하고 있다.

뇌의 주인에게 의사가 있는가 분명하지는 않았다.

오직 기계병을 조종하기 위한 장치가 되어, 인간다운 의사를 이미 잃어버렸을 수도 있겠다.

그러나, 그럼에도 저 기계병이 자연의 섭리에 반한 꺼림칙한 존재라는 사실은 변함없었다.

그토록 꺼림칙스러운 존재를 아무렇지도 않게 만들어 낸다.

포티머스는 그런 남자였다.

제 목적을 위해서라면 윤리든 뭐든 아무렇지도 않게 내버린다.

제 목적을 위해서라면 아무렇지도 않게 타인을 짓밟는다.

포티머스의 기계병으로부터 시선을 돌렸다.

그 남자에게 이용당한 가엾은 존재를 더 이상 똑바로 바라보기가 괴로웠다.

한데 시선을 돌린 곳, 기계병에게 유린당하고 있는 기사들을 목격하고 나는 스스로를 비웃었다.

기사들을 사지로 몰아세운 나는 포티머스와 무엇이 다르다는 말인가.

놈이 악인이라면 나 또한 악인일지니.

나 또한 목숨을 가지고 노는 악인에 불과할지니.

그러나, 그렇다 해도 더더욱, 나는 잘못 내디딘 그 길을 기어코 나아가야만 한다.

나의 맹세가 놓여 있는 길.

악인으로 전락했을지언정 끝내 걸음을 멈춰서는 안 된다.

변명의 여지조차 없다.

마음속으로 아무리 사죄한들 직접 입 밖에 꺼내 놓는 행위는 용납되지 않는다.

사죄를 입에 담을 자격이 내게는 없다.

다만 악인일지라도 인족을 지키겠다는 하나의 신념만큼은 관철하도록 하자.

11 UFO 잠입 미션

"있지, 있잖아. 포티머스 군~. 멋지게 뚫어 놓은 구멍에서 뭔가 나오지는 않아? 응응, 불꽃을 뿜어낸다든가. 단 마법은 엉덩이로 나옵니다! 푸흡!"

악당이다.

악당이 여기에 있다.

정작 원인을 만든 내가 할 말은 아니지만 말이야~.

현재 우리는 힘차게 전투 중.

그런데도 이렇게 여유로웠다.

로봇 무더기를 상대로 무쌍 중이랍니다.

평범한 로봇이 상대여서는 너무 여유로워서 하품이 나올 정도인걸.

그러니까 싸우면서도 마왕이 포티머스를 마구 도발하고 있고.

도발하면서 자기가 한 말로 자기가 웃음 뻥 터뜨리니까 더욱 얄밉다.

안~ 나오거든. 엉덩이에서 마법은 안~ 나오거든.

앗, 아니다. 열심히 하면 나오지 않을까?

어라라? 근데 우리가 기본은 거미니까 엉덩이로 실 뽑아내는 처지에 저런 말 하면 부메랑 아닌가?

불현듯 무시무시한 사실을 깨닫고 말았기에 그냥 잠자코 있어야 겠다.

제 무덤 구멍을 판다는 말을 이럴 때 쓰는구나. 엉덩이 구멍이지만.

들썩들썩 제멋대로 기분을 내는 마왕은 혼자 신바람 나서 로봇을 마구 때려 부쉈다.

반면에 포티머스는 놀림받으면서도 말 한 마디 않는다.

마왕이 뭐라고 하든 완벽하게 무시하고 묵묵히 로봇을 상대하고 있었다.

저번에 한판 붙었을 때처럼 손을 총으로 변형시켜서 싸울 줄 알았는데, 평범하게 손에 총을 쥐고 사격하는 모습이었다.

투박한 총 한 자루를 두 손으로 잡아 로봇을 향해 방아쇠를 당긴다.

발사된 광탄이 로봇을 한꺼번에 몇 대씩 분쇄.

로봇이 쏘는 광탄이랑 위력이 달랐다.

까딱하면 전차의 주포와 비슷한 수준의 위력을 발휘하는 게 아닐까?

확실히 전차의 주포가 훨씬 더 투박하고 큼직하긴 하지만 기술 발전 덕분에 소형화에 성공이라도 한 모양이다.

무서워라, 무서워라.

그건 그렇고 저 무서운 총을 보고도 정면으로 시비 거는 마왕님도 진짜 장난 아니십니다.

저 두 사람 사이에 끼어서 나도 물론 로봇 상대로 분투 중이랍니다.

마법을 휙 날린다거나 사안을 콱 뜬다거나 대낮에 실을 묶어서 사슬낫을 만들어 갖고 논다거나.

앗, 아뇨, 놀지 않습니닷. 절대로 놀고 있지 않습니다요.

응응, 로봇이랑 제대로 진지하게 싸우고 있답니다.

근데 부수고 또 부숴도 자꾸자꾸 추가 로봇이 나타나는걸.

잠깐 이래저래 경험도 쌓을 겸 새로운 시도를 해도 괜찮지 않을까?

참고로 실 묶음 사슬낫은 제법 쓸 만했다.

실부림 덕에 자유자재로 조종할 수 있으니까.

대낫이 로봇을 싹둑싹둑 베어 가른다.

본래의 사슬낫이랑 뭔가 좀 다르기는 해도 근, 중거리 공격 수단으로서는 꽤 유용하겠다.

원거리에서는 마법과 사안.

중거리에서는 실.

근거리에서는 대낫.

후후후. 제법 빈틈없이 괜찮은 포진이 아니신가.

내게는 인간형과 거미형까지 두 개의 두뇌가 있어서 심지어는 저 것들을 동시에 구사할 수도 있었다.

사실 본래는 병렬 의사를 써서 더욱 적극적으로 다중 전개도 가능할 텐데, 지금은 병렬 의사 스킬을 오프로 돌려놨기 때문에 그 방법은 못 쓰는 상태였다.

온으로 설정했다가 또 폭주를 일으키면 감당이 안 된다.

이것만큼은 어쩔 수 없지, 뭐.

그나저나 돌이켜보면 나도 참 많이 강해졌어.

옛날에는 공격에 맞는다, 이퀄 사망이라는 빈약 체질이었던 녀석이 지금 와서는 원거리랑 근거리 전투 양쪽을 다 수행할 수 있는 올라운더.

이제 나를 당해 낼 존재는 몇몇밖에 없도다!

그 몇몇의 필두가 옆에 있지만 말이야.

그 필두, 즉 마왕이 실컷 웃어재끼면서 로봇을 파괴한다.

마왕의 전법은 참고가 된다.

왜냐하면 마왕도 물론 원거리, 근거리 전투 양쪽을 다 해내는 올라운더니까.

멀리 떨어진 곳에는 마법을 날리고, 중거리에서는 실로 공격. 그리고 마법과 실을 돌파해서 접근하는 강자에게는 폭식이 기다리고 있다.

파고들 틈이 없는 훌륭한 포진이어라.

마지막의 폭식이 진짜 치사하다.

광탄이든 로봇의 본체든 전부 다 꿀꺽 먹어 치우는걸.

게다가 발동이란 게 단지 입을 벌렸다가 다물면 그냥 끝.

한 번만 뻐끔하면 포식이 완료되니까 과연 치트스러운 7대 죄악 계열의 스킬이겠다.

누가 봐도 마왕의 입에 들어가지도 않을 거대한 금속 덩어리로 된 로봇인데, 마왕이 입을 벌렸다가 다물면 우물우물 먹혀서 아무 흔적도 없이 사라져버린다.

아마도 공간에 간섭하는 작용이 이루어지는 게 아니려나~.

마왕의 마법 공격과 실을 돌파해서 간신히 접근전으로 끌고 가려고 한 순간에 깨닫는다. 사실은 제일 위험했던 게 접근전이었습니다? 상대에게는 절망밖에 안 남을 거야.

그렇잖아, 마왕이 입 벌렸다가 다물면 위장 속에 들어가 있는걸.

뭘 어떡하라는 거야.

이래서는 근접 전투의 달인이 출동해도 답이 없겠다.

아니지, 애당초 마왕이 바로 근접 전투의 달인이잖아.

당할 방법이 없다고.

그러면 접근하지 말고 원거리에서 공격해야겠다는 생각이 들겠지?

원거리에서 공격해 봤자 입 벌렸다가 다물면 위장 속이랍니다.

진짜 방법이 아~무것도 없어요.

너무 치트스럽지 않나요?

내가 갖고 있는 동격의 치트 스킬은 아무리 봐도 동격으로 안 보이는데?

오만, 전투에는 일절 효과가 없는 성장 치트.

인내, HP가 바닥나도 MP로 보충해주는 방어계 치트.

나태, 상대가 받는 온갖 대미지를 증폭시키는 공격계 치트.

구휼, 아군을 자동 회복해주는 지원계 치트.

으음. 역시 아무리 생각해도 폭식이 제일 야비하구나!

오만은 지금껏 겪은 내 전격 성장을 떠올려보면 확실히 동등하거나 더하다고 말할 수 있는 치트 성능을 발휘했지만, 그 밖에 다른 녀석들은 미묘하잖아.

아니, 물론 다들 도움을 많이 받기는 했거든?

인내가 없었다면 이미 죽을 상황도 있었고, 나태가 없었다면 아라바한테 못 이겼을 테고.

구휼 덕분에 아까 전에도 안 죽고 버텨서 살아남았고.

뭐, 아까 살아남았던 건 엄밀하게 말하면 구휼 덕분이 아니라 구휼의 덤으로 획득한 기적 마법 덕분이지만 말이야.

요컨대 구휼이 직접 작용한 결과는 아니라는 거지.

오만은 직접 전투에 영향이 없고, 인내는 불사를 확보한 탓에 지금은 살짝 필요 없는 분위기고, 나태는 상대가 기계라서 HP라든가 애초에 있지도 않아서 이번에는 도통 쓸모가 없구나.

어라?

내 치트 스킬이 별로 치트스럽지 않다?

그, 그렇지 않은걸.

그, 그럴 리 없는걸.

아니라면 아닌 줄 알아!

없는 셈치고 넘어가자고!

전부 다 마왕의 폭식이 잘못한 거다!

폭식이 너무 편리한 게 잘못된 거야!

뭐냐고, 온갖 물질과 현상을 다 먹어서 에너지로 흡수하는 게 어디 있어.

상대의 공격도 다 먹어 치우고, 상대의 방어도 아예 없었다는 듯이 먹어 치우고, 게다가 발동은 한순간.

공방 일체에 SP 회복 보너스.

너무 치트스럽잖아.

뭔 수로 저 괴물을 쓰러뜨리라는 거야.

뒤에서 몰래 기습하는 수밖에 방법이 없지 않을까?

그래 봤자 상당히~ 무리라는 느낌이 드네.

응. 저 마왕을 빈틈 찔러서 죽인다는 게 무리 아닐까?

포티머스는 대체 어떻게 해치우겠다는 작정일까?

묵묵히 로봇을 쏘는 포티머스를 힐끔 돌아본다.

대놓고 큰소리 뻥뻥 친 만큼 마왕을 죽일 수단도 뭔가 갖고 있겠지?

으음.

어떡한담.

마왕이 쉽게 빈틈을 보여준다는 생각은 안 들지만, 만약 포티머스가 마왕을 말살하겠다고 나서면 나는 어떻게 대응해야 될까?

마왕이라는 존재는 늘 내 머릿속에 고민을 안겨다 준다.

어쨌든 거슬러 올라가면 마더랑 악연을 쌓은 이후로 쭉 이래저래 얽힌 적이잖아.

아무리 발버둥 쳐도 승산이 없는 존재, 그게 마왕이다.

승산이 없기 때문에 줄곧 도망쳐 다녀야 했고, 도망치면서도 대항에 나선 결과가 지금의 휴전 상태.

마왕에게 나를 죽일 수 없는 녀석으로 착각하게 만들고, 실제로 어지간한 피해를 받아 봤자 죽지 않는 체제를 만들어 냈다.

그렇게까지 해서 간신히 휴전.

그게 마왕이다.

나로서는 당할 도리가 없는 눈엣가시.

그런데 혹시 마왕을 죽일 수 있다면?

……어떡한담?

솔직히 어떻게 하면 될까 모르겠다.

휴전하기 전이었다면 아마도 망설이지 않고 죽이는 방향으로 움직였을 텐데.

그래도 휴전하고 어느덧 2년인가.

함께 행동하면서 마왕의 사람됨을 대강 파악할 수 있었다.

내가 느낀 바, 마왕은 감탄스러울 만큼 착한 녀석이다.

뭐랄까, 그게 있잖아, 나 같은 녀석보다는 훨씬 더 구휼 스킬이 잘 어울릴 만큼 아예 성인이라고!

도대체 왜 이런 녀석이 마왕 자리에 있는 걸까? 막 궁금해지는 수준.

너무 착해 빠져서 흡혈 양이라든가 엄청 막 따르잖아.

솔직히 말하자면 이제 다 부질없다는 기분이 드는 지경이야.

내가 마왕이랑 적대했던 이유는 마왕의 권속, 즉 마더랑 내가 적대했기 때문이었거든.

정작 마더는 이미 죽었고, 이제 와서 마왕이랑 내가 적대해 봤자 별 의미가 없네.

목숨을 위협하는 존재로 꼽자면 그 의미에서는 분명 위협적이지만, 지금의 나는 마왕이 마음먹고 손써도 쉽사리 죽일 수 없었다.

마더랑 적대했던 당시는 그야말로 오직 살아남고자 필사적이었지만, 더 이상 단지 살아남기 위해서라면 필요 이상으로 벌벌 떨 필요도 없고 방법은 많았다.

그러니까 이제 억지로 적대하지 않다고 괜찮을 텐데~ 라는 생각이 쏙 떠오른달까.

마왕은 엄청 착해 빠졌고.

과거의 앙금을 흘려보낼 수만 있다면 좋은 관계를 맺어서 사이좋아질 것 같기도 하다.

다만 그 부분이 최대의 난관이라는 생각도 들어.

응, 마왕은 자기 식구를 되게 아끼잖아.

유적에서 위기에 빠진 사엘을 구했을 때도 보고 느꼈는데, 마왕은 자기 식구를 몹시 소중하게 아낀다.

그런데 내가 마왕의 식구, 마더를 냅다 죽여버린 범인이네요?

이래서야 마왕이 나를 볼 때마다 원통한 마음이 절로 솟아나지 않겠냐고.

내가 괜찮아도 마왕의 입장에서는 좀 그렇지?

못 죽이니까 하는 수 없이 휴전을 맺었지만, 역시 죽일 수 있다면 죽이겠다는 것이 본심 아닐까?

그리고 지금 현재 포티머스의 어그로가 나에게 쏠려 있으니까 마왕보다는 이쪽으로 먼저 창끝을 돌릴 가능성이 크다는 말씀.

포티머스의 수수께끼 결계가 발동해도 내 불사 기능들이 과연 제대로 작동할까 모르는 일인데.

그때 만약 마왕이 포티머스의 손을 거들면?

핫핫하.

큰일 났다…….

진짜 큰일 났다고.

죽는다, 죽어버린다. 어쩌면, 혹시.

내 불사신의 비밀은 불사 스킬과 알 부활.

불사 스킬은 이름 그대로 죽지 않는 스킬.

이 스킬 덕분에 나는 몸이 아예 산산조각이 나도 죽지 않는다.

뭐, 죽지 않을 뿐이고 그 후 HP 자동 회복으로 수복될 때까지 의식 불명 상태에 빠지지만 말이야.

만약 HP 자동 회복이 없다면 그대로 영원토록 의식 불명이니까 어떤 의미로는 죽음보다 무시무시한 상태가 되는 결함 스킬이다.

게다가 이름은 기껏 불사라고 붙여 놓고 몇 가지 샛길이 있어서 죽기도 하고.

그런 의미로도 결함 스킬.

드러난 결함을 보충하기 위해 개발한 것이 알 부활이다.

산란 스킬로 알을 낳아서, 내가 죽는 순간 그 알에 혼을 이식하는 유사 전생.

이쪽은 산란 스킬로 낳는 새끼가 열화된 나 자신의 클론 비슷한 존재이기에 가능한 편법이었다.

그에 더하여 나는 병렬 의사를 써서 혼에 개입함으로써 이런저런 수작을 부린 적도 있었다.

구체적으로 말하면 마더의 혼에 병렬 의사를 파견해서 공격을 펼친다거나 하는 식으로.

스킬이란 혼의 힘.

그리고 그 스킬, 권속 지배를 써서 나를 지배하려고 했던 마더.

나는 스킬의 연결을 역이용해서 결국 마더의 혼을 침식하는 데 성공했다.

혼에 관한 노하우가 있는 덕분에 나는 비로소 자신의 혼을 다른 육체로 옮겨 담는다는 억지 작업을 실제로 이루어 냈다.

스킬 중 혼 부활은 아예 없는 만큼 이것은 완전히 시스템의 범위 바깥으로 벗어난 기능일 거야.

따라서 실행한 나 자신마저도 모르는 부분이 많다.

예를 들어 포티머스의 수수께끼 결계 안쪽에서도 과연 작동을 할 것인가.

시도하고 싶은 마음도 없지만, 만약 포티머스의 수수께끼 결계 안쪽에서 알 부활이 불가능할 경우 나는 죽는다.

포티머스 하나가 상대라면 승산은 있다.

저번에 치른 전투를 반성하면서 나는 이렇듯 대낫을 준비했다.

스킬의 거의 전부 다 못쓰게 되는 포티머스의 수수께끼 결계에 대항하려면 본연의 육체 능력을 살려서 근접 전투를 치르는 것이 효과적.

그다음은 유일하게 효과를 발휘했던 왜곡의 사안.

왜곡의 사안은 저번에 이미 포티머스에게 써서 보여주고 말았다.

대책을 강구해서 나타날 가능성이 높다.

나라면 꼭 그렇게 한다.

그렇다면 남은 대항 수단은 대낫을 휘두르는 접근전.

대낫은 내 예상을 좋은 의미로 배신하고 한층 더 강력해졌다.

그리고 같은 원리로 짐작되는 결계가 펼쳐져 있는 전차를 저항감 없이 토막토막 냈던 사실을 떠올려보면 결계 안에서도 충분한 위력을 발휘해줄 것이다.

이 같은 사실을 포티머스는 알지 못한다. 알더라도 이 짧은 시간에 뭔가 대책을 강구하기는 불가능할 거야.

즉 포티머스에게 대항할 수단은 잘 갖춰졌다는 의미.

포티머스도 나에게 대항하기 위해 저번이랑 다른 무기 따위를 뭔가 준비해서 나타났을 수도 있겠지만, 그렇다 해도 계산기를 두드려보면 내가 더 유리하다, 유리하면 좋겠다~.

솔직히 직접 맞붙지 않는 한 모르니까.

희망적 관측이 적지 않다고 부정은 못 하겠지만, 승산은 있다는 것이 내 예상이다.

그런데 마왕이 불쑥 참전한다면 어떻게 될까?

즉시 승산이 사라진다.

포티머스 한 명만 상대해도 버거울 텐데 추가로 마왕의 상대는 아예 어림도 없을걸.

봉인해 놓은 병렬 의사를 해방한다고 쳐도 대책이 없다.

얼라리~?

분명히 얼렁뚱땅 로봇 청소를 하고 있었을 텐데 왜 갑자기 벼랑 끝으로 몰린 사람처럼 위기감이 솟아오르는 걸까?

어떡하지, 어떡한담, 어떻게 할까?

A, 일단 빈틈을 안 내보이도록 조심할 수밖에.

응응.

포티머스도 빈틈을 발견했을 때 죽이겠다고 말했다 뿐이지, 거꾸로 보면 빈틈을 못 보면 죽이려고 들지도 않겠다는 뜻이 되잖아.

내 정신 건강을 위해 그렇다 치고 넘어가자.

일단 알 부활이 수수께끼 결계 안쪽에서도 잘 먹히기를 기원해야겠지.

내 소원을 들어준다면 어딘가의 사신님을 믿고 떠받을 수도 있겠다.

아아~ 기분 탓일까, 위장 주변이 쿡쿡 쑤시는구나.

이 울분은 로봇을 상대하면서 풀 수밖에!

포티머스의 동향을 신경 쓰면서 로봇 청소를 속행했다.

그나저나 요 로봇 녀석들, 뭐 이리 많아!

부숴도 부숴도 자꾸자꾸 또 튀어나오네.

얼마나 쌓아 놓은 거냐고.

뭐, 이 UFO의 특성상 당연하다면 당연한 건가.

이 UFO는 하늘을 나는 기지.

UFO 자체에는 썩 대단한 무장이 탑재되지 않았다.

내가 아까 부수고 온 주포가 고작일 거다.

UFO의 역할은 공격이 아닌 군대를 운송하는 것.

그렇다, 전차와 전투기 등등 병기를 수납하여 나르는 역할을 수행한다.

그러니까 지상에 전개된 로봇들의 예비 전력이 UFO 안에 수납되어 있다.

예비라고는 해도 얼마나 많은 숫자가 수납되어 있느냐는 미지수.

지상에 전개돼 있는 숫자보다 적다고 믿고 싶지만, 거의 비슷한 만큼 수납되어 있을 가능성도 없지는 않다.

전투기가 제어 문제 때문에 전 기체가 투입되지 않았던 것을 떠올려보면 혹시 지상에 전개된 숫자보다 많을지도?

아무러면 그럴 리가. 응, 아니어야지.

정말 아니겠지?

전혀 동날 낌새가 없는 로봇을 상대하다 보니까 살짝 불안해졌다.

뭐, 로봇 정도야 아무리 수가 많아도 어떻게든 되겠지만 말이야.

태평하게 여유를 부리자마자 로봇의 뒤쪽에서 다가드는 전차를 목격.

와아~. 로봇 따위는 별문제 아니라고 자신한 순간 딱 강한 녀석을 투입하다니, 타이밍이 너무 좋은걸~.

자네, 좋은 연출가가 되겠군!

쓸데없이 바보 같은 감상을 늘어놓는 동안에 전차의 주포에서 광탄이 발사됐다.

목표는 마왕.

꿀꺽, 하는 효과음이 들리는 듯한 느낌으로 광탄이 마왕의 입속으로 사라져버렸다.

잡식, 이보다 더할 수가 없소이다.

마왕이 근처에 있는 로봇을 확 낚아채서 전차를 향해 전력투구.

휙휙 날아간 로봇과 전차가 충돌해서 양쪽 다 고철 덩어리가 됐다.

뭐랄까, 끔찍한 교통사고를 당한 자동차처럼 와장창 짜부라진 전차에 로봇의 잔해가 착 달라붙었네.

도무지 말도 안 되는 합체 사고와 맞닥뜨리고 말았다.

웅. 로봇이 아무리 튀어나온들 상대도 안 되는 것이 맞기는 한데, 설마 전차마저도 상대가 안 될 줄은.

마왕만 함께한다면 아무것도 무섭지 않아!

얼마든지 덤벼라!

넷, 플래그 잘 받았습니다! 요렇게 대답하는 듯 전차가 다수 출현.

……자네들 정말 타이밍 재서 나오는 거 아닌가?

웅? 웅?

아아~ 진짜~. 귀찮아라.

그나마 마물이라면 용서가 될 텐데.

마물은 해치우면 경험치가 들어오는 데다가 시체는 먹을 수도 있잖아.

그런데 기계에다가 무생물인 로봇을 아무리 쓰러뜨려 봤자 경험 치가 쌓이지도 않고 부숴도 금속이니까 못 먹는다고.

아무리 내가 악식 칭호를 갖고 있어도 금속은 차마 도저히……

철분 좀 풍부하다는 수준이 아닌걸요~.

마왕은 폭식의 효과도 있는 덕분에 아무렇지도 않게 먹어버리지 만, 쟤는 예외 중의 예외란 말이야.

그렇다, 이 전투에는 소득이 없었다.

승리하지 못하면 세계가 위태로워지니까 무슨 일이 있어도 패배 하면 안 되는 싸움이기는 하지만, 달리 말하자면 무보수 노동이라 는 거지.

무보수. 단박에 의욕이 푹푹 깎여 나간다.

마왕 혼자서도 대충 처리할 수 있을 테니까 내가 같이 다니는 의 미도 더는 없지 않을까?

봐봐, 내 임무는 UFO의 주포를 날려버리면서 침입 경로를 확보 한 시점에서 이미 다 끝난 거잖아.

대체 왜 내 목숨을 노리고 있는 녀석이랑 같이 붙어 다니면서 싸 워야 될까?

진짜 정말로 어쩌다가 이렇게 됐담?

전부 다 모조리 다 UFO가 잘못한 거다!

내 짜증에 호응하려는 듯이 손에 쥔 대낫의 불길하고 꺼림칙스러 운 기운이 짙어졌다.

그뿐 아니라 눈에 보이는 형태로 하얀 도신에서 거뭇한 아지랑이 비슷한 것이 새어 나온다.

어라. 이게 뭘까?

뭔지 잘 모르겠지만, 뭔가 안 좋은 기운 같다는 느낌이 든다.

곧바로 검은 아지랑이를 떨쳐 내기 위해서 대낫을 휘둘렀다.

그러자 검은 아지랑이가 대낫에서 떨어져 나갔다.

떨어지기는 했는데 그 결과로 내가 상상하지 못한 현상이 일어났다.

휙 떨어져 나간 검은 아지랑이가 확산되더니 주위에 있던 로봇이며 더 안쪽에 있는 전차를 전부 다 쓸어버렸다.

"⋯⋯."

침묵.

나뿐 아니라 마왕과 포티머스도 말을 잃어버렸다.

로봇은 그나마 이해가 된다.

로봇에는 수수께끼 결계가 없는 데다가 어느 정도 위력을 발휘하는 범위 마법으로도 같은 결과를 만들 수 있을 테니까.

근데 전차는 경우가 좀 다르거든.

수수께끼 결계로 방호를 펼친 전차에는 마법 종류가 먹히지 않기 때문에 물리 공격으로 대처하는 수밖에 없어서 이제껏 직접 두들겨 팼다.

그런데도 대낫에서 발산된 검은 아지랑이는 다 상관없다는 듯이 모조리 쓸어버렸다.

아무리 봐도 물리 공격이 아닌데도 불구하고.

포티머스나 적 로봇들이 쓰는 광탄도 수수께끼 결계 때문에 효과가 떨어지지는 않았던 만큼 아주 부자연스러운 현상은 아닐지도 모르겠지만, 그렇다 해도 이래서는 좀…….

왜냐하면 쓸려 나갔던 로봇이라든가 전차가 먼지로 화해버렸는걸.

이것은 부식 속성 특유의 현상.

시스템의 힘, 본래는 수수께끼 결계에 방해됐어야 하는 속성 개념의 힘이었다.

그런데도 수수께끼 결계를 냅다 뚫어버렸다는 사실.

게다가 소유자인 내가 파악하지 못한 대낫의 힘에 의해서.

마왕과 포티머스가 나를 뚫어져라 쳐다보고 있었다.

아차차.

지금 내가 동요하는 꼴을 드러냈다가는 저 둘이 보일 반응도 감당이 안 된다.

그래, 이 사태는 미리 상정했던 것.

포티머스에게 내 힘을 과시해서 섣부른 짓을 저지르지 못하도록 견제하려는 목적이 있었소이다!

그렇다 치고 넘어가자!

끝까지 침착함을 가장하면서 대낫을 원래 위치로 회수했다.

내심 심장이 쾅쾅 뛰는구려.

앗, 어째서일까. MP가 털털 깎여 나갔네.

방금 전 그게 내 MP를 빼먹었구나!

이보쇼! 이 대낫은 내가 모르는 기능이 너무 많잖소!

물론 편리하기는 편리한데!

아무리 편리해도 좀! 설명서 없이 작동하는 무기라니 무섭잖냐!

이러다 까딱 포커페이스가 무너질 만큼 충격이 되게 크거든요!

그렇게 표정근이 슬슬 한계라면서 아우성치려고 하던 때에 추가로봇이며 전차가 나타났다.

마왕이랑 포티머스의 주의가 그쪽으로 쏠린다.

나이스 타이밍!

자네들은 정말로 등장 타이밍이 끝내주는군!

"시로는 비기를 보여줬는데 내가 마냥 힘을 아끼기만 하면 안 공평하겠지?"

오싹, 피부에 소름이 돋는 감각.

바로 근처에 있던 마왕의 모습이 사라졌다.

실제로는 진짜 사라졌다는 생각이 들 만큼 빠른 속도로 움직였을 뿐이었지만, 마술이든 뭐든 정말 그럴듯해 보이는 경우와 마찬가지로 이래서는 사라진 거나 다름없었다.

심지어 내 눈으로도 마왕의 종적이 진짜 사라진 걸로 보였으니까.

소리나 충격파 등등은 뒤늦게 따라왔다.

사고 초가속 스킬 덕분에 꽤나 천천히 움직이는 인식 속에서, 그럼에도 사태는 급속도로 나아간다.

새로 나타난 로봇과 전차가 한순간에 고철 덩어리로 바뀌었다.

치트. 이상 끝.

응. 위화감은 느꼈었거든.

아무리 로봇이라든가 전차가 골치 아프기는 해도 당연하지만 마왕이 훨씬 더 세다고.

숫자가 갖춰져 있든 않든 마왕이라면 힘으로 쭉 밀고 나갈 수 있단 말이지.

그런데도 하염없이 전투가 이어졌던 이유는 마왕이 본 실력을 발휘하지 않았기 때문.

뭐, 그렇게 말하자면 나도 딱히 본 실력을 발휘하지는 않았지만.

마왕도 나도 둘 다 포티머스를 경계한다고 언제나 여력을 남겨 놓았기 때문이다.

포티머스가 이상한 짓을 해도 언제든 대처할 수 있도록 태세를 갖춰야 했던 것이 원인.

이 긴급한 때에 분위기가 이래도 되나 싶기는 한데 별수 없잖아!

별수 없다지만 물론 좋지도 않았다.

이대로 질질 시간을 끌어 봤자 사태가 해결되지는 않으니까.

공략이 늦어질수록 그만큼 UFO가 폭탄을 떨어뜨릴 확률도 높아지는 셈.

UFO가 폭탄을 떨어뜨리는 조건이 아직껏 불명확하니까 뭐라고 말은 못 하겠는데, 시간을 잔뜩 들이기보다는 단기간에 결판을 내는 게 당연히 훨씬 좋지 않겠어?

그러니까 내가 본 실력을 보여준 것을 계기로 마왕도 좋다, 제대로 한판 해볼까, 하고 포티머스에게 기울이던 경계심을 전부 홱 내던지면서 로봇이랑 전차를 섬멸했다는 거지.

실제로 나는 대낮이 폭주했을 뿐 비기를 공개한 것은 아니지만 말이야.

뭐, 포티머스도 얌전하게 관전하고 있었으니까 결과만 보면 전부 오케이?

애당초 마왕이 진심 모드로 뛰어다니면 뭔 짓을 할 틈도 없이 상대가 침몰하잖아.

경계하는 의미가 있기는 한가?

음, 으응.

뭐, 아마 그만큼 포티머스가 경계를 늦출 수 없는 상대라는 뜻일 거야!

그나저나 역시 포티머스는 데리고 다녀 봤자 백해무익밖에 안 될 텐데 살려 놓을 이유가 있나?

"추가 공격은 없는 듯하군. 가자."

내 불온한 속마음을 알아차렸는지 척척 걸어 나가는 포티머스.

타이밍을 놓치고 흥이 깨져서 나는 말없이 저 녀석의 뒤를 따라 걸었다.

단장 흑룡의 우주 전투

아무것도 없는 우주 공간을 나아가다가 어느 지점을 경계로 하여 이제껏 유지됐던 마술적 연결이 희미해졌음을 감지했다.

나와 시스템을 연결해주는 마술.

연결 자체는 끊어지지 않았을지언정 거리가 이쯤 벌어지면 시스템에 간섭할 수 없다는 사실을 경험으로 알고 있었다.

이다음의 앞길은 시스템에 의존하지 않고 나 자신의 힘으로 감당해야 했다.

물론 시스템의 힘을 빌려 싸웠던 적은 아예 있지도 않았기에 별달리 달라지는 것도 없다.

외부의 보조가 없다 하여도 문제 되지 않는다.

진정한 용인 나에게 인간의 손으로 만들어 낸 병기 따위는 적수가 되지 못하니까.

다만 어디까지나 나 자신의 안위만 돌봤을 경우에 그러하다.

다른 데 미칠 피해를 감안한다면 난이도가 크게 달라진다.

나 자신은 일단 인간이 만든 병기에 죽을 우려가 없다.

제아무리 뛰어난 병기일지라도 신의 위치에 있는 진정한 용을 쓰러뜨리기는 불가능했다.

그 사실을 인간들이 제대로 이해했다면 이번 소동 또한 일어나지 않았겠지만, 이제 와서 푸념한들 무슨 소용이겠는가.

설령 제대로 인식했을지라도 과거의 인간들이 병기 개발에 착수하지 않았을 리가 만무하다.

앎과 깨달음은 서로 다르다.

어떤 사실을 알지라도 거기에 실감이 동반되지 않으면 진정한 깨달음이라고 말하기는 어렵다.

아울러 깨달았을지라도 납득이 가능하느냐는 부분을 살펴보자면 또 다른 문제가 튀어나온다.

실로 곤란스럽다.

인간은 가능, 불가능으로 판단하지 않고 욕구와 체념으로 결론을 내린다.

자신의 욕망, 숭고한 의지, 타인을 아낄 줄 아는 이타심.

이유는 다를지언정 마지막 순간 인간을 움직이는 근원적인 의사는 저것들이었다.

하고 싶은가, 그렇지 않은가. 근본을 파고들어 살폈을 때 나오는 것은 결국 극히 단순한 이유.

저마다 나아가는 방향이 서로 다를 뿐 근원은 모두가 마찬가지이다.

방향이 다르다는 것이 바로 문제이다만.

방향이 다르기에 인간은 동족끼리 맞서 싸운다.

자신의 뜻을 우선하기 위하여 맞부딪친다.

그리고 타협을 맺지 못하면 이윽고 분쟁으로 발전하게 된다.

언쟁, 폭력, 무력.

그들은 제가 원하는 바를 이루기 위해, 제 뜻을 관철하기 위해 방해되는 대상을 배제하려고 든다.

즉 지금 내가 파괴하고자 나서는 대상도 역시 모종의 의사가 담겨 있을 터이다.

설령 이미 의미가 없는 과거의 의사일지라도.

거기에 어떠한 의사가 깃들어 어려 있었던가, 정확한 사정을 알 도리는 없다.

물론 과거시를 동원한다면 당시의 상황을 들여다볼 수는 있으리라.

하지만 그리해 봤자 과거에 발생했었던 기록을 읽어 들이는 것이 한계일 뿐 거기에 관련된 사람들의 의사까지 헤아릴 수는 없다.

D처럼 나보다 상위에 있는 신이라면 혹시 사라져 잊힌 내면마저도 훤히 들여다볼 수 있으련만 내게는 불가능했다.

신에게도 가능한 일과 불가능한 일이 분명히 있다.

다만 그렇다 해도 짐작은 할 수 있겠다.

저러한 병기를 만들어 냈던 사람들은 아마도 궁지에 몰려 있었다.

건조했다는 사실을 알고 포티머스가 기막혀할 만큼 비용 대 효과를 고려하지 않은, 고려는커녕 실제로 운용했다가는 자신들의 목을 조르게 되는 얼토당토않은 병기를 제작하기에 이르도록.

몰랐을 리가 없지 않은가.

실제로 개발한 병기를 가동했을 때 어떻게 되는지를.

GMA 폭탄은 폭발하면 대륙을 날려버릴 것이고, G메테오는 자칫하면 별 자체를 파괴할 수도 있었다.

그런 병기를 가동하면 어찌 되는가, 조금이라도 이성이 작동하는 인간이라면 예상할 수 있을 터인데.

그럼에도 만들 수밖에 없는 상황이었다.

어설픈 수단으로는 당할 수 없는 상대와 싸웠으니까.

그러하였다. 그들의 상대는 나와 같은 종족, 즉 용이었다.

병기를 만들어 낸 인간들은 한 가닥 희망을 맡겼으리라.

하지만 양심의 가책 때문인가, 그것이 아니라면 단순이 개발 시기가 늦어졌기 때문인가. 어느 쪽인지는 알 수 없으나 저러한 병기들은 세상에 나오지 못한 채 땅속 깊이 파묻혔다.

당시의 상황을 돌아보면 다행스러운 일이었다.

파묻혀 있던 병기가 실제 사용됐다면 한층 더한 혼란이 기다리고 있었음은 분명한 사실이니까.

그러나 그 뒷수습을 현대에 이르러서 감당하게 된 것은 중대한 사태였다.

당시였다면 나를 제외하고도 대처 가능한 신이 있었다.

그러나 지금은 오직 나뿐이다.

바로 그 때문에 포티머스의 제안을 받아들일 수밖에 없었다.

이미 우주로 날아오른 G메테오는 나더러 처리하라는 제안을…….

실제로 달리 방법이 없음은 잘 알았다.

나를 제외하면 우주 공간에서 전투가 가능한 인물이 없었으니까.

포티머스라면 혹시 그러한 우주 전투용 병기도 숨겨 놓았을 가능성이 있다만, 그 남자가 비장의 무기를 순순히 꺼내 놓을 리 없지 않겠는가.

이번 기회에 어찌해서든 나를 멀리 보내고, 그 틈에 무언가를 획책하겠다는 속셈이리라.

옛날부터 그러하였다.

그 남자는 예상 밖의 사건이 벌어졌을 때 자신의 이익이 되도록 유도하려고 한다.

솜씨가 제법 뛰어나서 포티머스가 계획하지 않은 사건임에도 최종적으로는 이익이 되는 성과를 거두고 만다.

이번에도 역시 포티머스에게는 예상 밖의 사건일 것이 틀림없었다.

그러나 예상 밖의 사태를 이용하여 자신에게 유리한 전개로 끌고 가겠다는 의도가 훤히 들여다보였다.

뻔한 속셈에 넘어가줄 수밖에 없는 내 부족함이 한탄스럽다.

그러나 그 남자가 전부 자신의 손바닥 위에서 놀아나는 줄 알고 뻐기도록 놓아두기는 거슬리잖은가.

진로의 저편에서 목표로 했던 대상을 발견했다.

소행성을 견인하여 의도적으로 별에 낙하시키는 가공할 병기의 형체가.

떨어뜨리는 소행성의 크기에 따라 달라지겠지만, 최악의 경우 별을 붕괴시킬 수 있는 위협적인 병기였다.

그러나 위협의 규모와 달리 저것의 형체를 보면 다소 맥이 빠진다.

추진 장치가 부착된 구형의 본체에 소행성을 고정하기 위한 암을 여덟 개 달아 둔 형태.

시각에 따라서는 기괴한 모습의 생물로 보일 수도 있겠다만, 구형의 본체로 추진 불꽃을 내뿜으면서 나아가는 모습은 굳이 평하자면 우스꽝스럽게 보인다.

포티머스가 설계한 병기인 만큼 저러한 꼴에 납득되는 부분은 있었다.

그 남자는 기능미를 추구하고 외견에 고집하지 않는다.

저 맥이 빠지는 형태도 역시 오로지 기능미를 추구한 결과이리라.

그리고 오직 기능미를 추구한 병기가 겉모습처럼 어설플 리는 없다.

나의 급격한 접근을 감지하였는가, G메테오에서 광탄이 발사되었다.

우주 공간에서도 광학 병기의 위력은 감쇠되지 않는다.

오히려 진공이기에 더욱 강력한 위력을 발휘한다.

그러나 사람의 손으로 만든 병기가 내게, 신에게 통할 리는 결코 없을지니.

닥쳐드는 광탄을 피하지도 않고 요격했다.

내 결계에 막힌 광탄은 몸에 상처를 내기는커녕 심지어는 속도를 늦추지도 못한 채 사라져 없어졌다.

진정한 용인 내 결계는 시스템에 의해 스킬로 재현된 결계 따위와 비교도 되지 않는 성능을 발휘한다.

물리와 마술, 모든 공격에 대하여 효과를 튕겨 내는 비할 데 없이 뛰어난 결계.

이것이야말로 진정한 용이 다루는 결계.

포티머스는 물론이거니와 D마저도 미처 완전히 재현하지 못한 용종 고유의 능력.

D는 스킬로서 열화한 결계를, 포티머스는 단지 마술에 한정하여 방해하는 결계를 각각 개발했다만 오리지널에는 훨씬 못 미쳤다.

이렇듯 보유하고 있는 결계로 인하여 용에게 승리를 거두기란 극히 어려우니.

그야말로 별을 파괴할 만한 대재해를 일으킨다 하여도 용에게 과연 상처를 입힐 수 있느냐는 도박이 된다.

그런 짓까지 하여 고작해야 상처를 입힐 수 있는가, 없는가를 묻는 셈이다.

그토록 요란한 일을 벌여서 결계를 돌파할지라도 용을 죽이는 데이르지는 못한다.

신에 다다른 용과 인간의 차이.

그 사실을 알고 있으면서도 과거의 인간들은 인정하려고 들지 않았다.

인정하려고 들지 않았기에 결국 이러한 병기를 만들어 냈다.

한 가닥 희망이 되리라 믿고.

이제 과거의 헛된 희망을 때려 부수겠다.

G메테오는 맥없이 파괴되었다.

현대에서는 이미 의미를 잃어버린 과거의 희망이 우주의 쓰레기가 되어 흩어졌다.

그 광경을 보면서 약간이나마 서글픔을 느끼게 된다.

이러한 감정을 느낀다 함은 나 또한 지금의 시대에 있을 의미를 찾지 못하고 과거에 매달리는 존재이기 때문일까.

마치 인간 같구나.

나 또한 소망하는 바를 이루기 위해 발버둥 치고 있었다.

용답지 않게, 바로 그 때문에 나는 여기에 있다.

일찍이 이 별을 버리고 떠난 용 가운데 고작 하나, 나만이 여기에 있다.

이곳을 지킬 수밖에 없었다.

G메테오의 잔해가 떠다니는 가운데 감상을 떨쳐 버리고 귀환하고자 반전했다.

지금이라면 더 늦지 않게 돌아가서 아리엘을 구할 수 있다.

GMA 폭탄은 아직 떨어지지 않았다.

내가, 용이 눈앞에 출현함으로써 G프리트가 GMA 폭탄을 떨어뜨릴 우려는 있을 테지만, 그렇다 해도 나라면 대처가 가능했다.

아리엘과 다른 녀석들에게 맡겨 놓기보다는 훨씬 확실하게 처리할 수 있다.

포티머스가 무슨 짓을 하든 관계없으리라.

놈이 무엇을 꾸미든 간에 모조리 박살 내주마.

『훌륭하네요.』

그 순간 내 기세를 꺾어버리는 목소리.

목소리였다.

우주 공간의 한복판인데도 당연하다는 듯이 내 귓가에 목소리가 들리고 있다.

목소리의 출처는 내 얼굴의 바로 옆쪽, 거기에 떠 있는 얄팍한 기계였다.

내가, 나조차도 기계의 출현을 전혀 알아차리지 못했다.

즉 이 기계를 보낸 소유자와 내 사이에 그만큼 큰 힘의 차이가 존재한다는 의미.

그리고 이 타이밍에 내게 접촉할 만한 존재는 한 명밖에 없었다.

"무슨 용건이지? D."

나도 역시 상대에게 목소리를 닿게 하고자 입을 열었다.

신이라면 우주 공간에서 목소리를 내는 것쯤은 손쉬웠다.

D, 사악한 신, 죽음의 신, 마지막 신.

여러 명칭으로 불리면서 최상위에 군림하는 신의 한 축.

본래는 나 같은 하위 신이 말 붙일 만한 존재가 아니었다.

그러한 상대가 스스럼없이 말을 건넨다.

D를 신봉하는 일당에게는 바라 마지않는 기쁨일 수도 있겠다만, 내게는 단지 불길한 예감만 불러일으키는 목소리였다.

『그게 말이죠. 이번 소동에서 당신의 역할은 이제 끝났답니다. 그러니까 거기에서 지켜봐주면 돼요.』

그리고 내 불길한 예감은 빗나가지 않았다.

D가 나더러 이곳에서 가만있으라고 말하지 않았는가.

영문을 알 수 없었다.

D 또한 GMA 폭탄이 터져 무대가 망가지기를 바라지는 않을 터인데.

"어째서?"

『그래야 더 재미있을 테니까요.』

내 물음에 D는 뻔뻔스러운 대답을 늘어놓았다.

한 세계의 위기를 그래야 더 재미있을 것 같다는 얼토당토않은 이유로 방관하라고 한다.

어쩌자는 정신머리인지 이해가 되지 않는다.

그러나 저 여자는 진심으로 하는 말이다.

하고 싶은가, 아닌가. 인간은 그것으로 최종 행동을 결정한다.

그리고 이 신도 역시 그에 따르는 사고방식으로 행동할 따름이었다.

재미있는가, 아니한가. 대단히 단순한 이유를 들어.

D는 오직 본인이 느끼는 재미의 유무를 따져 판단한다.

누군가가 죽어 나가든 무엇이 파괴되든 그저 재미있다면 만족한다.

재미있다면 무슨 짓이든 한다.

그것이야말로 사악한 신, 사신(邪神)이라는 호칭으로 불리게 된 D의 본질.

그리고 내게 이렇듯 지시를 내렸다 함은 당연하게도 내가 돌아가지 않아야 더욱 재미있어진다고 내다보았기 때문.

내 손을 빌리지 않고 지상에 남아 있는 인원들끼리 사태를 해결하도록 획책한다.

그러면 D에게는 더욱 재미있어질 테니까.

그러나 내게는 전혀 조금도 재미있지 않았다.

"그러나⋯⋯."

『거기에서 가만있으면 돼요.』

반론하고자 입을 열었지만 무작정 명령이 돌아올 뿐.

말투는 비록 점잖았지만, 제 뜻에 반하는 행동을 결코 용납하지 않겠노라는 흔들림 없는 의지가 느껴졌다.

끝없이 오만한 의지.

역시 닮았군.

방향성은 다를지언정 숨기려고도 하지 않고 자기 근원적인 요구를 들이미는 꼴은 그 하얀 소녀와 왠지 모르게 비슷한 구석이 있다.

제 뜻이 있고, 제 뜻을 관철하기 위함이라면 아무렇지도 않게 남을 절멸시켜버리는 그 자세.

바로 이 때문에 나는 하얀 소녀가 신경 쓰인다.

언젠가 예삿일이 아닌 사태를 일으키는 것이 아닌가 걱정스러웠으니까.

그러나 지금은 그 소녀보다도 훨씬 위험한 존재와 한창 대화를 나누는 도중이었다.

D가 마음만 먹는다면 내가 맞이할 미래는 오직 죽음뿐이다.

"알겠다."

내게는 달리 허락된 대답이 없었다.

D의 비위를 거스르면 피해는 나 하나로 끝나지 않을 수도 있었다.

D가 마음에 들어 하는 그 하얀 소녀가 있는 한 세계 자체를 내던지는 짓은 하지 않을 테지만, 정말 저지를 만한 힘은 보유하고 있다.

그리고 D를 막아낼 만한 힘이 내게는 없었다.

언제나 나는 역부족이다.

『좋은 대답이에요.』

이미 D의 목소리를 전해주던 기계는 아무 데도 없었다.

본인이 하고 싶은 말만 다 하고 떠나버렸다.

내게 허락된 것은 이곳에서 가만히 전황을 지켜보는 일뿐.

아리엘이 죽는다 해도, 포티머스가 소리 높여서 웃음을 터뜨리게 된다 하여도.

어떠한 결말이 찾아들든 간에 아마도 D는 개입하지 않는다.

왜냐하면 그리해 봤자 재미있지 않으니까.

D는 압도적인 힘을 갖고 있기에 본인이 마음먹으면 무엇이든 실

현시킬 수 있었다.

그래서 더더욱 손을 쓰지 않고 바라보기만 한다.

설령 어떠한 결말을 맞이하더라도.

나는 어두운 우주 공간 안에서 자신의 한심함을 원망하며 손을 꽉 부르쥐었다.

제발 무사히 살아남아 다오.

12 폭탄 처리반 폭진

거대한 UFO의 내부를 포티머스가 안내하는 대로 나아간다.

마왕이 본 실력을 발휘하고 난 이후 쑥쑥 나아가고 있었다.

마왕이 제대로 마음먹으면 로봇이라든가 전차가 아무리 많이 나타나든 적수가 못 되는걸.

앗, 야생의 로봇이 나타났다!

어라, 발견한 순간 전투 종료!

요런 느낌.

눈에 보이지도 않는 속도로 마왕이 싹 처리해버리거든.

이렇게 팍팍 해치우면 포티머스가 아예 빈틈을 노리지도 못하는 거지.

빈틈을 만들기 전에 적을 다 격파하니까.

당연히 무리 아니겠습니까요.

소모? 폭식으로 우걱우걱하면 회복된단 말입죠.

뭐야, 그거. 맛있어? 그야말로 요런 상태.

정말이지 치트가 도가 지나쳐서 웃음만 나온다.

이럴 바에야 맨 처음부터 포티머스를 괜히 경계하지 말고 본 실력 발휘하라고 투덜대고 싶은 기분이랄까.

뭐, 그래도 문제없이 나아갈 수 있으니까 괜찮긴 한데.

이제 슬슬 로봇의 재고도 바닥을 드러내는 것인지 습격이 드문드문해지고 있었다.

그만큼 앞으로 더 나아가면서 목적지에 척척 다가들고 있는 중.

목적지, 폭탄이 있는 구획으로.

뭐, 정석대로 폭탄은 UFO의 중심부에 있다고 한다.

투하할 때는 중심부로 쏙 떨어뜨리고.

그런데 하나 문제가 있거든? 뭐냐, 이 UFO는 쓸데없이 큼지막하니까 거기까지 가는 길이 괜히 멀다고.

주포가 원반에서 딱 바깥 가장자리에 달려 있었으니까 가장 먼 지점에서 출발했던 것도 안 좋았어.

게다가 UFO는 애당초 병기 운반용이잖아. 내부에 들어 있던 로봇이니 전차 따위가 싹 다 방어에 나선다고 우리한테 덤벼드니까 자꾸자꾸 발을 멈춰야 한단 말이야.

상황이 물론 주포를 먼저 날려버려야 했으니까 별수 없기는 한데, 그 때문에 시간이 엄청나게 걸리고 말았다.

시간이 걸리면 걸릴수록 밖에서 싸우고 있는 녀석들이 더 힘들잖아.

휴번처럼 어지간하면 나가떨어지지 않을 녀석들이 있는 반면에 인형 거미는 실수 한 번에 휙 죽어 나갈 수도 있잖아.

사엘이라든가, 사엘이라든가, 사엘이라든가!

그리고 리엘도 괜히 한눈팔다가 죽을 것 같아.

퀸? 개는 걱정해 봤자 시간만 아깝지 않아?

마더랑 동격의 괴물이잖아?

개가 나자빠졌다면 이미 다른 녀석들 걱정해 봤자 아무 소용이 없는 수준의 대참사라고.

뭐, 인형 거미든 휴번이든 이러니저러니 해도 강력한 마물이니까 아마 괜찮을 거야. 응응.

제일 걱정되는 쪽은 교황이 데려온 인간들이지.

걱정이랄까, 그 사람들 얼마나 살아남을까~ 하는 느낌.

대체 왜 여기 오셨냐는 느낌이 엄청나잖아.

세계의 존망을 건 전투에 일반 시민이 참전한 셈이라고.

으음, 그 사람들도 물론 훌륭한 기사가 맞기는 한데.

다른 데랑 비교하면 전력 차이가 너무 눈에 띄기도 하고.

아예 빼버리자니 또 곤란한 것이 인간 장벽으로 제 몫은 해주거든.

뭐랄까, 대놓고 버리는 패로 써먹는 거지.

교황도 다 알면서 참전시켰을 테니까 각오는 이미 굳게 다지고 왔
다는 뜻이고.

이래서는 너무 불쌍하잖아. 한 사람이라도 더 많이 살아남았으면
좋겠어.

바깥쪽 전황은 어떻게 돌아가고 있으려나.

확인하고 싶어도 UFO의 외벽에 수수께끼 결계가 전개되어 있는
현재 여건에서는 나도 바깥의 낌새를 살필 방법이 없었다.

그리고 바깥 상황을 알 수 없다는 것이 초조감을 은근히 많이 불
러일으켰다.

응, 타임 리밋을 알 수 없는 게임을 플레이하는 기분이 들어.

다만 우리가 딱히 설렁설렁하는 것도 아니고 최선을 다하고 있으
니까 신경 써 봤자 괜한 짓이기는 하겠네.

이제 바깥 사정은 잊고 오로지 목표에 집중하자.

그래 봤자 나는 거의 아무 짓도 안 했고, 마왕이 전부 다 정리해

버렸지만.

내가 한 일을 꼽자면 포티머스를 감시한 정도.

정작 포티머스도 이상한 짓은 안 하고 철저하게 길 안내만 하고 있으니까 거의 아무 도움이 안 되는 것이 현재 상황이군요.

아니, 아니야. 내가 나서야 할 만큼 큰일이 안 났다는 뜻이거든~.

그냥 마왕이 연장자니까 활약할 기회를 양보한 것뿐이거든~.

절대로 내가 아무것도 못하는 무능한 녀석은 진짜 아니거든~.

멋 부릴 기회를 빼앗겼어도 하나도 안 분하거든~.

거든~ 거든~ 거든~.

어라?

뭘까, 데자뷔.

최근, 아니, 오늘 바로 이날에 혹시 똑같은 말을 했었던가?

뭐랄까, 이래서는 마치 내가 무능한 녀석 같잖아.

아, 아니라고!

나, 나는 아직껏 진짜 실력을 다 발휘하지 않았다고!

거짓말 아냐! 내가 진짜 실력을 드러내면 굉장하다고!

부, 분명히 내가 활약할 기회도 있을 거야.

있어. 응, 믿을래!

그때까지 나는 힘을 잘 아끼도록 하자.

그리고 포티머스가 수상쩍은 행동을 하지는 않나 감시해야지!

정작 포티머스는 지금까지 한눈도 안 팔고 길 안내만 하고 있구나.

이 UFO, 쓸데없이 큰 데다가 일단 군사 거점의 역할을 수행해야 하기 때문인지 통로가 이상하게 복잡하기도 했다.

통로 자체는 전차가 지나다닐 만큼 넓은데도 갈림길이 많다거나 꼬불꼬불 구부러지기도 하고 지도가 없다면 분명 길을 헤매겠다는 느낌.

제대로 된 길을 나아가고 있는 게 맞나 의심스러웠지만, 차근차근 생각해보면 포티머스는 몸이 사이보그니까 두뇌에 기억 폴더라든가 뭔 장치가 있어도 이상할 것이 없잖아.

거기에서 이 UFO의 설계도를 읽어 들이고 길을 선택하는 게 틀림없었다.

스킬에 기억이라고 따로 있기도 하잖아.

뭐, 포티머스의 기억력을 의심해 봤자 대책은 없고.

솔직히 나는 UFO의 내부 구조 따위야 전혀 모르는 데다가 의심스럽기는 해도 맞는지 틀린지 판단할 근거가 아예 없단 말이야.

예지의 맵핑 기능도 UFO의 수수께끼 결계 때문에 작동을 안 하고.

평소에는 잘 써먹는 기능이 갑자기 막히니까 더 많이 불편하구나.

반대로 말하자면 평소에 엄청나게 편리한 기능을 쓰고 있다는 뜻이기도 하지만.

그리고 편리하기 짝이 없는 기능에 완전히 익숙해진 나는 길을 기억하지 않는다.

으음.

돌아가는 길은 알아볼 수 있을까?

이래서는 마왕의 기억력에 기대를 걸 수밖에 없겠네.

응. 돌아가는 길을 지금처럼 포티머스에게 안내받을 마음은 전혀 요만큼도 없거든.

포티머스는 폭탄 처리를 마친 순간에 바이바이다.

뭐, 달리 말하면 이만 퇴장시켜드리겠다는 거지.

어차피 원격 조작 사이보그 보디라서 본체는 전혀 피해를 안 받을 테니까 확 때려 부숴도 아무 상관 없는걸.

오히려 훗날의 평화를 생각하면 본체도 확 죽어버리기를 바랄 정도.

마왕도 분명히 나랑 같은 마음일 거야. 아마도, 응.

다만 포티머스도 나랑 마왕의 꿍꿍이속은 뻔히 짐작할 테니까 뭐든 행동에 나선다면 폭탄을 처리하기 전이 타이밍이다.

나랑 마왕은 포티머스가 폭탄을 순순히 사고 없이 처리하도록 달래다가 일만 끝나면 포티머스를 콱 박살 내고 싶다.

포티머스도 폭탄은 처리하고 싶지만, 그 전에 나든 마왕이든 어쩌면 양쪽 다 죽이고 싶다.

후유, 정말 뭐라고 말이 안 나오는 상황이구나.

어째서 사람과 사람은 서로 싸우는 걸까?

왜 상대를 이해하려고 하지 않을까. 안타까워라.

아니, 진짜로. 지금은 진지하게 하는 말이야.

세계의 위기인데도 사태를 해결하기 위해 모여든 핵심 멤버가 숨기지도 않고 적대하고 있잖아?

세상 참 말세로구나.

진짜 세상 말세가 오지 않도록 힘내야지.

나는 푹푹 한숨 쉬다가 로봇을 닥치는 대로 파괴하는 마왕과 앞서 나아가 길을 안내하는 포티머스의 뒤를 따라갔다.

……내가 활약할 기회, 오는 거 맞지?

내가 활약할 기회는 없이 목적지에 도착.

결국 마왕 무쌍으로 여기까지 오고 말았다.

아예 전부 다 쟤 혼자서 해낼 수 있지 않을까?

아무튼 뭐, 농담은 그만하고. 이제 우리는 그동안 지나온 길에서 본 적이 없는 몹시 튼튼할 것 같은 문 앞에 서 있었다.

이 문의 너머는 폭탄이 보관되어 있는 장소.

문을 열고 안으로 들어가서 포티머스가 폭탄을 처리하면 임무 종료였다.

"문을 열면 바로 보이는 곳에 GMA 폭탄이 거치되어 있다. 내가 거기에 잠금을 거는 작업에 착수하겠다만, 안쪽에 갖춰져 있을 방어 태세의 상세는 분명하지 않다. 나는 GMA 폭탄의 잠금 조처를 우선하겠다. 만약 내부에 다른 무언가가 있다면 네년들에게 대처를 맡기도록 하마. 알겠나."

이 녀석아. 알겠냐고 물어보려면 물음표를 붙이는 척이라도 하란 말이다.

이미 다 결정된 사항처럼 통보하지 말라고.

뭐, 이의야 없기는 해도.

포티머스 왈, 문 너머에는 특별히 넓지 않은 방 하나가 있다고 한다.

거기에 폭탄이 있다는 말인데, 방 안에 로봇이라든가 방어 상황은 불명.

어쩌면 중요한 방어 포인트로 설정해서 로봇보다 센 병기를 갖다 놓았을 수도 있다.

폭탄 바로 옆에다가 위험한 호위를 붙여 놓을까 하는 의문도 들지만, 애초에 폭탄 자체가 좀 뭐하거든. 이딴 걸 어따 써먹냐, 얼간이야! 라는 느낌이지. 그러니까 없다고 확신은 못 하겠네.

제대로 된 감성을 갖고 있는 녀석이 대륙을 다 날려버리고도 남을 폭탄이라든가 운석 낙하 병기를 만들 리가 없잖아.

그리고 제대로 되어먹지 않은 녀석이라면 제대로 된 인간은 상상도 못 할 짓을 저지르는 법이라고.

음, 뭐랄까. 포티머스의 말에서 플래그의 냄새가 풀풀 풍기거든.

절대로 이 문 너머에 터무니없는 뭔가가 떡하니 기다리고 있을 것 같아~.

포티머스가 해킹으로 문에 달린 자물쇠를 땄다.

전자 제어 자물쇠라서 개발자는 도리어 쉽게 해킹하는 걸까?

묵직한 외관과 달리 소리도 없이 문이 열린다.

자, 무엇이 나올 것인가.

경계를 늦추지 않는 내 눈에 살풍경한 원형 방의 광경이 확 들어왔다.

가운데에는 뭔지 잘 몰라도 덕지덕지라는 느낌의 기둥 비슷한 것이 있었다.

그 밖에 로봇이라든가 다른 녀석들은 없음.

뭐야, 틀림없이 라스트 보스다운 하이퍼 로봇이 등장할 줄 예상했더니 아무것도 없네.

조금 김빠진다.

"이럴 수가."

그러나 힘을 뺀 나와 대조적으로 포티머스가 짧게 중얼거렸다.

그 말에서 꾸밈없는 경악의 감정이 드러난다.

이놈이 대놓고 놀란다? 불길한 예감밖에 안 들어.

아니나 다를까, 방 가운데 있던 기둥이 내 예감을 긍정하면서 변형을 개시했다.

덕지덕지 들러붙어 있는 것들이 마치 피어나는 꽃봉오리처럼 전개되어 무수히 많은 총구가 되었다.

그리고 일어섰다.

응? 일어섰다?

얼이 빠져서 변형하는 광경을 지켜보고 말았다.

당연한 거야. 변형이잖아.

합체는 안 했어도 변형이니까.

그렇게 변형을 마친 전직 비뚤비뚤 기둥은 역시 비뚤비뚤한 형태의 로봇이었다.

변형을 마치고도 방 안에 진입하지 않아서인지 우리에게 공격을 펼칠 낌새는 없었다.

토대는 기둥이었던 부분으로, 전차와 비슷하거나 오히려 더욱 견고한 이미지를 느끼게 했다.

또한 토대에서 수없이 잔뜩 튀어나온 암에는 전차의 주포와 비슷하달까, 아니다, 완전히 똑같은 무기가 달려 있었다.

그리고 다리는 역시 전차의 캐터필러를 가져다 쓴 것으로 짐작되는 부품.

뭐랄까, 자투리 재료로 만들어 낸 겹종이 로봇 같다는 인상이네.

그래도 본체에 달려 있는 부품은 전차에도 쓰이는 걸로 갖다 붙인 듯싶고, 파괴력은 이미 증명이 됐구나.

뭐, 예상했던 모습보다는 살짝 쩨쩨한 만듦새지만, 이 녀석이 아마 로봇의 라스트 보스겠구나.

라스트 보스라고 인정하기에는 좀 위엄이랄까, 여러모로 부족하다는 느낌도 들지만.

"글로리아? 아니, 하지만, 설계도는 넘겨주지 않았을 텐데. 어딘가에서 정보가 새어 나갔나?"

그렇지만 허탕을 친 기분이었던 나와 달리 포티머스는 여전히 얼굴이 험악스러웠다.

중얼중얼 뭔가 불온한 말을 늘어놓고 있다.

"포티머스, 설명 좀 해봐."

마왕이 포티머스에게 곧장 설명을 요구했다.

마왕의 눈으로 봐도 저 앞에 있는 로봇은 별로 위협이 느껴지지 않았나 보다.

그래도 포티머스의 분위기가 워낙 심상치 않아 신경 쓰여서 설명을 요구했겠지.

"저것은 내가 다른 병기의 설계도를 기반으로 하여 개발한 병기이다. 그러나 설계도는 분명 외부로 유출시키지 않았다. 어디에서 보고 만들었는가 불명이다만, 내가 완성도를 보고 짐작하건대 완전유출은 아니라고 추측할 수 있겠다. 다만 오리지널의 성능을 얼마나 근접하게 구현했을지는 판단이 안 되는군."

즉 저기에 있는 라스트 보스 로봇은 포티머스가 비장의 무기로 갖고 있었던 로봇의 설계도를 훔쳐봤다든가 뭔 짓을 해서 파악한 내용으로 어중간하게 재현한 끝에 저렇게 됐다는 거네?

"그래서? 오리지널이었을 경우는 얼마나 강한 건데?"

마왕이 묻자 포티머스는 잠시 상념에 잠겼다가 답했다.

"오리지널이라면 상위의 용(龍)도 도살할 수 있겠군. 그래, 모조품은 충분히."

아무것도 아닌 양 내뱉은 말이었다는 것이 지금 발언에 진실미를 입혀주었다.

What?

뭐라고요?

상위 용? 휴번이라든가 걔네 말이야?

핫핫하~. 농담이 지나치쇼, 나리.

농담 맞지?

그러나 포티머스의 얼굴을 몹시 진지하기 그지없었고.

애당초 이놈은 농담질이나 할 성격도 아니거든.

어, 그러니까, 진짜로 상위 용을 쓰러뜨릴 수 있다는 소리?

아니, 아니지. 저거는 오리지널을 두고 한 말이고, 여기에 있는 녀석은 조잡한 레플리카잖아.

오리지널만큼 강하지는 않을 거야.

"게다가 저 녀석은 오리지널을 뛰어넘었을지도 모른다."

네?

뭐라고요?

척 봐도 조잡하다는 느낌이 팍팍 풍기도록 생겨 먹은 저 로봇이?

"최악이군. 설마 사태가 이리될 줄은."

"야, 혼자 다 아는 척하지 말고 설명을 하라니까."

마왕이 살짝 안달하며 포티머스에게 따져 묻는다.

그러자 포티머스는 한숨 나온다는 느낌으로 고개를 가로저었다.

"우리는 이곳에 무엇을 목적으로 왔는가?"

마왕을 바보 취급하면서 쓱 깔아 보고 말하는 포티머스.

너는 진짜 이 급박한 판국에도 한결같구나!

마왕의 등 뒤로 뭔가 귀신 같은 여자의 형상이 보이는데 내 착각일까?

그래도 포티머스의 도발적인 말을 무시하고 침착하게 헤아려보자.

우리는 이곳으로 폭탄을 처리하기 위해 찾아왔다.

그리고 최후의 관문은 눈앞에 있는 라스트 보스 로봇.

포티머스는 엄청 예민하게 경계하는데, 이제 라스트 보스 로봇만 쓰러뜨리면 그다음은 폭탄을 처리하고 끝.

폭탄을, 처리하고, 끝?

어라?

정작 폭탄은 대체 도대체 어디에 있는 거야?

"훗. 아무래도 거기 하얀 것은 눈치챘는가 보군."

포티머스가 야유를 담아 웃음 짓는다.

그리고 아직 눈치 못 채고 아리송해하는 마왕에게 이런 바보가 있느냐는 시선을 보냈다.

됐거든.

쓸데없는 기 싸움은 됐거든.

분노 게이지가 쭉쭉 올라가서 당장에라도 포티머스에게 손을 뻗치려고 하는 마왕의 옷자락을 잡아 끌어당겼다.

"왜? 나는 이 녀석을 쳐서 날려버린다는 숭고한 사명을 어서 받들어 실행해야 되는데?"

"폭탄."

핏대를 세운 마왕의 시선을 나, 나아가서는 그 앞쪽의 방 가운데로 보내면서 한 마디.

내 한 마디로 마왕은 알아차렸다.

알아차리고 말았다.

그러고는 찬물을 확 뒤집어쓴 사람처럼 포티머스를 돌아본다.

"네년들의 예상이 맞다."

포티머스의 정답 발표에 마왕이 머리를 감싸 쥐었다.

우리는 이곳으로 폭탄을 처리하러 찾아왔다.

그리고 마지막 관문이 라스트 보스 로봇.

그런데 방 안에는 라스트 보스 로봇말고 다른 무엇도 없었다.

응. 어딘가에 넣어 놓았을까?

어디에?

이 방 안에서 폭탄을 넣어 놓을 만한 장소는 어디일까?

아차, 이 방에 폭탄이 처음부터 없었다는 대답은 안 하기야.

······응, 결국 그렇게 된 거였어.

우리가 처리해야 하는 폭탄은 바로 라스트 보스 로봇의 안에 있다는 뜻.

"작전 타임!"

라스트 보스 로봇이 선공에 나서지 않는다고 적의 눈앞에서 마음 놓고 당당히 작전 타임을 개시한 우리.

응. 대단하지.

어쨌든 간에 실제로 작전을 짜내야 했다.

누가 이런 사태를 예상했겠어.

예상을 벗어나도 좀 적당히 벗어나야지.

이걸 떠올린 녀석은 진짜 천재(天災)야.

하늘이 내린 재주가 아니라 하늘에서 떨어진 재앙.

폭발했다가는 대륙을 싹 날려버릴 위력이 있는 폭탄이건만, 대체 어떻게 돼먹은 발상을 하면 로봇에다가 집어넣겠다는 결론이 나오는 걸까.

포티머스가 무심코 「말도 안 돼」라고 말하는 기분도 이해가 된다니까.

"포티머스, 저 녀석 안에 폭탄이 있는 건 확정이야?"

"틀림없다. 이 보디에 내장되어 있는 계측기가 반응을 나타내는군."

마왕이 이마에 손을 얹고 하늘을 우러러본다.

나도 같은 자세를 잡고 싶은 기분인걸.

상황은 최악.

우리의 목적은 폭탄 처리.

폭탄은 라스트 보스 로봇의 안에.

즉 폭탄을 처리하려면 라스트 보스 로봇을 먼저 상대해야 한다는 뜻.

그게 전부였다면 폭탄의 위치가 라스트 보스 로봇의 바깥이었어도 물론 전투는 치러야 했을 텐데, 다만 위치가 안쪽인 경우는 승리 조건이 확 달라진다. 왜냐하면 폭탄이 폭발하지 않도록 라스트 보스 로봇을 쓰러뜨려야 하니까.

난이도를 봐도 껑충껑충 뛰어오른다.

게다가 포티머스는 라스트 보스 로봇이 오리지널 병기보다도 성능이 뛰어날 가능성을 언급했다.

척 봐도 싸구려 느낌이 드는 저 라스트 보스 로봇이 오리지널 병기보다 강할 수도 있다는 말을 듣는 이유는 단 한 가지.

라스트 보스 로봇은 동력으로 폭탄을 사용하고 있다.

요컨대 단순히 탑재만 된 것이 아니라 단단하게 접속되어 있다는 의미였다.

하나의 병기로서.

"어떻게 생각해?"

"파괴될 시에 연동하여 폭파, 자폭을 꾀하는 구조로 제작하겠다는 발상은 아무쪼록 배제되었기를 바라고 싶군. 그리 작동한다면 G프리트까지 함께 침몰하지 않겠는가. 제대로 된 사고를 할 줄 안다면 마땅히 피해야 하는 설계이다."

과연 언제나 상대에게 「설명을 안 하면 이해가 안 되는가?」 공격을 펼치는 만큼 마왕의 앞뒤 잘라먹은 질문에도 매끄럽게 답하는 포티머스.

그러자 마왕이 살짝 분한 표정을 짓는 것을 놓치지 않는다.

분명 마왕의 예정에서는 포티머스가 뭔가 의문을 표시한 순간 「일일이 설명을 안 하면 못 알아들어?」라고 받아칠 의욕으로 가득 차 있었을 거야~.

언제나 당하기만 했었으니까.

꽤나 갚아주고 싶었나 봐.

당사자가 화려하게 피해버렸지만 말이야.

어쨌든 마왕의 분한 얼굴은 못 봤다고 치고 잠자코 있자.

지적해 봤자 좋은 일은 절대로 하나도 없을 테니까.

"그러나 아니라고 단언도 못 한다는 것이 고민스러운 부분이군."

포티머스가 탄식했다.

그렇다. 평범하게 생각하자면 할 짓이 못 되는데도 아니라는 확신
또한 못 한다.

그것이 문제였다.

라스트 보스 로봇에 탑재되어 있는 폭탄.

만약 폭발한다면 대륙을 다 날려버리는 얼토당토않은 위력의 병기.

그 폭탄이 선내에서 폭발한다면 당연하지만 UFO 자체도 싹 날아
가버린다.

자멸을 피하기 위해 엄중하게 잠금장치가 되어 있을 테지만, 뭔가
충격을 받아서 잠금 장치가 불쑥 해제될 우려는 있다.

예를 들자면 라스트 보스 로봇이 파괴되는 진동이라든가.

응. 그러니까 라스트 보스 로봇을 파괴한다고 치더라도 살살~ 손
봐줘야 된다는 말이잖아.

난이도가 더 쭉쭉 올라가는구나!

게다가 만약 라스트 보스 로봇이 파괴될 경우 거기에 연동해서 폭
탄이 폭발하도록 기능을 만들어 넣었다면?

라스트 보스 로봇의 파괴 자체가 불가능해진다.

평범하게 생각하자면 그런 기능을 만들어 넣지는 않아.

그래도 상황이 이 지경으로 오면 의문이 하나 들지 않을까? 저거 만든 녀석이 과연 평범하겠느냐고.

그에 더하여 저따위 의혹을 받는 녀석이 평범한 짓을 하겠느냐는 의문도 같이 들 수밖에.

설마 싶기는 하다.

그래도 설마는 절대적이지 않다.

또한 희망적 관측에 따른 행동은 위험하지.

더군다나 이 세계의 존망이 달린 문제이기도 하고.

신중에 또 신중을 기해 작전을 짜내야 한다.

그렇기는 한데 도대체 어쩜담?

"……."

"……."

"……."

셋이 다 입을 다문다.

큰일 났다.

나는 제쳐 놓더라도 마왕이랑 포티머스가 대책을 못 내놓고 입을 다문다는 게 진짜 큰일이다.

그래도 이게 별수 없기는 진짜 별수 없단 말이야.

폭탄을 처리하려면 라스트 보스 로봇을 먼저 제압해야 한다.

단 라스트 보스 로봇을 제압하다가 폭탄이 폭발할 수도 있다?

어이구, 뭘 워쩌라는 거요!

물론 라스트 보스 로봇을 파괴해도 폭탄이 폭발하지 않는 패턴이 아주 없지는 않겠다.

오히려 폭탄의 위력을 감안했을 때 그쪽이 훨씬 가능성은 높고.

라스트 보스 로봇이 선내에 침입한 도둑을 물리치기 위한 폭탄의 수호자라고 보자면 져서 쓰러졌다는 이유로 폭발해 봤자 단순한 자폭이고.

진짜 누구야, 지켜야 하는 폭탄을 가디언이랑 같이 합쳐버린 바보는!

지킬 대상을 강하게 만들어서 어쩌자는 건데!

완전히 틀리지는 않았다지만, 그래도 발상이 이상하잖아!

실수로 폭발하면 어쩌려고?!

진짜 천재로구나.

그렇게 천재적인 발상을 하는 녀석이니까 라스트 보스 로봇이 격파당한 순간에 양식미를 고집해서 자폭시켜도 뭔가 위화감이 없단 말이지.

응. 섣부른 짓은 못 해.

이래서는 차라리 규리규리한테 맡기는 게 제일 낫지 않을까?

여기에서 폭탄을 가만히 감시하면서 규리규리가 돌아오기를 기다린다든가.

응, 나이스 아이디어 맞지?

혼자 납득하고 끄덕끄덕 고갯짓했다.

머리카락이 얼굴로 흘러내리길래 별생각 없이 귀 뒤쪽으로 넘겨보냈다.

그 손에 어느새인가 스마트폰이 쥐어 있었다.

『원군은 오지 않아요.』

스마트폰에서 들리는 아름답지만 불안감을 불러일으키는 목소리.

이런 짓을 저지를 수 있고 이런 목소리를 내는 녀석을 나는 하나밖에 모른다.

자칭 사신, D.

오싹하고 등줄기가 서늘해졌다.

나는 대체 어느새 이 스마트폰을 쥐었던 거야?

언제나 이 스마트폰은 느닷없이 나타난다. 달리 말하면 나 자신이 출현의 조짐을 전혀 감지할 수 없었다는 뜻.

그러니까 괜찮아.

언제나 겪는 일이니까, 그럴 만하니까.

그런데 이번에는 어째서 내가 이 스마트폰을 꼭 쥐고 있었지?

머리카락이 얼굴로 흘러내린 것은 우연.

그리고 머리카락을 귀 뒤쪽으로 다시 넘겨 보낸 것도 특별히 아무 생각이 담기지 않은 반사적인 행동.

그때 손 모양이 마침 스마트폰에 꼭 맞도록 귓가에 위치했었다.

단지 그뿐이야.

응. 그게 맞아.

우연히, 진짜 우연히, 전화 통화를 하는 비슷한 자세를 내가 잡았으니까 거기에 스마트폰을 쓱 밀어 넣었던 거야.

단지 그뿐.

……그럴 리가 없다.

언제부터?

어디부터 나는 이 녀석에게 조종당했던 거지?

그렇잖아. 다르게 생각할 수가 없는걸.

안 그러면 나는 이 스마트폰을 절대로 꼭 쥐고 있지 않았어.

지금도 바닥에 내동댕이치고 싶은 충동이 마구 솟구치는데도 몸은 꿈쩍도 안 하니까.

구역질이 난다.

이 스마트폰의 주인이 나 자신마저도 눈치를 못 채는 동안 내 몸을 조종했다는 사실 때문에.

『어머, 너무 겁먹을 필요는 없는데요.』

뭐래, 겁먹지 않았어.

열불이 날 뿐이야.

나는 나다.

다른 누구도 아니고 다른 누구에게도 조종당하지 않는 나 자신.

내 의사를 조종하려고 드는 녀석에게 열불이 나는 것은 당연지사.

바로 그것이 마왕과 맞서 싸웠던 원인이 된 적도 있었으니까.

이것만큼은 양보 못 한다.

나를 침식하려고 드는 상대는 적!

『후후, 역시 당신은 재미있어요.』

감정이 느껴지지 않는 평탄한 목소리, 그럼에도 희열이 묻어 나온다는 모순.

치밀어 오르려고 하는 두려움을 꽉 눌러서 내려보냈다.

마음 단단히 먹어! 휩쓸리지 마! 적개심을 갖고 맞받아쳐라!

『안심하시길. 방금 전에는 살짝 손을 썼지만, 다른 때에는 당신

본인에게 직접 간섭한 적이 없답니다.』

스마트폰에서 들리는 목소리에 신경을 집중시켰다.

말 한 마디도 놓치지 않도록.

아무렇지도 않게 내 마음속 목소리를 훔쳐 듣는 것도 지금은 무시
한다.

D의 말을 믿는다면 나에게 간섭한 것은 스마트폰을 위화감 없이
쥐도록 만들었던 방금 전 동작 하나뿐이라는 의미가 된다.

그렇지만 당신 본인이라는 표현은 마음에 덜컥 걸렸다.

『정답이에요. 당신 본인에게는 아무것도 간섭하지 않았지만, 당신
의 무기에는 약간의 특전을 달아드렸죠.』

D의 말에 무심코 스마트폰을 쥐고 있지 않은 반대쪽 손에 들린
대낫으로 시선을 내려뜨렸다.

『그래 봤자 별로 대단한 기능은 아니에요. 당신과 동기해서 성능
이 향상되도록 손을 본 정도죠. 자발적으로 행동에 나선다고 느껴
지는 이유는 병렬 의사 스킬의 영향일까요? 돌발 사태로 남게 된
틀이 무기에 간섭하는 듯싶네요.』

돌발 사태로 남게 된 틀? 마왕과 융합해버린 전직 몸 담당을 말하
는 걸까?

내 병렬 의사 스킬 레벨은 10이다.

다만 활용 가능한 병렬 의사의 숫자는 아홉까지.

나머지 하나는 이런저런 사고가 거듭된 끝에 마왕의 혼과 융합했
다는 돌발 사태에 맞닥뜨렸다.

마왕에게 흡수당하는 형태로 마무리되었기에 나는 병렬 의사를

하나 잃어버린 셈인데, 그래서 남게 된 틀 하나가 대낮에 의사 비슷한 뭔가를 싹트도록 만들었다고 해석하면 되는 거야?

『대체로 맞아떨어지네요.』

대강 맞다고 한다.

『그 무기는 당신의 몸 일부를 갖고 만들었죠. 그리고 지금도 역시 당신의 몸 일부랍니다. 그러니까 특이한 성능을 발휘하는 거예요. 또한 당신의 일부인 만큼 당신을 배신하는 짓은 결코 하지 않아요.』

과연 그럴까.

나의 일부인 줄 알았던 병렬 의사 놈들은 나를 배신했다.

그렇다면 이 대낮도 나를 배신하지 않는다는 보장은 어디에도 없다.

『조심성 많으셔라. 아무튼 그 무기를 어찌하느냐는 당신의 자유예요. 나는 마음에 쏙 드는 당신에게 대수롭지 않은 특전을 선물했을 뿐이니까요. 어떻게 처리하든 원하는 대로 해요.』

그러냐.

현재 상황에서 이 대낮은 쓸모가 많다.

더할 나위 없도록.

D의 말을 곧이곧대로 받아들일 수는 없다지만, 당장에 내던지기는 아까웠다.

일단 적어도 이번 사건이 수습될 때까지는 쓰고 싶었다.

『제법 마음에 들었나 봐요. 다행이에요.』

마음을 읽히는 이런 처지가 엄청나게 골치 아프다는 것을 통감한다.

뭐라고 변명을 늘어놓은들 곧장 본심을 읽어버리거든.

넵, 그러합죠. 인정합니닷.

마음에 든다고요! 엄청나게 맘에 들어요!

왜 아니겠어. 이 녀석 엄청 편리하단 말이야!

강하잖아! 완전 강하잖아! 압도적으로 강하잖아!

게다가 또 이 녀석은 내 몸을 써서 내 손으로 만든 무기인 만큼 애착도 붙는다고!

이제 만족하냐! 악당아!

『자, 하던 얘기를 하죠. 원군은 오지 않아요.』

……화려하게 무시당했다.

아니, 응. 앗, 응.

망했어요~.

으음, 뭐라고? 원군은 안 온다고?

대체 왜?

『그래야 더 재미있을 테니까 내가 막아 뒀어요.』

야!

너 때문이냐?!

규리규리에게 뭔 일이 났을까 봐 살짝 불안했었는데 그런 게 아니었다!

뭐랄까, 어떻게 보면 훨씬 악질이라고!

사악한 사신이라더니! 진짜 사악하네!

보통 세계의 위기를 맞아 무엇이 더 재미있을 것 같다는 이유로 안전한 카드를 갖다 버리는 짓거리를 하겠어?

안 하잖아.

그따위 도박꾼이 어디 있냐고!

물론 D는 남 일이니까 뭔 짓이든 못할 이유가 없겠지만, 당사자의 입장에서는 진짜로 열이 확확 오른단 말이야.

그야 관전하는 녀석이 보기에는 규리규리가 척척 해결하고 끝내는 대신 우리가 악전고투하면서 위태롭게 나대는 꼴을 구경하는 게 훨씬 재미있고말고!

근데 말이야, 쓸데없이 땀 뻘뻘 흘려야 하는 우리는 대체 뭐가 되냐고!

애당초 감당이 될지 안 될지도 모르는 판국이란 말이야!

『이제 다 알아들었죠? 원군은 안 와요. 그러니까 열심히 공략해봐요.』

장난하냐!

울컥한 순간, 손안에 쥐여 있었던 스마트폰의 감촉이 사라졌다.

자기 할 말만 늘어놓고 휙 사라져버렸다.

방금 전까지 스마트폰을 꼭 쥐고 있었던 손을 얼굴 앞으로 가져왔다.

아마도 지금의 나는 드물게도 표정이 흔들리고 있을 거야.

"시로야, 왜 그래?"

봐봐, 마왕도 웬일이냐고 물어보잖아.

……응?

얼굴을 들고 마왕과 포티머스의 낯빛을 살핀다.

이상하다는 표정을 짓는 마왕, 점잖나 부리고 있는 포티머스.

둘 다 방금 전까지 내 손안에 있던 스마트폰을 언급하려고 하지 않는다.

이상하네.

마왕도 포티머스도 방금 전까지 내가 스마트폰으로 나눈 대화가 마치 없었던 일인 양 행동하고 있다.

아니, 어쩌면 정말 그럴 수도 있겠다.

"전화."

"응?"

시험 삼아서 전화라고 말을 꺼내봐도 마왕은 고개를 갸웃거릴 뿐 갈피를 못 잡는 눈치였다.

포티머스도 아무 소리를 않고 있는데, 아마 마왕이랑 똑같이 못 알아차렸기 때문일 거야.

마왕이랑 포티머스는 방금 전까지 내가 D와 대화 나눴다는 사실을 전혀 감지하지 못했다.

그뿐 아니라 내가 말을 주고받는 동안 전혀 움직이지 않았던 것을 돌이켜보면 혹시 시간 정지라도 당했던 게 아니려나.

어떤 원리인지 모르겠지만, 이 두 사람에게 눈치채이지 않도록 나에게만 메시지를 전했다.

새삼 D라는 존재의 파격적인 능력을 실감하게 된다.

사신, 진짜 신.

바로 그 때문에 세계의 위기마저도 단지 오락거리로 간주할 뿐.

사는 세계가 다르다. 온갖 의미로.

물리적으로도, 능력적으로도, 정신적으로도.

"시로야? 괜찮아?"

분위기가 심상치 않은 나를 걱정해주는 마왕.

으으, D를 상대한 다음이어서 이 친절에 치유되는구나~.

마왕에게 치유받는다는 게 표현적으로도 실질적으로도 어색한 기분은 들지만, 지금은 순순히 어리광 부리도록 하자.

왠지 모르게 그냥 무심코 충동이 솟아 마왕에게 안겨 들었다.

"아? 어어?"

마왕이 곤혹스러운 목소리를 낸다.

으음. 푹 안기고 싶었는데 키 차이 때문에가 꼭 껴안는 모양새가 됐네.

어리광을 부리려다가 도리어 어리광쟁이 아이를 부둥켜안아주는 장면을 연출하고 말았어.

음, 뭐랄까. 그래도 괜찮지 않나~. 요런 기분이 드는지라 마침 딱 좋은 위치에 있던 마왕의 머리를 쓰다듬었다.

"엥?"

또 마왕이 작게 곤혹스러운 목소리를 냈지만, 나를 떼어 내려는 움직임은 없었다.

쓰다듬는 대로 가만가만히 받아준다.

마왕의 머릿속에는 분명 물음표가 잔뜩 날아다니고 있겠네.

느닷없이 끌어안더니 머리를 쓰다듬으면 그야 그럴 수밖에.

손을 움직이는 나 자신도 무슨 짓이냐고 알쏭달쏭하면서 하는 짓이고.

이렇게 영문을 모를 상태에서도 몸부림치지 않는 마왕은 진짜 성인입니다!

뭐냐고, 이 엄청난 포용력은.

진짜 왜 얘가 마왕인 걸까?

세계 7대 불가사의의 하나로 인정해줘야 할 텐데.

"이제 슬슬 그 웃기는 짓은 끝내는 것이 어떠한가?"

한마디 더 하자면 싸늘하게 우리를 쳐다보는 저 녀석은 진짜 악당이다.

뭐냐고, 이 나쁜 놈은.

이 녀석 냄새가 지독하닷~! 토 냄새보다 독한 게 풀풀 난닷~!

요런 느낌이랄까.

그나저나 이번만큼은 포티머스의 말이 분명히 정론이기는 하네.

마냥 현실 도피나 하고 있을 수는 없잖아.

마지못해서 꼭 안고 있었던 마왕의 몸을 놓아줬다.

수면 인형을 떠나보내는 상실감이로구나.

수면 인형이니 뭐니, 이번 삶에서도 저번 삶에서도 쓴 적이 없지만.

"자. 서로도 진정이 된 것 같고, 다시 작전 회의를 열어볼까?"

수면 인형 취급을 받았던 마왕은 언제 그랬냐는 듯이 아무렇지도 않게 태연히 작전 회의를 재개했다.

응. 뭐랄까, 반응이 담백하니까 살짝 섭섭하네.

"그래 봤자 나는 써먹을 만한 같은 방법이 전혀~ 안 떠올라. 포기."

마왕이 두 손을 들었다.

"저걸 확 때려 부수는 거야 하라면 할 수 있거든. 그런데 확실하게, 안전하게, 이런 조건을 붙이면 좀."

마왕이 한숨 쉬면서 라스트 보스 로봇을 쏘아본다.

마왕도 라스트 보스 로봇에 폭탄을 집어넣는다는 천재적인 발상 때문에 꽤 난감한가 보다.

"솔직히 말하면 규리규리가 돌아오길 기다리는 게 최선 아닐까?"

"동감이군."

어라?

마왕의 제안에 뜻밖에도 포티머스가 동의를 표시했다.

나와 마찬가지로 마왕도 설마 포티머스가 찬성할 줄은 상상도 못했는지 꽤나 놀란 표정이었다.

"나 또한 GMA 폭탄이 끝내 폭발하는 사태는 바라지 않는다. 네년들을 해치우는 것은 어디까지나 부차 목표이지. 가능하면 할 테고, 설령 불가능할지라도 나는 개의치 않는다. 우선순위를 뒤집을 만큼 큰 가치가 네년들에게는 없어서 말이다."

부들부들!

이 자식 당장에 쳐 죽여도 되지 않을까?

시비 걸었겠지? 대놓고 시비 걸었다?

그래도 유감이지만 그런 짓은 안 하는 게 좋겠구나~.

"이래저래 쏟아붓고 싶기는 한데, 아무튼 규리에가 돌아오기를 기다리는 방침에 동의한다는 거지?"

"그렇다."

마왕이랑 포티머스랑 둘 사이에서 규리규리의 귀환을 기다리자고 대화가 정리되려고 한다.

"안 돌아와."

그때 방금 전 입수한 정보를 공개했다.

"응? 시로야, 뭐라고?"

"안 돌아와."

다시 한 번 똑같은 말을 반복하는 나에게 마왕이 의아하다는 표정을 지어 보였다.

그러다가 천천히 불안감에 젖은 얼굴이 되어 일그러진다.

"설미 규리에한테 무슨 일 있었어?"

마왕의 말에 포티머스가 움찔 반응했다.

으음~. 뭐라고 대답해야 할까.

분명히 무슨 일이 있기는 있었겠지만, 규리에는 아마도 무사할 테고~.

"있었어. 무사하지만."

달리 해줄 말이 없었다.

"무슨 뜻이지? 자세히 설명해라."

당연하겠죠~.

이런다고 알아들으면 굉장한 거야. 말해 놓고도 내가 아리송한걸.

그나저나 나더러 자세히 설명하라고?

나더러!

자세히 설명할 수 있을 만큼 말재주가 쓸 만했다면 묻기도 전에 말해줬겠지!

말을 못하니까 뜬구름 잡는 설명이 튀어나온 건데 왜 몰라주냐고?!

아니, 응, 그래도 곤란하네.

어떻게 설명하지?

대체 왜 D는 굳이 시간까지 멈춰 놓고 나 하나한테 알려준 걸까.

이왕에 마왕이랑 포티머스한테도 사정을 설명해줬다면 편했을 텐데.

앗?! 설마 내가 이렇게 허둥지둥하는 꼴을 즐겁게 구경하려고?!

아니겠지? 아닐 거야. 근데 D는 절대 아니라고 잘라 말할 수가 없으니까 무섭다.

"사정은 잘 모르겠는데 시로가 괜한 말을 하지는 않으니까 규리에는 무사하기는 해도 못 돌아온다고 알아들으면 될 거야. 더 이상 설명해 달라고 졸라 봤자 시로는 아마 대답을 안 해줄걸?"

곤란할 때는 마왕의 도움.

나이스 어시스트, 정말 최고야. 한 번 더 안아주고 싶다.

역시 이번 삶에서는 가장 오랫동안 알고 지냈던 만큼 나를 잘 알아주는구나!

그러자 포티머스가 시선만 보내서 무슨 영문이냐고 마왕에게 묻는데도 마왕은 어깨를 으쓱거릴 뿐.

포티머스의 특기. 설명을 안 하면 이해가 안 되는가? 요걸 드디어 갚아준 거지.

이번 경우는 마왕도 영문을 잘 모르는 처지니까 완벽하게 갚아주는 데 성공했냐면 그것은 아니라는 기분이 들지만.

포티머스는 이해는 안 된다 해도 들은 정보대로 상황을 전제하기 위해 억지로 자신을 납득시키고자 결론 내린 듯했다.

미간을 잔뜩 찌푸리면서도 더 이상은 입을 열지 않았다.

"자, 시로야. 규리에는 일단 무사하기는 하고 달려올 수는 없는 형편이라고 보면 오케이?"

마왕의 확인에 끄덕였다.

"즉 저 녀석은 우리 손으로 어떻게든 감당해야 된다는 거네?"

마왕이 저 녀석, 라스트 보스 로봇에게 손가락하면서 묻길래 다시 한 번 끄덕여줬다.

내 반응을 본 마왕과 포티머스는 나란히 입을 꾹 다물어버렸다.

두 사람의 머릿속에서는 지금 이 사태를 해결하기 위한 방법을 모색 중일 것이다.

나? 나는 두 사람이 해결책을 떠올릴 때까지 얼빵하게~ 구경하는 게 임무랍니다.

뭐, 어떡하라고. 아무 생각도 안 나는걸.

감정으로 스테이터스가 들여다보이는 마물 상대라면 얼마든지 대책을 궁리할 수 있겠지만, 쟤는 감정이 안 먹히는 미지의 상대잖아.

애당초 내게 기계는 전문 밖이거든?

머리 굴린들 다 쓸데없는 짓이야.

쓸데없는 짓은 안 하는 주의라서.

잘하는 녀석한테 맡기면 되는 거지.

"가능하면 이런 수법은 쓰고 싶지 않았다만 어쩔 수 없겠군."

그리고 포티머스가 결론을 내린 모양이었다.

"단 하나 수단이 있다. 이 방법이 성공하면 저기에 있는 글로리아 모조품과 함께 GMA 폭탄을 침묵시킬 수 있을 것이다."

포티머스가 시선만 갖고 작전을 받아들일 것인지 우리에게 물음을 던진다.

"무슨 방법인데?"

마왕은 확답을 내어놓기 전에 어떤 방법인지 물었다.

뭔 수단인지 듣지도 않고 받아들일 만큼 포티머스 녀석을 신용할 수는 없으니까.

"내가 지금 사용하는 이 보디에는 해킹용 기능이 갖춰져 있다."

그렇게 말한 뒤 왼손 집게손가락을 뻗었다.

비유라든가 그런 게 아니라 포티머스의 손가락이 쏘옥~ 뻗어 나왔다.

손가락, 아니지, 코드로 변신한 저게 방금 설명했던 해킹용 기능을 갖춘 부분인가 봐.

"이 부분을 저것에게 끼워 넣고 해킹을 한다. 해킹이 성공하면 저 글로리아 모조품과 GMA 폭탄을 무효화할 수 있을 것이다."

아까부터 포티머스는 라스트 보스 로봇을 글로리아 모조품이라고 표현했다.

아마도 오리지널에 해당하는 병기의 명칭이 글로리아인가 본데, 모조품이라는 말을 붙여서 부를 때마다 포티머스는 불쾌감을 조금씩 드러내고 있었다.

자기 작품의 위작과 떡 맞닥뜨리게 된 예술가의 기분인 걸까.

"다만 해킹을 완료하려면 시간이 다소 걸린다. 그런 데다가 해킹 중 나는 무방비 상태가 되지. 그동안 공격당했다가는 한순간도 버틸 수 없다. 물론 접속한 코드를 절단당해도 해킹은 실패한다."

아. 포티머스가 이 방법을 쓰고 싶지 않았다고 말한 이유를 알겠다.

나랑 마왕의 눈앞에서 무방비 상태가 된다면 그야 쓰고 싶지 않겠네.

"나는 이곳에서 코드를 뻗어 저 글로리아 모조품에게 해킹을 개시하겠다. 네년들은 그동안 내 보디와 코드를 지키도록."

말을 마치자마자 포티머스의 손가락에서 뻗은 코드가 스르륵하고
방 안으로 침입해 들어갔다.

인마, 우리한테 허락은 받고 시작하란 말이닷!

어쨌거나 벌써 시작됐으니까 어쩔 수 없지.

다른 방법이 떠오르는 것도 아니고 지금의 포티머스의 작전대로
실행하는 수밖에.

마왕도 같은 결론에 다다랐는지 성대하게 한숨을 쏟아 내면서 코
드의 행방을 주시하고 있었다.

분명히 포티머스는 우리가 어떻게 판단할까 다 짐작하고 거부하
지 못하도록 확인 과정을 빼먹은 채 일을 벌인 것이다.

"시로야, 너는 포티머스를 지켜줘. 나는 코드를 지킬 테니까."

마왕이 라스트 보스 로봇을 향해 뻗어 나아가는 코드에 눈길을 보
내면서 말했다.

코드의 침입을 감지하고 라스트 보스 로봇이 느릿느릿한 동작으
로 행동을 개시하고자 움직인다.

세계의 운명이 달린 라스트 배틀, 시작이구나.

13 라스트 보스 로봇 공략

라스트 보스 로봇이 제 몸에 달린 무수히 많은 암을 움직여서 침입자에게 총구를 겨눈다.

침입자, 포티머스의 해킹용 코드는 그럼에도 전진을 멈추지 않고 마치 뱀처럼 소리도 없이 지면을 기어갔다.

거기에서 위협을 느낀 것일까, 그렇지 않고 허가 없이 방에 들어온 대상을 공격하도록 설정된 것일까. 아마도 후자로 짐작된다만 라스트 보스 로봇은 가차 없이 공격을 개시했다.

무수히 많은 총구에서 일제히 빛이 번쩍인다.

전차의 포와 같은 사이즈의 총부리가 일제히 빛나자 강한 플래시처럼 눈이 아팠다.

그리고 그 위력은 눈이 아프다는 둥 어쩐다는 둥 느긋한 감상으로 넘길 수 없는 수준이었다.

인형 거미의 1만을 넘는 방어력을 관통할 만큼 강한 위력을 자랑하는 포탄이 헤아릴 수 없도록 잔뜩 쇄도한다.

직격당하면 가느다란 코드 따위는 끊어지는 정도가 아니라 완전히 소실되어버릴 것이다.

아예 빛의 장벽으로 화한 포탄의 비를 마왕은 아무것도 아니라는 듯이 포식했다.

순식간에 방 바깥쪽에서 안으로 이동한 다음 코드를 지키기 위해 폭식의 힘을 써서 모든 공격을 먹어 치웠다.

……치트. 이상 끝.

저걸 생채기 하나 안 나고 해치워버리다니~.

나도 똑같은 짓을 할 수 있을까~?

상처 없이 버티기라면, 뭐, 아마도 가능하지 않을까?

코드를 지켜야 한다는 조건이 붙어 있다면 무리겠지만.

응. 적절한 역할 분담이었다.

나로서는 저 코드를 끝까지 지켜 내기란 살짝 무리니까.

그다음에도 본인과 코드를 노리고 날아드는 포탄을 대수롭지 않게 다 먹어 치우는 마왕.

동력으로 폭탄의 에너지를 쓰고 있기 때문인지 라스트 보스 로봇이 펼치는 빛의 탄막도 무시무시했다.

그런데도 아무 어려움 없이 전부 다 감당해 낸다.

아~ 굉장하네요~.

안심하고 구경할 수 있답니다~.

마냥 여유 부리는 시간도 잠깐뿐.

암 중 몇몇이 공격 목표를 이쪽으로 변경했다.

암은 잔뜩 달렸다.

즉 공격 수단이 잔뜩이라는 뜻이고, 마왕과 코드를 노리면서도 이쪽을 동시에 노릴 수 있다는 뜻이고.

그리고 포티머스는 코드를 조종하느라 바빠서 못 움직인다.

못 움직이는 포티머스를 향해 빛의 포탄이 발사됐다.

기회가 왔다!

내가 활약할 기회! 그리고 이제까지 전혀 햇빛을 보지 못했던 방패의 재능 스킬이 활약할 기회가!

나는 방패를 들고 포티머스의 앞으로 뛰쳐나갔다.

방패에 포탄이 착탄했지만, 기력 부여라든가 마력 부여로 강화한 이 방패에는 안 통한다!

응? 갑자기 방패를 어디에서 갖고 왔냐고?

바로 옆쪽에 쓸 만한 재료가 있길래 방패를 만들었습니다만, 문제라도?

쓸 만한 재료, 방금 전까지 방을 막아 놓고 있었던 몹시 튼튼한 인상의 문을 잡아떼서 후다닥 손 좀 봤지.

훗, 엄청나게 단단한 느낌의 이 문도 내 대낫에 걸리면 쓱쓱 떨어져 나온다고.

그리고 큼지막하면서 튼튼한 이 문은 방패로 쓰기에 제격이었다.

포탄이 날아오든 말든 아랑곳없음.

안 통한다! 안 통한다고!

보다시피 나는 여유롭게 포티머스의 호위를 완수할 수 있다.

문제가 혹시 있다면 마왕 쪽.

코드를 지키는 역할도 지금 단계까지는 별 탈이 없었지만, 해킹을 개시하려면 코드가 라스트 보스 로봇에게 접속되어야 한다.

게다가 접속된 코드를 끊어 먹지 않도록 끝까지 막아 내야 하니까.

당연히 라스트 보스 로봇은 해킹에 저항할 테고, 물리적으로 직접 연결된 코드를 지키려면 꽤 힘들 거야.

마왕은 그 난관을 어떻게 극복하려는 걸까?

그렇게 걱정스럽게 지켜보는 동안 마침내 코드의 끄트머리가 라스트 보스 로봇에게 도달.

코드 끄트머리가 일순간 빛나는가 싶더니 라스트 보스 로봇을 푹 찔렀다.

어떻게 접속하나 살짝 궁금했는데 힘으로 팍 뚫어버렸네.

코드가 라스트 보스 로봇의 내부로 침입한다.

물론 라스트 보스 로봇은 힘껏 저항하려고 했다. 다만 움직임이 둔했다.

그럴 수밖에, 본체가 실에 구속되어 있었으니까.

마왕의 실에 꽁꽁 묶여서 라스트 보스 로봇은 몸을 꼼짝달싹 못하고 있었다.

반할 것 같은 솜씨로군요~.

이래서는 라스트 보스 로봇도 꼼짝을 못하고말고.

마왕은 폭식 스킬이 일단 눈길을 확 끌지만, 그 밖에 다른 능력도 하나같이 치트스럽거든.

실 관련 스킬의 레벨은 분명히 같을 텐데도 나로서는 똑같이 흉내를 낼 자신이 없었다.

실에 구속당한 라스트 보스 로봇은 그럼에도 저항하면서 포탄을 연사했다.

그러나 포가 달린 암 역시 실로 구속해 뒀기 때문에 코드랑 포티머스가 있는 방향과 전혀 다른 엉뚱한 데로 포탄이 발사될 뿐.

저 상태가 된 이상 빠져나오는 건 아마도 무리겠다.

나도 전이를 쓰지 않고는 못 빠져나올 자신이 있다.

이제는 포티머스가 해킹을 잘 완료할 때까지 기다리면 끝이네.

뭐랄까, 의외로 쉽게 끝났다고 할까.

훨씬 고전할 줄 예상했는데 전혀 아니었군!

그렇잖아, 포티머스가 겁나는 소리를 잔뜩 늘어놓았는걸. 라스트 보스 로봇은 진짜로 엄청 위험한 녀석인가 보다 싶어서 꽤나 전전긍긍했단 말입죠.

그랬건만 웬걸, 뚜껑을 열어보니 단숨에 해결이다.

그토록 장황하게 주고받았던 작전 타임은 대체 뭐였을까.

뭔가 맥이 확 빠지는 기분이구나.

뭐, 라스트 보스 로봇의 상대를 마왕이 담당했다는 게 컸을 테지만 말야.

나 혼자 똑같이 하라고 누가 시킨다면? 응, 무리!

존재 자체가 치트에 가까운 마왕이 직접 나섰으니까 단숨에 해치운 듯 보일 뿐이지 실제로는 라스트 보스 로봇도 꽤나 강한 녀석이 맞잖아?

그렇게 생각하자면 이상한 녀석은 바로 마왕이고 라스트 보스 로봇은 일단 라스트 보스라는 이름에 부끄럽지 않은 실력을 발휘했던 거야. 분명히, 아마도, 어쩌면.

응. 그게 맞다!

속으로 뜬금없이 라스트 보스 로봇을 변호해주는 나.

분명히 이번 대사건의 끝이 예상보다 많이 싱거운 탓에 긴장이 풀린 탓이었다.

그래서 나는 잊고 말았다.

이곳에는 라스트 보스 로봇 따위보다 훨씬 더 위험한 남자가 있었다는 사실을.

"시로야!"

고함 소리가 들렸다.

다만 고함 소리가 내 귀에 닿기도 전에 사태는 더 빨리 움직였다.

우선 강렬한 위화감이 들이닥쳤다.

세계가 변질된 듯한, 감각이 근본부터 뒤집어지는 듯한 위화감.

일전에 한 차례 경험한 적이 있는 꺼림칙스러운 감각.

포티머스의 수수께끼 결계에 감싸였을 때의 느낌.

그리고 내 뒤쪽에는 그 남자, 포티머스 본인이 있었다.

방패 대신 손에 든 거대한 문이 몹시 무겁게 느껴졌다.

스킬과 능력치가 작용하지 않게 된 증거.

그렇지만 아직껏 작용하고 있는 몇 안 되는 스킬 중 사고 초가속이 슬로 모션으로 바뀐 세계를 비추어준다.

능력치가 떨어진 탓에 몸은 평소처럼 움직여주지 않았다.

마치 물속에 잠긴 듯, 혹은 꿈속에서 발버둥 치는 듯 답답한 감각 속에서 세계가 천천히 흘러간다.

마왕이 천천히 흘러가는 세계 속에서, 그럼에도 재빨리 내게 달려들었다.

뒤쪽에서 포티머스가 움직이는 낌새가 느껴졌다.

다만 거기에 제때 반응하지 못하고 내 몸은 경직돼 있었다.

그리고 나를 밀쳐 낸 마왕이 광선에 제 몸을 꿰뚫렸다.

차마 믿기지 않는 광경을 목격하고 내 머릿속에 이런저런 상념이
떠올랐다.

아, 그렇구나. 폭식도 스킬이니까 수수께끼 결계 때문에 발동을
못하는구나, 등등.

실수했어. 포티머스는 언제든 배반한다고 뻔히 알고 있었으면서
도 방심했네, 등등.

이게 뭔 짓거리냐, 망할 놈아! 쳐 죽인다, 등등

삽시간에 바삐 움직이는 사고 속에서 가장 커다랗게 외치는 목소
리가 있었다.

보호받았다.

보호받았다, 내가.

내가 사실상 안 죽는다는 것쯤은 마왕도 잘 알고 있을 텐데 왜 나
를 보호한 거야.

보호를 받았다고! 내가!

"오호라, 꽤나 기쁜 오산이로군."

마왕을 쏜 총을 한쪽 손에 들고 포티머스가 싸늘하게 입을 열었다.

감정이 거의 느껴지지 않는 평탄한 목소리였지만, 거기에 약간의
희열이 섞였음을 알 수 있었다.

포티머스의 총구가 바닥에 허물어져 있는 마왕에게 향했다.

그와 동시에 라스트 보스 로봇이 실의 구속에서 빠져나오더니 마
왕에게 총구를 돌렸다.

포티머스의 목적은 명백했다.

이 기회를 틈타 마왕을 저세상으로 보낼 작정이다.

처음에는 라스트 보스 로봇의 해킹이 완료된 그 순간을 노려서 수수께끼 결계를 발동한 다음 내 등을 쏠 계획이었겠지.

그런데 뜻밖에도 마왕이 나를 지키고 대신 맞은 까닭에 표적을 마왕으로 변경했다.

수수께끼 결계가 발동하고 있는 가운데 더 이상 부상을 당한다면 아무리 마왕이 대단하더라도 죽는다.

마왕에게는 나처럼 죽음을 회피하는 방법이 없으니까.

나보다는 마왕의 처리를 우선시했다.

포티머스의 그 판단은 잘못되지 않았다.

나보다야 마왕이 더 골치 아프다는 것은 누가 봐도 명백하잖아.

마왕을 죽일 수 있는 천재일우의 기회.

이 기회를 놓치지 않겠다고 포티머스는 본인이 쥔 총과 해킹으로 조종하고 있는 라스트 보스 로봇의 총, 양쪽을 모두 마왕에게 향했다.

나의 존재는 마치 무시하겠다는 듯이…….

그 사실에 대해 끓어오르는 감정이 없다는 말은 도저히 못하겠다.

그래도 훨씬 더 커다랗게 내 감정을 차지하고 있는 것은 마왕에 대한 분노였다.

어째서 나를 보호했지?!

잠재적인 적에 지나지 않는 나를 왜?!

마왕은 내 불사의 비밀을 모를 텐데.

그렇다면 내가 수수께끼 결계 안쪽에서는 죽을 가능성이 있다는

사실도 몰라야 한단 말이야.

나를, 불사신을 어쩌자고 보호한 거야.

그게 아니더라도 불사신인 탓에 어쩔 수 없이 화해를 선택해야 했던 나를, 적을 보호할 이유 따위는 아무것도 없잖아.

그런데도 나를 보호했다.

전차의 포격에 맞은 사엘을 망설이지 않고 구출했을 때처럼.

마왕은 나를 망설이지 않고 지켰다.

그리고 나를 지켰던 까닭으로 마왕은 지금 궁지에 몰렸다.

이대로 두면 마왕은 죽는다.

죽는다, 죽는다? 절대로 용납 못 한다!

포티머스의 총과 라스트 보스 로봇의 총이 동시에 빛을 발했다.

나는 망설이지 않고 쓰러져 있는 마왕의 위로 이동해서 두 녀석의 공격을 모두 맞받아쳤다.

포티머스의 총탄을 대낫으로 베어 가르고, 라스트 보스 로봇의 포탄을 문짝 방패로 막아 낸다.

스킬의 효과로 강화되지 못한 방패가 포탄을 막을 때마다 퍽퍽 찌그러졌다.

우오오오오오!

부르짖어라! 방패의 재능!

지금 이 자리에서 자기 몫을 안 한다면 언제 또 제 몫을 하겠냐?!

라스트 보스 로봇의 가차 없는 포탄 폭풍을 왼손에 든 문짝 방패로 견뎌 내면서 반대쪽으로부터 들이닥치는 포티머스의 총탄을 오른손에 든 대낫으로 요격.

대부분의 스킬을 못 쓰게 된 상황에서는 방어조차 버겁다.

그래도 내가 말이야, 평범한 인간이 아니거든!

반인반거미 아라크네로다!

거미 몸 다리로 어느 물건을 거머잡았다.

거미 몸의 다리는 발톱 형상이라서 딱히 발재주를 부릴 순 없지만, 두 개 이상을 같이 쓰면 물건을 붙잡는 정도야 가능했다.

그리고 거머잡은 물건, 포티머스와 라스트 보스 로봇을 연결해주는 코드를 나는 있는 힘껏 끌어당겼다.

"뭣이?!"

예상 밖이었을까, 포티머스가 놀라서 소리 질렀다.

코드를 끌어당기자 포티머스의 몸이 나를 뛰어넘어서 날아간다.

라스트 보스 로봇이 발사하는 탄막 안으로.

방패 너머로 뭔가 부서져 나가는 소리가 울려 퍼졌다.

그리고 그 순간 몸을 감싸고 있던 위화감이 사라졌다.

포티머스의 수수께끼 결계가 풀렸다!

반파된 문짝 방패에 기력과 마력을 주입!

곧장 방패를 전면에 내세워서 전진한다.

방패를 들어 올린 채 돌진, 호쾌한 실드 배시!

라스트 보스 로봇에게 방패와 함께 부딪쳐, 때려눕힌다!

라스트 보스 로봇의 거체가 충격을 받아 벽까지 확 떠밀려 가버렸다.

다만 부딪친 충격 때문에 반쯤 부서졌던 문짝 방패는 완전히 찌부러지고 말았다.

땡큐~ 문짝 방패. 자네는 열심히 해줬다네.

망가져버린 문짝 방패를 내던지고 떠밀려 날아가 버린 라스트 보스 로봇을 쫓았다.

벽으로 부딪혀서 묵중한 소리를 울린 라스트 보스 로봇에게 결정타를 선사하고자 대낫으로 공세에 나서 콱 내리찍었다.

대각선 베기를 당해 비스듬하게 두 동강이 난 라스트 보스 로봇의 거체가 소리도 없이 먼지로 화해 사라졌다.

로봇은 분명 사라졌는데도 어째서인지 먼지 더미 안쪽에 둥근 물체가 남아 있었다.

손바닥에 올라가는 크기의 작은 부품인데, 설마 요것이 폭탄일까?

끄앗.

머리에 피가 올라서 폭탄을 싹 잊고 있었다.

폭발하지는 않겠지?

흠칫흠칫 폭탄으로 짐작되는 물건을 들어 올렸다. 지금은 아직 이상한 반응은 일어나지 않았다.

응. 괜찮겠네.

후유, 가슴을 쓸어내리고 뒤로 돌아섰다.

그러자 배를 감싸 누르면서 일어서는 마왕과 머리만 달랑 남은 포티머스가 눈에 들어왔다.

"한 방 먹었군."

"그 말은 이쪽이 할 대사거든?"

불평을 늘어놓는 포티머스의 머리에 마왕이 발을 얹었다.

머리만 달랑 남았는데도 말이 나오네? 뭐, 당연한가. 아무래도 상관은 없지만.

폐가 없으면 말소리가 안 나와야 할 텐데 사이보그니까 발성 기관도 인간이랑 다른가 봐.

앗, 그 기능은 인형 거미들의 생태에도 응용이 가능하지 않을까~. 요렇게 불쑥 한가한 발상을 떠올릴 만큼 여유가 생겼다.

"다 잡았다고 여겼거늘. 뜻대로 되는 일이 없군."

"유~감~입니다~! 나랑 시로의 우정 파워 앞에서는 별것도 아니었네!"

마왕이 희한한 말을 하면서 포티머스의 머리를 꽉꽉 밟아 돌렸다.

우정 파워? 우정 파워라니……

뭐랄까, 저 말로 마왕이 나를 보호했던 이유를 깨닫고 말았다.

마왕은 어떤 타산도 없이 진심으로 내 안위를 반사적으로 보호한 것뿐이었다.

마치 권속을 지키듯이.

반면에 내가 상처 입었던 마왕을 지켰던 이유는 빚을 만들고 싶지 않았기 때문.

그대로 죽게 내버려 두는 선택지도 있었다.

마왕을 잠재적인 위협으로 인식하고 있는 내게는 오히려 그쪽 선택이야말로 정답일지도 모르겠다.

그러나 그때는 적대 관계가 어쩌고저쩌고하는 생각은 티끌만큼도 떠오르지 않았다.

보호받은 빚을 보호함으로써 갚는다.

오직 하나의 생각뿐이었다.

그러기를 잘했다는 생각이 든다.

그대로 마왕을 죽게 내버려 둔다? 그딴 선택을 해도 괜찮을 리가 없었다.

빚을 만든 채 영영 갚지도 못하도록 죽게 내버려 둔다? 그따위 후안무치 짓을 어떻게 하라는 거야.

그러니까 이러기를 잘한 거다.

"시로야, 구해줘서 고마워~. 덕분에 목숨 건졌네."

그~러~니~까~!

내가 마왕을 지켜야 했던 정당한 이유를 마음속으로 열심히 날조하고 있는데 네가 그렇게 겉과 속이 똑같은 구김살 없는 미소를 짓고 고맙다는 소리를 하면 안 되지!

변명을 늘어놓고 있는 내가 바보, 멍청이 같잖아.

에잇, 진짜!

"나야말로, 고마워."

웬일로 뜸 들이지 않고 곧장 대답한 나를 마왕은 눈이 휘둥그레져서 빤히 바라봤다.

뭐, 뭔가요, 왜 빤히 쳐다보는데!

부끄럽거든!

착각하지 말라고!

내가 마왕을 지킨 이유는 빚을 갚아주기 위해서였어!

다른 마음은 하나도 없었어.

없다면 없는 줄 알아!

으~! 으~! 으~!

"이제 말 좀 해도 되겠나?"

포티머스가 싸늘한 목소리로 물었다.

"말? 무슨 말?"

"추후의 행동이다. 네년들은 이대로 나를 들고 G프리트의 제어실로 가라. 그곳에서 G프리트의 제어권을 빼앗아 불시착시키겠다."

……이 녀석 태세 전환이 너무 빠르지 않아?

방금 전까지 막 죽이려고 들었던 상대에게 벌써 지시를 내리고 있네?

얼굴 가죽 두께가 장난 아니야.

"이번 대결은 네년들의 승리다. 어차피 이 꼴로 무엇을 할 수 있겠나. 그렇다면 당초의 예정대로 이 사태를 해결하는 데 진력할 따름이다."

나랑 마왕이 어처구니없어하는 속마음을 알아차렸는지 묻지도 않은 설명을 해주는 포티머스.

이렇게 눈치 빠른 부분은 대단하기는 한데, 그 능력을 좀 더 다른 분야에서 활용할 수는 없었던 거니?

어휴. 뭐, 포티머스의 입장에서 보자면 UFO와 폭탄의 뒷수습은 먼저 처리해야 하는 사안이 진짜 맞기는 할 테고, 나랑 마왕을 저세상으로 보내는 것은 기회가 될 때 한다고 말했었지.

성공하면 좋겠다~ 정도의 보너스 요소였다는 거네.

보너스 취급이나 받으면서 가만 죽어주겠냐! 당사자는 황당한 느낌이지만.

어쨌거나 그게 불가능해졌으니까 UFO 처리에 힘을 다하겠다고?

뭐, 머리만 달랑 남아서 무슨 짓거리를 할 수는 없으니까~.

UFO의 제어권을 빼앗고자 하면 포티머스의 조언이 있는 게 분명 더 좋기는 하겠네.

실로 유감스럽기는 하지만 말야.

"뭐, 대충 알겠는데, 시로가 지금 들고 있는 게 바로 그 폭탄이 맞는 거지?"

"그렇다."

마왕이 내 손안에 있는 구체를 가리키면서 묻자 포티머스도 긍정했다.

역시 이게 폭탄이었나.

"저거, 이제 폭발할 걱정은 없는 거야?"

"안심해라. 그 부분은 빈틈없이 잠금을 완료했다."

나랑 마왕에게 총구를 겨누면서도 일은 제대로 했나 봐.

라스트 보스 로봇을 해킹하고 그런 다음에 폭탄에 액세스해서 폭발하지 않도록 잠금을 걸었다는 거네.

"그 물건은 규리에디스트디에스에게 넘겨주면 될 것이다. 놈이라면 적절하게 처리할 테지."

뭐, 규리규리한테 다 떠맡기는 방법이 가장 안전하겠지.

"되게 고분고분하다?"

"말했을 텐데? 이번 대결은 내 패배다. 패자인 이상 깨끗하게 패배를 인정한 뒤에 승자가 가져야 할 권리를 포기한 것에 지나지 않는다. GMA 폭탄을 확보하여 내부의 에너지를 얻을 수 있다면 좋았으련만, 이 꼴이 되어서는 어림없는 일이지. 가능하면 G프리트와 함께 노획하고 싶었다만, 이제는 포기하겠다."

아, 네.

이 녀석은 역시 대책이 없는 놈이다.

깨끗하게 패배를 인정하는 태도는 괜찮았지만, 폭탄뿐 아니라 UFO까지 노획할 작정이었던 거냐.

진짜로 완전 욕심꾸러기네.

어쩐지 해킹 기능을 때마침 들고 나왔나 싶었더라니!

그래도 이 남자는 자기 목적을 이루어낼 수도 있었다.

자칫 잘못됐다면 나도 마왕도 살해당했을 테고, 폭탄도 UFO도 이 남자의 손에 떨어졌을 것이다.

괜히 상상하니까 무서워지는걸.

"일단, 우선은?!"

포티머스가 도중에 말을 뚝 멈췄다.

"외부에서 간섭이라니? 이런!"

이어서 나온 말은 이놈치고는 드물게도, 아니지, 내가 처음 듣게 된 진심으로 조바심 내는 목소리였다.

거기에 놀라고 있을 틈이 내게는 허락되지 않았다.

손에 든 폭탄이 빛을 뿜어내고 있었으니까.

"설마, 폭발하는 거야?!"

마왕이 비명 지르듯 소리쳤다.

"G프리트가 원격 조작으로 잠금을 해제하려고 한다. 그뿐 아니라 GMA 폭탄에 항행을 위한 에너지까지 주입하고 있다. 빌어먹을! 자폭할 작정이군!"

"어떻게 막을 방법은?!"

"안 된다. 이미 늦었어."

잇따라서 빠르게 주고받고 있는 마왕과 포티머스의 대화.

옆에서 나는 눈이 핑핑 도는 기분으로 어떻게든 상황을 이해하고자 애썼다.

어라, 음. 그게, 음. UFO가 원격 조작으로 폭탄을 폭발시키려고 하고, 게다가 UFO의 에너지까지 폭탄에 들이붓고 있고?

UFO랑 폭탄이 직접 연결되지는 않았지만, 그 부분은 마술적인 무엇무엇으로 해결한 걸까?

앗, 지금은 그딴 거 아무래도 상관없잖아!

폭발하는 거야?!

진짜로 폭발하는 거야?!

뭔가 체념 어린 목소리로 이미 늦었다고 말하는 포티머스의 선언이 놀랍도록 현실감을 가지고 있다.

큰났다.

큰났다큰났다큰났다큰났다큰났다큰났다큰났다큰났다큰났다큰났다큰났다큰났다큰났다큰났다!

사람은 엄청 당황하면 스스로도 못 믿을 행동에 나설 때가 있다는 말.

이날 나는 그 말을 실감했다.

실감이 뭐야, 실행했다.

무슨 생각이었을까, 수상쩍은 빛을 내뿜는 폭탄을 꿀꺽 삼켜버렸다.

"으앗?! 시로야, 뭘 먹은 거야?!"

마왕이 당황한다.

나도 당황스러웠다.

내가 무슨 짓을 한 거람?!

먹어서 어쩌자는 거야, 먹어서?!

엄청 당황해서 의미 불명의 행동을 하고, 그 탓에 더욱더 당황한다는 종잡을 수가 없는 상황.

에잇! 이리된 이상 폭탄이 폭발하기 전에 다 소화해주겠어!

엄청 당황해서는 엄청 당황스러운 결론을 내린다.

떠오르는 장면은 마왕의 폭식.

모든 것을 집어삼키고 먹어 치우는 스킬.

그 스킬을 참고로 해서 벌써 삼켜버린 폭탄을 흡수하는 이미지를 그렸다.

《숙련도가 일정 수치에 도달했습니다. 스킬 〈신성 영역 확장 LV 9〉가 〈신성 영역 확장 LV 10〉으로 성장했습니다.》

《조건을 충족시켰습니다. 신화(神化)를 개시합니다.》

그 메시지가 들린 직후에 내게 끔찍한 격통이 덮쳐들었다.

순간 폭탄이 배 속에서 폭발해버린 줄 알았다.

그래도 아니었다.

폭발은 하지 않았다.

그런데도 온몸을 꿰뚫는 통증.

이미 어디가 어떻게 아픈가 자각조차 할 수 없는 격통에 시달리고 있었다.

통각 무효가 분명히 있는데도 그 스킬을 무시하고 이 세상의 통증이 아닌 것 같은 고통이 들이닥친다.

이 통증, 기억이 난다.

탐지를 제어하지 못하던 시절, 억지로 발동시켰을 때 느꼈던 두통과 비슷했다.

그래도 통증의 종류가 같을 뿐 느껴지는 통증은 몇 배나 더 끔찍했다.

긴장을 늦추면 온몸이 갈가리 터져 나가버릴 것 같은 통증이었다.

그리고 내 예감이 올바르다고 본능이 고하고 있다.

이 통증에 견디지 못했을 때 나는 죽는다.

저절로 깨닫게 된다.

견디고 견디면서 손에 쥔 대낫을 힘껏 부르쥐었다.

그러자 통증의 근원이 대낫 쪽으로 흘러들면서 조금이나마 편해졌다.

같은 요령으로 통증의 근원을 흩어 보낸다.

흩어져 나간 통증의 근원이 멀리 떨어진 곳에 있는 어딘가로 가는 것을 감각으로 알았지만, 그쪽을 의식하고 있을 상황이 아니었다.

통증은 아직도 계속 덮쳐들고 있었다.

『긴급 조치를 하죠.』

갑자기 무슨 말이 들린 느낌도 들었지만, 역시 그쪽에 주의를 쏟을 기력도 없었다.

나는 아직 죽고 싶지 않다.

나는 아직 더 살아가고 싶다.

그러니까 이따위 통증에는 절대로 지지 않을 테다!

나의 결의는 굳건했음에도 들이닥치는 통증 속으로 녹아 사라지고 말았다.

그리고 내 의식도 함께…….

《스킬을 환원합니다.》

《능력치를 환원합니다.》

《칭호를 환원합니다.》

《스킬 포인트를 환원합니다.》

《경험치를 환원 합니다.》

《D제작『신의 기본 강의』를 인스톨합니다.》

《신화를 종료합니다. 이 이상 시스템 서포트를 일절 받을 수 없습
니다. 이용해주셔서 감사합니다.》

UFO

HP

error / error

MP

error / error

SP

error / error

error / error

status 【능력치】

평균 공격 능력 : error

평균 방어 능력 : error

평균 마법 능력 : error

평균 저항 능력 : error

평균 속도 능력 : error

skill 【기술】

error
error error error error error error error error error error
error error error error error error error error error error
error error error error error error error error error error

고대 유적에 보관되어 있던 병기의 일종. 정식 명칭은 G프리트. 주 무장으로 고출력 광포 9형을 탑재했고, 부무장으로 고출력 광포 7형을 삼백열네 문. 그 밖에 다수를 갖추고 있다. 다만 이것은 어디까지나 G프리트가 단독으로 갖춘 무장일 뿐. 가장 파괴력이 뛰어난 무장은 내부에 적재되어 있는 GMA 폭탄이다. 또한 항마술 결계를 장갑에 상시 전개하고 있기 때문에 마술 공격에 강한 내성을 지닌다. 원동력의 거의 전부를 MA 에너지로 충당할뿐더러 독자적으로 추출도 실행하기에 파괴되지 않는 한 반영구적인 활동이 가능. 움직이는 공중 요새이자 기지. G테트라 및 G트라이 등의 병기를 다수 내부에 보관하고 있다가 전투 시에 방출한다. 일정 수준의 수리 공장도 설치되어 있으나 생산 공장은 없다. 대룡(對龍) 전투를 상정하여 개발된 전략 병기이지만, 실제로 운용할 때의 피해가 너무나도 거대하고 지나치기 때문에 지하 유적에 봉인하기로 결정하게 된 과거가 있다. 현대에 이르러서 봉인이 풀렸고 타도해야 하는 상대도 없이 맹위를 떨치게 됐다.

14 미확인 비행 물체는 신의 탈것

"정말이지 당신은 재미있어요."

아름다운데도 듣다 보면 엄청나게 불안해지는 목소리가 바로 곁에서 들려왔다.

"설마 그 상황에서 덥석 집어삼킬 줄이야. 나조차 전혀 예측을 못한 뜻밖의 행동이었어요."

감정이 느껴지지 않는 평탄한 목소리.

포티머스도 감정이 잘 느껴지지 않는 목소리를 내서 말하지만, 잘 느껴지지 않다 뿐이지 아예 안 느껴지는 것은 아니었다.

완전히 감정이 느껴지지 않는 저 목소리는 마치 기계 같았다. 혹은 사람의 인지 능력이 미치지 못하는 초월자이든가. 이 경우는 후자겠네.

그런데 왜 이 녀석이 여기에 있는 걸까?

애당초 여기는 또 어디야?

"그대로 두면 폭발할 우려도 있었거든요. 잠시 내 곁으로 피난시켰죠. 폭발하지 않고 무사히 힘을 거두어들였으니 기우에 그쳤군요."

폭발…….

맞다! 내가 폭탄을 먹었고, 그다음에는 끔찍한 통증이 덮쳐들었고.

그다음은 어떻게 된 거야?

"아래 세상의 안부를 걱정할 필요는 없답니다. 당신은 조금 더 힘에 익숙해지기 위해 이곳에서 정양을 취하고 가도록 해요. 일시적으로 힘을 흘려보냈던 알을, 몸으로 되돌려 놓는 과정도 거쳐야 하고요."

알?

"당신이 알 부활이라고 불렀던 예비 그릇. 당신은 그곳으로 무의식중에 힘을 흘려 넣음으로써 외부 전력처럼 썼던 거예요. 지금은 그쪽에 담긴 힘을 당신의 본체로 돌려보내는 중이고요."

잘은 모르겠는데 여기저기에 설치해 뒀던 알이 도움이 되었나 보다.

"대낫은 이대로 유지하는 것이 오히려 좋겠네요. 분명히 앞으로도 당신에게 도움이 되어줄 테니까요."

대낫?

그러고 보니 꽉 쥐고 있었는데 대낫이 없구나.

게다가 몸의 감각이 온통 애매모호하다.

비몽사몽이 이런 느낌일까?

다만 하나는 알 수 있겠다.

내 바로 뒤쪽에 그 녀석이 있다는 사실을.

지금껏 스마트폰 너머로 목소리만 갖고 접촉했던 상대가 이제는 바로 코앞에 있었다.

그래도 돌아봐서는 안 된다.

고개 돌려서 저 얼굴을 봤다가는, 나는, 나는!

"어서 오세요. 신의 영역에. 환영할게요, 이름 없는 거미."

이름 없는 거미라고 불리자 심장이 쿵쿵 뛰었다.

대체 왜 이토록 동요하는지 나 자신도 알 수가 없었다.

아니, 알고 싶지 않았다.

"이대로 쭉 이름 없이 지내려면 불편할 테니 이름을 지어줄게요. 신화를 축하하는 뜻에서 내가 주는 조촐한 선물이에요."

경종이 울린다.

더는 돌이킬 수 없다고, 돌이킬 수 없게 된다고.

그래도 저항할 도리가 없다.

전혀 저항할 수 없었다.

"시라오리. 당신의 이름은 시라오리예요. 내가 생각해도 참 좋은 이름이네요."

그렇게 말하고 D는 조소했다.

전혀 감정이 느껴지지 않는 목소리인데도 분명히 조소한 듯 들렸다.

그 표정을 보기 위해서 나는 고개 돌리고 말았다.

그리고 보고 말았다.

그 얼굴을.

봐서는 안 되는 그 얼굴을.

꾸웨엑~!

의미 불명의 비명을 마음속으로만 질렀다.

눈을 뜬 내 시야에 확 들어온 광경은 하얀 벽이었다.

벽이랄까, 고치?

아무래도 나는 고치 안에 갇혀 있는 듯했고, 게다가 엄청나게 갑갑했다.

고치를 손으로 뜯어내려고 해봤는데 몹시 질겨서 좀처럼 뜯어지지가 않았다.

악전고투를 거듭한다고 고치 안에서 꾸물꾸물하던 중에 찍, 하고 바깥쪽에서 고치가 뜯어졌다.

고치를 뜯은 범인과 눈을 마주친다.

"시로야?"

왜 의문형?

무슨 까닭인지 당황하는 기색의 마왕이 보였다.

어째서 마왕이 당황하는지 이유는 모르겠는데, 일단 답답하니까 고치 안에서 좀 나가고 싶다.

애당초 왜 고치 속에 있었던 거야?

뭔가 이것저것 다 의미 불명이다.

그래도 고치에서 나가기 위해 몸을 일으키려고 했던 나는 더욱 의미 불명의 사태에 빠져들었다.

못 일어서고 자빠졌다.

상반신만 고치 밖으로 빠져나오고 하반신이 고치에 걸린 상태로 성대하게 나자빠졌다.

얼굴로 땅바닥을 들이받았다!

아파! 완전 아파! 코가 아프다!

……아프다?

통각 무효를 갖고 있는 내가, 아프다?

그 순간 정신을 잃어버리기 전의 기억이 되살아난다.

UFO 안에서 폭탄을 먹었던 것.

그다음은 끔찍한 고통이 덮쳐들었던 것.

그리고, D와 만났던 것…….

이런저런 기억이 떠오른 탓에 의식이 급격하게 맑아졌다.

잠에 취해 있었던 늦잠꾸러기가 정신을 번쩍 차리듯이.

그리고 깨달았다.

하반신의 감각이 이상하다.

고치가 얽혀 있는 하반신으로 시선을 보냈다가 나는 깜짝 놀랐다.

거기에는 낯익은 거미 몸이 존재하는 대신 인간의 다리가 생겨나
있었다.

내 거미 몸뚱이는 어디 간 거야?!

어쩐지 시야도 뭔가 좀 이상하다 싶었네!

평소는 거미 눈이랑 사람 눈이랑 두 종류의 시야가 보여야 할 텐
데 지금은 사람 눈으로 보는 시야밖에 안 보인단 말이야!

나는 바보다, 눈떴을 때 바로 깨달았어야지!

이토록 큰 변화인데 당장 알 수 있잖아!

그리고 거기에 묻혀 있는 작은 변화, 나는 현재 알몸이었다!

"깨어났는가."

그리고 그때 아무렇지도 않게 다가드는 놈팡이!

"규리에! 지금은 좀 안 돼! 딴 데 봐!"

마왕이 허둥지둥 규리규리를 뒤로 돌려 세웠다.

"나는 여성의 몸을 봐도 아무런 느낌이 없다만?"

"네가 괜찮아도 이쪽은 안 된단 말이야! 여자 맘 요만큼도 몰라!
그러니까 사리엘 님도 돌아봐주지 않으셨던 거야!"

마왕의 신랄한 한마디에 규리규리가 의외로 큰 대미지를 받았다.

뒷모습에서 감도는 애수가 엄청 대단한걸.

"일단 옷부터 입자."

마왕이 말한 대로 일단은 일어서려고 고치에서 빠져나왔다.

앗, 고치 안쪽에 대낫도 있네.

먼저 다리를 고치 밖으로 빼내고 일어섰다.

그런데 금방 균형을 잃어버리고 자빠졌다.

또 넘어졌어!

몇 번을 나자빠져야 직성이 풀리는 거냐.

다시 한 번 일어서려고 하다가 또 균형을 잃어버리고 엉덩방아를 찧었다.

"……시로야?"

큰일 났다.

이족 보행을 어떻게 하더라?

그 후로도 몇 번인가 일어서려다가 비틀비틀 자빠지기를 반복했고, 간신히 비틀비틀하면서도 일어서는 데 성공했다.

후유. 이족 보행은 어렵구나.

끙. 인간은 왜 다리가 달랑 둘밖에 없는 거야?

불안정해서 걸어 다닐 수도 없잖아!

다리가 여덟 개 달려 있으면 훨씬 더 안정적이고 좋을 텐데 도대체 왜!

"괜찮아? 이제는 조금 설 수 있겠어?"

걱정스럽게 묻는 마왕에게 고개를 끄덕여주다가 그 반동으로 또

자빠졌다.

끄앙!

"일단 억지로 일어서려고 안 해도 되니까 옷이라도 입자."

마왕의 제안에 찬성하고 공간 수납으로 옷을 꺼내려고 했지만 실패했다.

어라? 공간 수납은 어떻게 쓰는 거였더라?

평소는 굳이 의식을 안 해도 공간 조작을 실행해서 이공간에 수납되어 있는 물품을 꺼내다 쓰고 그랬는데, 지금은 이상하게도 어떻게 열고 꺼내야 하는지 전혀 알 수가 없었다.

그렇다면 실을 뽑아서 즉석 옷이라도 만들자. 어라, 실을 뽑아내는 방법도 모르겠다.

핏기가 싹 가시는 기분이었다.

"시로야? 왜 그래?"

마왕이 걱정해서 건네는 말도 한 귀로 들어와 한 귀로 흘러간다.

스킬이 안 써진다.

이것저것 전부 다!

스킬이 아무것도 안 써진다!

어찌할 줄을 모른 채 마왕의 얼굴을 들여다봤다.

마왕은 어리둥절한 표정을 지은 채 고개를 갸웃거렸다.

평소였다면 사고 초가속 덕분에 느릿느릿한 장면으로 보여야 했을 그 동작이 평범한 속도로 비치고 있다.

시력도 강화되지 않은 탓에 먼 곳까지 선명하게 보이지 않았다.

탐지로 주위의 모든 동향을 파악할 수도 없었다.

마치 포티머스의 수수께끼 결계 안쪽에 있는 것처럼, 아니, 그 이상으로 아무것도 할 수 없었다.

"스킬이 안 써지는가?"

규리규리가 뒤를 돌아보면서 내게 물었다.

나는 망연자실할 뿐 아무 대답도 하지 못했다.

그 후, 넋이 반쯤 나가버린 나를 마왕과 흡혈 양과 인형 거미들이 붙들어다가 텐트로 연행한 뒤 옷 갈아입히기 인형처럼 갖고 놀았다.

사람이 저항을 못 하는 틈을 타서 이 옷 저 옷을 마구 갈아입히고 화장을 한다거나 머리카락을 만지작거린다거나 이런저런 짓을 당했다.

그동안 마왕이 이러쿵저러쿵 상황 설명을 해줬는데, 그에 따르면 UFO는 무사히 격추시키는 데 성공했다고 한다.

음, 폭탄에 에너지를 전부 흡수당한 뒤 혼자 알아서 추락했다고.

참고로 나는 그때 전이로 어딘가에 사라져서 없었다고 한다.

나 자신은 격통 때문에 전혀 여유가 없었던 만큼 D가 자기 마음대로 전이시켰던 게 아니려나.

그나저나 수수께끼 결계 때문에 UFO의 내부에서는 전이가 불가능했을 텐데, 제약이든 뭐든 다 무시하고 나를 바깥쪽에서 전이시킨 D는 역시 대단하구나.

추락하는 UFO에서 결사의 탈출극을 벌였다고 마왕이 거창한 말투로 떠벌렸는데, 정작 내용을 들어보면 마냥 달려다녔다는 묘사밖에 없었다.

그야 UFO에서 탈출하려면 달리는 방법뿐이니까.

참고로 포티머스의 머리는 일단 갖고 돌아오기는 했지만, 그때는 이미 의식을 본체로 되돌렸는지 반응이 없었다고 한다.

도망치는 건 참 잽싸구나.

"의식이 남아 있었으면 콱 때려 부수려고 했거든."

완전 동감이다.

포티머스라는 놈은 정말이지 매사에 민폐나 끼치는 못된 녀석이란 말이야.

"그 녀석은 어린애야. 아무리 시간이 흘러도 성장을 못 하는 어린애. 그러니까 제대로 상대하려고 해 봤자 시간 낭비야. 응, 어린애를 혼내는 이유는 성장하기 때문이잖아? 그런데 걔는 성장을 하지 않아. 그러니까 무슨 말을 해도 시간 낭비야. 그 녀석을 저지하려면 죽일 수밖에 없어."

마왕의 이 말에 묘하게 납득하고 말았다.

확실히 포티머스는 어린애가 맞다.

이룰 수 없는 꿈을 좇아 다닐 뿐 자기밖에 모르고 버릇없는 어린애.

"다들 잘못된 일은 잘못된 일이라고 꼭 배우면서 성장해야 한다~? 안 그러면 포티머스 같은 어른이 되어버리니까 말이야."

이상, 마왕이 꺼낸 으름장은 몹시 효과적이었다고 말해 두겠다.

흡혈 양을 비롯하여 꼬맹이들이 다들 죽어라 고개를 끄덕끄덕했으니까 말이야.

자, 포티머스 얘기는 이만 끝내도록 하고. 다른 녀석들 얘기를 하자면 지상군은 뼈아픈 승리를 거뒀다.

포티머스의 기계병은 전멸.

교황이 이끌고 온 신언교의 군대도 상당한 수의 사망자와 부상자를 냈다고 한다.

상세한 수는 마왕도 파악하지 못했지만, 추후 신언교의 활동에 큰 타격을 준 것은 틀림없었다.

그 증거로 교황은 사건이 종식되자 서둘러 자국으로 되돌아갔다고 한다.

앞으로 일거리에 치여 나갈 게 분명하겠다.

교황이 떠나가면서 나에게 고생 많았다고 인사를 전해 달라고 했다던가.

폭탄을 수습한 내 공적을 칭찬해주고 싶었나 보다.

직접 감사의 뜻을 전하지 못하는 것이 안타깝다고 말한 뒤 떠나갔다고 한다.

휴번이 끌고 온 용들은 현재 황야로 쭉 흩어져 있다.

왜냐하면 UFO를 멀리서 본 인간들이 확인을 위해 황야로 다가오는 사태가 빈번한 탓에 그들을 쫓아내기 위해 순찰을 돌고 경비를 서고 있기 때문이란다.

UFO의 잔해는 몹시 거대하기 때문에 당장 다 분해할 수는 없었다.

먼 과거의 흔적을 아무것도 모르는 인간들에게 넘겨줄 수도 없는 노릇인 터라 지하 유적을 포함해서 앞으로 용들이 조금씩 해체할 예정이었다.

작업이 종료되기 전까지 이 황야는 인간에게는 출입 금지 지대가 되겠다.

그래서 용들은 인간의 진입을 막기 위해서 죽을 둥 살 둥 돌아다니고 있다.

그 격한 전투를 치른 다음에 곧장 일거리를 떠안아야 하다니 무슨 블랙 기업의 노예 같네.

수고요~.

휴번, 자네의 노고는 잊지 않겠네.

안 죽었지만.

그리고 유일하게 피해가 없는 것이 우리의 거미 군단.

아무래도 양쪽 다 지상전에서 상당히 활약했나 보다.

아엘이 칭찬해줘 오라를 내뿜으면서 머리를 내밀길래 일단 쓰다듬어줬다.

그랬더니 피엘이 또 따라 하고, 리엘도 따라 하고, 마지막으로 주뼛주뼛하면서 사엘도 따라 하고, 어째서인지 흡혈 양도 따라하고, 결국 꼬맹이들 전원의 머리를 쓰다듬어줬다는 수수께끼 같은 결과가.

앗. 맞다, 맞다.

흡혈 양이랑 메라는 규리규리가 마중을 나가줬다고 했다.

나 말고는 전이로 데려올 수 있는 사람이 없었잖아.

규리규리가 눈치 빠르게 나서줘서 다행이었다.

안 그랬으면 두 사람은 엘로 대미궁에서 계속 꼼짝도 못 하고 남겨졌을 테니까.

참고로 지금은 UFO 소동이 있던 날부터 47일쯤 지났다고 한다.

그렇게 오래 잠들었나 싶어서 살짝 놀랐다.

그나저나 그렇게 오랫동안 황야에 있었던 거니, 너희들.

"어휴~. 진짜 힘들었다니까. 시로가 느닷없이 고치 상태로 돌아가지를 않나, 그 상태에서 섣불리 움직일 수도 없고. 덕분에 아~무 것도 없는 이 황야에서 내내 노숙이었다고."

음, 그게, 죄송해요.

"다들 걱정했거든? 특히 소피아는 말이야, 시로가 아니라 규리에 가 데리러 가서 시로한테 무슨 일이라도 났을까 봐 제정신이 아니 었대."

"와~! 와~! 와~!"

흡혈 양이 허둥지둥 마왕의 입을 막아보지만 이미 늦었거든.

그랬구나~. 흡혈 양도 걱정해줬구나~.

"물론 나도 걱정 많이 했어!"

아~ 예예.

"정말 말이야. 갑자기 눈앞에서 전이로 사라지길래 자기 몸을 희 생하고 이공간으로 가서 자폭한 줄 알았잖아. 진짜 걱정돼서 제정 신이 아니었다고."

생각보다 진지한 음성이어서 의표를 찔렸다.

"무사해서 다행이야. 정말로."

……뭐야, 이거?!

뭔가, 뭔가, 뭔가, 이거 살짝 좀 많이 부끄러운데요?!

몸이 근질근질하잖아!

앗, 이때 화장이 완료.

아엘이 우쭐거리는 표정을 지은 채 거울을 가져다줬다.

거울에 비친 모습은, 엉? 뭐야, 이게?!

얼굴 전체는 바뀌지 않았다.

다만 한 군데만큼은 이상한 변화가 있다.

바로 눈.

눈동자가 잔뜩.

하나의 눈동자 안에 작은 눈동자가 네 개 겹쳐 있는 섬뜩한 모양이었다.

한쪽에 합계 다섯씩, 양쪽 눈을 더하면 열 개의 눈동자가 있다.

이거 거미 눈이랑 인간 눈을 더한 숫자잖아.

그나저나 징그럽네.

뭐냐고, 이게. 징그럽게.

마왕이 아까 처음 눈을 마주쳤을 때 당황한 이유를 알겠다.

다리가 인간처럼 바뀐 탓에 당황하는 줄 알았더니 눈이 이런 꼴이었다면 당연히 당황하겠지.

하반신이 평범한 인간처럼 바뀌었고, 눈은 섬뜩한 모양새이고, 스킬을 못 쓰게 됐고.

대체 도대체 내가 어떻게 된 거람?

"이제 괜찮겠나?"

텐트 바깥에서 규리규리의 목소리가 들린다.

마왕이 텐트 입구를 젖히고 규리규리와 메라를 안으로 맞아줬다.

그리고 나는 규리규리에게서 충격적인 소식을 듣게 되었다.

"신이 됐다고?"

"그렇다."

마왕의 의문 어린 목소리를 규리규리가 긍정했다.

"거기, 시로라고 부르도록 하지. 시로는 그 소동 때에 GMA 폭탄을 제 몸에 거두어들여서 폭탄의 에너지를 흡수함으로써 진화했다. 신에 이르기 위한 진화, 신화를 말이다."

아무래도 나는 그때 무의식중에 폭탄의 에너지를 흡수하고, 그걸 써서 강제적인 진화를 이루어 냈나 보다.

"그에 따라서 시로는 생물의 제약을 초월하여 나와 마찬가지로 신의 영역에 다다랐다. 그러나 그 결과 시스템의 적용 대상에서 벗어나 스킬을 쓰지 못하게 된 것이다. 그뿐 아니라 능력치도 반영되지 않을 터이다."

그러고 보니 뭔가 정신을 잃어버리기 직전에 비슷한 안내 방송을 들은 것 같기도 하고.

진짜로? 내가 드디어 신이 되었나!

다만 그 탓에 스킬도 능력치도 다 사라졌다고?

그래서 스킬을 못 쓰고, 아까부터 몸이 무거웠구나.

능력치가 없으면 내 몸은 평범한 인간보다도 오히려 허약한 수준일 테니까.

어라? 신이 됐는데도 대폭 약체화됐다?

"그렇다면 설마?"

"지금의 시로는 에너지만 쓸데없이 많은 일반인이군."

끄앙~!

"그럼 어떡해야 돼?"

"스킬과 능력치는 사실 마술이라는 에너지를 소비해서 발동하는 술법을 시스템의 보조를 빌려 간략화한 것이다. 보조 없이 마술을 쓸 수 있게 된다면 전과 마찬가지로, 아니, 에너지의 양이 늘어난 만큼 이전보다 더한 힘을 발휘할 수 있게 되겠지."

넷, 선생님! 저는 못할 것 같은데요!

"본래 신이란 마술을 자유자재로 구사함으로써 되는 법이다. 그런데 시스템이라는 구조의 힘을 빌려서 변칙적으로 신이 되었으니 마술을 습득하는 데에도 물론 상응하는 시간이 필요할 테지."

그렇겠죠~.

나도 뭐랄까, 하루아침에 어떻게 될 것 같지가 않거든.

예전의 나는 보조 바퀴가 달린 자전거로 혼자 신바람 냈던 초보자.

지금의 나는 느닷없이 대형 모터사이클에 올라타게 된 초보자, 이렇게 비교하면 알기 쉬울지도.

당연히 운전은 어림도 없지, 뭐.

보조 바퀴를 떼는 수준이 아니라 단계를 휙 뛰어넘어서 대형 모터사이클이 탄 셈이니까 말이야.

머신의 스펙은 대폭 향상됐지만, 운전사가 애당초 운전하는 방법을 모르는 데야 운전이 될 리가 없지.

그와 마찬가지로 지금의 나는 스펙만 높을 뿐 활용할 줄을 모르는 상태였다.

"그렇구나~."

큰일 났다. 지금의 나는 혹시가 아니라 완전 짐 덩어리 아냐?

게다가 능력치 없는 일반인과 똑같다는 말은 당연히 불사도 없고 알 부활도 못 하고 휙휙 죽어 나가는 마을 사람 A라는 느낌이잖아!

마왕이 맘만 먹으면 한 방에 꽥이다!

"뭐, 벌써 돼버렸으니까 어쩔 수 없지. 시로가 힘을 되찾을 때까지 우리가 잘 도와주자."

여기에서 나를 죽인다든가 내버린다든가 그런 발상을 일절 떠올리지 않는 마왕님, 진짜 성인이세요.

마왕인데도 성인이야. 대체 어쩐담?

에잇, 진짜.

이렇게 다정하게 대해주면 홀라당 넘어가버리잖아!

이제 아무리 발버둥 쳐도 나는 이 녀석을 적으로 여기지 못하겠다.

응. 이미 알았지.

UFO에서 보호받은 순간에 나는 스스로 깨달았다.

어쩌고저쩌고하면서 지켜준 이유를 마음속으로 날조해 냈다지만, 그때 내가 떠올린 생각은 하나.

마왕이 죽으면 안 된다고, 단지 그뿐이었다.

어느새인가 나는 마왕에게 상당히 정을 붙이고 말았다.

그리고 마왕도 역시 나를 죽이겠다는 생각을 더는 안 하는 듯싶고.

그러니까 이제는 쓸데없이 고집부릴 필요도 없는 거지.

그런고로 마술을 잘 쓰기 위해서 연습하는 동안 길러주세요!

이렇듯 파워 업 했는데도 약체화됐다는 영문 모를 상황에 빠진 나는 마왕의 기둥서방이 될 것을 다짐했다.

Shiro

시로

!명, 시라오리. 엘로 대미궁에서 태어났고 본래는 거미형·마물이었다. 일본의 고등학생
었던 기억을 지닌 전생자. 전세의 기억은 와카바 히이로. 대륙을 파괴하고도 남는다는
탄의 에너지를 흡수함으로써 신이 되는 진화, 신화를 이룩했다. 그때 D에게 시라오리
= 이름을 받는다. 그러나 그 결과로 시스템으로부터 제외된 탓에 능력치 및 스킬 일체
잃었을뿐더러 힘의 사용법을 알지 못하게 됐다. 방대한 에너지를 제 몸에 지닌 신이면
= 평범한 인간과 거의 다를 바 없이 취약한 상태이기에 마왕 아리엘의 비호하에서
행을 계속한다.

종장 영원한 아이의 독백

모니터에 비치는 하얀 소녀.

예의 사건을 겪으면서 목만 남았던 보디는 어째서인지 폐기되지 않고 그대로 아리엘의 수중에 보관돼 있다.

이미 의식을 옮겼음에도 보디의 녹화 기능은 아직껏 건재.

그 기능을 이용하여 이렇듯 놈들의 동향을 살피고 있었다만, 아무래도 그 하얀 것이 깨어났는가 보군.

게다가 신이 되어서.

이리도 괘씸할 수가 있는가.

내가 목표하였고 아직껏 다다르지 못한 신의 경지를 그따위 햇병아리가 이룰 줄이야.

역시 그때 무슨 수를 써서라도 죽여 두어야 했다.

"포, 포티머스 님."

양산품이 겁에 질린 목소리로 내 이름을 부른다.

"뭐냐?"

"이, 이번 작전 실패에 대한 책임을 올리에스에게 물릴까 합니다만."

작전 실패?

흠, 이 양산품은 내 심기가 편치 않은 까닭을 작전이 실패했기 때문이라고 여기는 것인가.

또한 책임을 다른 양산품에게 떠넘기고 자신은 피하겠다는 속셈이로군.

실로 하찮구나.

애당초 논점부터 어긋나 있지 않은가.

"이번 작전은 실패가 아니다."

"예?"

도대체가, 일일이 설명을 안 하면 고작 이따위 사정도 헤아리지 못하는가?

"이번 작전의 목표는 G프리트의 침묵, 아울러 GMA 폭탄의 무효화였다. 두 목표는 빠짐없이 달성되었지. 따라서 이번 작전은 성공이지 실패가 아니다."

최저한으로 달해야 했던 목표는 달성되었다.

추가 목표를 달성하는 데 실패했을 뿐이지 작전 자체는 분명 성공이었다.

최선은 아닐지라도 양호하다고 평할 수 있겠군.

물론 끌고 나갔던 글로리아 타입 B는 전부 파괴됐고 내 보디 또한 대파당했다.

거의 전멸에 가까운 피해를 냈음에도 거둔 전과는 없음.

양산품이 이번 작전을 실패라고 판단할 만도 하겠군.

그러나 글로리아 B 따위야 얼마든지 만들 수 있다.

나의 보디는 항마술 결계를 탑재하였기에 그런대로 비용이 들기는 했을지언정 역시 다시 제작하면 끝나는 문제다.

별것 아닌 지출이었다.

그렇다. 그따위는 내가 보유한 전력 가운데 아주 적은 일부에 지나지 않는다.

마음만 먹는다면 G프리트 따위는 나의 전력만 갖고도 추락시킬 수 있었다.

구시대의 골동품이 어찌 위협이 될 수 있단 말인가.

GMA 폭탄이 폭발한들 엘프들에게는 어떤 지장도 주지 못할지니.

물론 그러한 사태는 발생하지 않는 것이 이쪽으로서도 바람직하다.

바로 그 때문에 나 또한 약간의 전력을 꺼내 놓았다.

적절히 고전을 겪을 만큼 안배했다고 여겼다만, 아리엘의 권속에 피해가 없었던 사실을 감안하면 조금 더 줄여도 괜찮았겠군.

뭐, 이번에는 더스틴의 세력에 피해를 입힌 것만으로 만족하도록 하지.

다만 그 하얀 것은 반드시 죽이겠다.

선언했던 대로 내가 떠올릴 수 있는 한 가장 무참한 방법을 써서.

"책임 따위를 물을 필요는 없다. 그 대신 부대를 편성하도록."

"넷!"

"아리엘을 쫓아라. 그리고 죽여라."

"알겠습니다!"

문득 좋은 발상이 떠올랐다.

내 명령을 따라 부대를 편성하기 위해 움직이려고 하는 양산품에게 말을 건넨다.

"아, 그렇지. 오카도 데리고 가도록."

"예? 오카 님을 말입니까?"

"그래."

오카.

나의 딸로서 태어난 전생자.

전세에서는 전생자들을 통솔하는 교사였다고 하는 어리석은 계집아이.

"오카 본인에게는 나중에 내가 직접 얘기해 두마. 오카를 확실하게 지킬 수 있는 인원을 선발하도록."

"부, 분부대로!"

달음박질로 떠나가는 양산품을 바라본다.

자, 어떻게 해서 오카를 구슬려볼까.

전생자끼리 서로 죽이게 만드는 것.

꽤나 유쾌하지 않겠는가.

하얀 것이 어느 정도로 오카와 친분을 쌓았는지 알 수는 없으나 괴롭히는 정도는 될 테지.

"그렇군. 그 광경을 특등석에서 관람하지 않는 것은 아쉽겠어."

불의의 사태를 대비하여 나도 동행하는 것이 좋겠군.

저절로 웃음이 떠오른다.

오랜만에 기분이 고양되는 느낌이었다.

하얀 것이 괴로워 몸부림치는 모습을 상상만 해도 울화가 가라앉는다.

"기다려라. 내가 최고의 죽음을 연출해주마."

■작가 후기

안녕하십니까, 바바 오키나입니다.

정신을 차리고 보니 이 시리즈도 7권이 되었군요.

러키세븐입니다!

그리고 세븐이라면 모두가 좋아하는 메기.

2권에서 등장한 그 녀석은 이미 잊으셨을 수도 있겠습니다만, 정식 명칭은 옐로 게네세븐이었습니다.

유감스럽게도 재등장은 안 했지만요.

만화판 3권에서는 메기가 대활약을 펼치니 꼭 읽어주시길!

음, 당당하게 만화판 광고를 했으니까 이제 7권의 이야기를 하죠.

저번 6권은 이제껏 유례없이 배틀이 적은 평화로운 권이었습니다만, 이번에는 반동이 왔는지 끊임없이 배틀이 연속되는 전대미문의 느낌으로……

한 권 분량을 통틀어서 이토록 싸움을 벌인 적은 처음이군요.

게다가 그동안 상대했던 적과 부류가 확 달라졌다는 보너스까지 붙었고요.

게다가 게다가, 한 권 분량을 내내 쌈박질했는데도 시간 경과는 지난 권보다 적단 말이죠.

1권부터 6권까지는 어느 정도 시일이 지나는 중에 사건이 되는 부분을 픽업하는 구성이었습니다만, 이번에는 거의 하루에 걸친 사건을 썼을 뿐.

『24 –TWENTY FOUR-』로군요.

또 별난 부분을 말하자면 목차의 전생자 메모가 슌이 아닌 선생님이 적은 목록으로 바뀐 출석부입니다.

슌이 적은 목록하고는 또 다른 정보가 실려 있지요.

자, 알아차리셨는가?

시노하라 미레이의 이름 위치가 슌의 출석부랑 선생님의 출석부랑 서로 다르다는 것을!

양쪽 다 아이우에오(あいうえお) 순서로 적었는데도 시노하라 미레이의 위치가 다릅니다.

실은 요게 사실은 말이죠, 실수의 영향인데 말입니다~.

초기 설정에서는 시노하라 미레이(漆原美麗)라고 쓰고 「우루시바라 미레이(うるしばら・みれい)」라고 읽도록 되어 있었습니다.

그랬던 것이 후리가나를 입력하는 단계에서 「시노하라 미레이(しのはら・みれい)」로 변신했고, 저도 미처 체크를 못한 채 통과~.

교정이 그대로 완료되는 바람에 알아차렸을 때는 어느 틈인가 표기법이 달라져버린 겁니다.

이렇게 별거 아닌 사소한 실수 때문에 미레이의 성씨는 「우루시바라」에서 「시노하라」로 변경되고 말았습니다.

그래도 「우루시바라 미레이」보다 「시노하라 미레이」가 더 어감이 좋기도 하고, 이대로도 괜찮겠다~ 싶은 마음이 들어서 정정하지 않고 지금에 이르게 됐죠.

슌의 메모는 그 흔적입니다~.

뭐, 미레이는 웹 버전에서는 그런 애가 있다는 언급이 잠깐 될 뿐 이름도 붙이지 않은 엑스트라였지만, 서적판에서는 S편의 주력 멤버로 승격됐잖아요. 용서해줄 거예요.

응? 용서 안 한다고?

어떻게 좀 안 될까?

이렇듯 세세한 데서 실수를 저지르는 본작을 떠받쳐주는 힘은 오로지 키류 선생님께서 그려주시는 일러스트 되겠습니다.

1권부터 3권까지 표지에 사람 모양이 코빼기도 안 나타난다는 폭거를 저질렀고, 4권 이후에도 실은 인간은 표지에 한 명도 없는 은근한 폭거를 저질렀는데도 키류 선생님의 일러스트니까 괜찮을 거예요!

요러한 수수께끼의 신뢰감을 갖고 억지떼 쓰기를 거듭하면서 물론 7권에서도 성대하게 억지떼를 부리는 귀축이 있다고 합니다.

보라! 이 메카메카스러운 일러스트의 숫자를!

몬스터 일러스트로 정평이 난 키류 선생님에게 기계나 그려 달라고 억지떼를 부리는 나의 귀축질에 눈을 비비고 놀랄지어다!

아니, 그게 말이죠. 진심으로 키류 선생님께 감사드립니다.

정말이지 키류 선생님이 계신 방향으로는 다리를 뻗고 잠을 못 잘 지경입니다그려.

이제부터는 감사 인사를 전하겠습니다.

기계를 그려 달라는 억지를 받아주셨던 키류 츠카사 선생님.

진심으로 감사드립니다.

때로는 우습게, 때로는 진지하게, 신바람 나는 만화판을 그려주고
계시는 아사히로 선생님.

카카시 선생님의 만화판 3권에는 앞서 언급했던 시노하라 미레이
의 전생 생활을 그리는 특별 단편이 수록돼 있으므로 꼭 읽어주시길.

담당 편집자 K씨를 비롯하여 이 책을 세상에 내보내기 위해 힘써
주셨던 모든 분들께.

이 책을 읽어주시는 모든 분들께.

진심으로 감사드립니다.

거미입니다만, 문제라도? 7

1판 1쇄 발행 2018년 3월 20일
1판 8쇄 발행 2021년 10월 7일

지은이_ Okina Baba
일러스트_ Tsukasa Kiryu
옮긴이_ 김성래

발행인_ 신현호
편집부장_ 윤영천
편집진행_ 김기준 · 김승신 · 원현선 · 권세라
편집디자인_ 양우연
관리 · 영업_ 김민원 · 조인희

펴낸곳_ (주)디앤씨미디어
등록_ 2002년 4월 25일 제20-260호
주소_ 서울시 구로구 디지털로 26길 111 JnK디지털타워 503호
전화_ 02-333-2513(대표)
팩시밀리_ 02-333-2514
이메일_ lnovelpiya@naver.com
ㄴ노벨 공식 카페_ http://cafe.naver.com/lnovel11

KUMO DESUGA, NANIKA? Vol.7
ⓒOkina Baba, Tsukasa Kiryu 2017
First published in Japan in 2017 by KADOKAWA CORPORATION, Tokyo.
Korean translation rights arranged with KADOKAWA CORPORATION, Tokyo.

ISBN 979-11-278-4423-3 04830
ISBN 979-11-278-2430-3 (세트)

값 9,800원